RUSSISCHER TANGO

JAROSLAV BOČEK

RUSSISCHER TANGO

ODER DIE GELIEBTE DES BODYGUARDS

ROMAN

Aus dem Tschechischen übersetzt von Sophia Marzolff

mitteldeutscher verlag

Jaroslav Boček, 1932 in Úlovice bei Louny in der damaligen Tschechoslowakei geboren, war ein Schriftsteller, Regisseur und Filmtheoretiker von großer kreativer Vielfalt. Nachdem er seine Stelle am Tschechoslowakischen Filminstitut 1972 aus politischen Gründen verlassen musste, arbeitete er lange Zeit freiberuflich. Seine Animations- und Dokumentarfilme erhielten viele internationale Auszeichnungen. Zu seinem schriftstellerischen Werk gehören u. a. historische Romane, Science-Fiction und Essayistik. Er starb 2003 in Prag.

Sophia Marzolff, geboren 1971 in Heidelberg, studierte Romanistik und Slawistik und lebt heute als freiberufliche Lektorin und Literaturübersetzerin aus dem Tschechischen, Französischen und Italienischen in München.

Prolog

Es ist etwa zwei Jahre her, dass ich mit der Straßenbahn zum Pohořelec-Platz hinauffuhr. Ich hatte vor, zu Fuß den Úvoz, die hohle Gasse, hinunterzulaufen, über den Hradschiner Platz, die Schlossstiegen hinunter bis zur Karlsbrücke zu gehen und von dort über den Königsweg zum Pulverturm.

Es war später Nachmittag, und Prag zeigte sich in voller Frühlingsblüte von seiner schönsten Seite.

Ich ging langsam und nahm die Stadt mit allen Sinnen auf – vor allem aber mit dem sechsten. Wie Beschwörungsformeln spulte ich im Geiste ab: hunderttürmiges Prag, goldenes Prag, Prag mit den Regenfingern, Prag mit dem Flieder-, Apfel und Goldregenduft, Prag – Mutter aller Städte, magisches Prag …

Als ich die Kleinseite erreicht hatte, begann es schon etwas zu dämmern.

Unter dem Laubengang kam ich an einem Stand vorbei, an dem ein junger Kerl mit kariertem Anorak und Topffrisur russische Pelzkappen, Offiziersmützen mit rotem Stern auf dem Schirm und Matroschka-Puppen mit Gorbatschow-Gesicht verkaufte.

Ein Stück weiter, wo die Lázeňská in die Mostecká mündet, hörte ich, oder meinte ich zu hören, wie jemand auf Russisch „Auf geht's, Europa!" rief.

Ich ging weiter über die Karlsbrücke, sah mir die Statuen und die Silhouette des Hradschin an und lauschte dem Rauschen des Flusses. Als ich mich schon dem Altstädter Brückenturm näherte, stieß ich auf eine Geschichte. Ich stieß dort auf Leon und Lucie. Sie standen am Brückengeländer und sahen zur Burg hinüber.

Täuschen Sie sich nur nicht! Autoren denken sich Geschichten nicht aus. Sie begegnen den Geschichten, die Geschichten drängen sich ihnen auf.

Diese hier begeisterte mich nicht gerade. Sie machte mich wütend. Unnötig roh und blutig erschien sie mir. Geradezu zynisch. Wie diese Zeit. Doch sie setzte sich in mir fest. Zwei Jahre lang trotzte ich ihr, dann begriff ich, dass es mit ihr so ist wie mit all den anderen Geschichten. Ich kann sie nur loskriegen, wenn ich sie erzähle.

Also wehrte ich mich nicht länger.

Ich setzte mich an den Tisch und schrieb ein aktuelles Modewort nieder: Bodyguard.

1.

Der Traum von der Prinzessin

Bodyguard.

Das Wort verbreitete sich unter den Moskauer Afghanen wie eine Flamme im von der Augustsonne verdorrten Steppengras. Lipin'skij oder Lipinski, irgendwie so hieß der Kerl, er war Pole, Litauer oder Weißrusse, kurz, er stammte aus einer dieser Ecken des ehemaligen Ostblocks, hinter denen bereits Europa beginnt, und eben in Europa vermittelte er Jobs für Bodyguards. Er interessierte sich vor allem für die sogenannten Afghanen. In Afghanistan gewesen zu sein, war nämlich per se ein Zeugnis. Wenn er irgendwohin einen Mann schickte, der Afghanistan durchgemacht hatte, wusste er, dass er dem Kunden keinen Hosenscheißer lieferte. So erklärten es sich wenigstens die Afghanen untereinander.

„Du, das ist kein dummer Job", sagte Leon zu Sascha, als sie davon hörten. „Du machst für irgendeine Prinzessin oder ein Bonzentöchterchen den Bodyguard, du vernaschst sie, sie verknallt sich in dich, du heiratest sie und hast dein Leben lang ausgesorgt."

Die Sache sah vielversprechend aus. Sie hatte nur einen Haken. Dieser Pole, Litauer oder Weißrusse war wohl zuallererst Jude. Er verlangte fünfzig Dollar Aufnahmegebühr. Und das nur dafür, dass er einen testete. Und wenn er einen dann ablehnte, behielt er die fünfzig Dollar. Wer den Test bestanden hatte, musste noch mal tausend für eine Adresse hinblättern. Um alles Übrige musste man sich selbst kümmern: Pass, Visum, Fahrkarte. Der Pass war nicht das Problem, beide Brüder hatten einen. Aber wenn sie alles zusammenaddierten, kam heraus, dass sie, falls sie beide die Prüfung bestanden, ihre ganze Habe verkaufen mussten, um die zweitausend Dollar aufzubringen, und noch etwas mehr für die Zugreise nach Europa.

Der Traum von der Prinzessin begann sich zu verflüchtigen, als sie sahen, wo Lipin'skij oder Lipinski lebte. Die Adresse führte sie zu einem von vier kleinen Holzhäusern im altrussischen Stil, die sich hier, praktisch mitten in Moskau, wie durch ein Wunder erhalten hatten. Daneben standen zu beiden Seiten Jugendstil-Miethäuser, die irgendwann zu Beginn des Jahrhunderts erbaut worden waren und von deren Fassaden schon lange der Stuck abgefallen war. Direkt davor befand sich eine kleine Parkanlage mit einem Löschwasserbecken, auf dem noch eine Eisschicht lag. Und über all dem erhob sich ein konstruktivistisches, achtstöckiges Gebäude, das mit glitzerndem Granit verkleidet war. Dem Aussehen nach stammte es aus den frühen Dreißigern. Auf dem kleinen Hof oder Gärtchen zwischen den Holzhäusern pickten Hühner im Matsch. Auf jedem der Dächer ragten fünf, sechs Fernsehantennen empor.

Die Brüder sahen einander enttäuscht an. Nicht wegen der Rätsel und Merkwürdigkeiten der Moskauer Architektur – das lag ihnen fern. Eher deshalb, weil einer, der in so einer Bude lebte, wohl kaum Adressen von Prinzessinnen oder Bonzentöchtern parat hatte.

Trotzdem drückten sie auf einen der sechs Klingelknöpfe, die an dem Pfosten neben dem Gartentor befestigt waren. Zur Sicherheit gleich zweimal.

Nach einer Weile kam ein zwei Meter langer Glatzkopf mit einem Bauch wie Pavarotti heraus.

„Was wollt ihr?“, fuhr er sie an.

„Wir suchen Herrn Lipinski.“

Er musterte sie und fragte dann ziemlich überflüssigerweise: „Afghanen?"

Sie nickten, und er bat sie herein.

Was noch von dem Prinzessinnentraum übrig geblieben war, schmolz nach ihrem Eintreten vollends dahin. Lipinski wohnte offensichtlich in einem einzigen Raum, in dem er schlief, kochte, arbeitete und fernsah. Nichts erinnerte an das Büro einer Vermittlungsagentur. In der einen Ecke ein Gasherd, in einer anderen ein hohes, ordentlich gemachtes Bett, in der dritten der Fernseher, unter dem Fenster ein einfacher Küchentisch mit Schublade und darauf eine Rechenmaschine. Kein Computer, kein Faxgerät, nicht mal ein Telefon, nur eine schlichte Rechenmaschine, also quasi ein Rechenschieber für Erwachsene. Dazu ein Notizbuch und als letzter Schrei der Moderne ein Kugelschreiber, mit dem er ihre Namen in das Büchlein eintrug. Nur Teppiche gab es in Hülle und Fülle. Sie bedeckten in zwei oder drei Lagen den Fußboden, hingen an den Wänden, und ein roter Teppich mit gelb-grünem Blumenmuster diente sogar als Bettüberwurf.

Leon kam schon der Gedanke, dass sie am Ende nicht in Dollar, sondern in Teppichen bezahlen mussten. Sie besaßen aber keine mehr. Ihre Teppiche hatten sie gleich nach der Militärzeit verkauft, als sie beschlossen hatten, nicht mehr nach Schepetowka am Don zurückzukehren, sondern in Moskau zu bleiben. Damals hatten sie sie unter Wert verkauft, heute würden sie ein Vielfaches dafür bekommen. Aber wer hätte das ahnen können?

Nachdem Lipinski von beiden die fünfzig Dollar kassiert hatte, strich er die Scheine sorgfältig glatt, steckte sie in ein anderes Notizbuch und gab jedem einen Zettel mit einer Adresse.

„Kommt am Freitag dorthin. Ich werde euch testen. Um zehn Uhr – und zwar bitte pünktlich. Unser ‚Minütchen später' gilt im Westen nicht. Könnt ihr euch gleich mal merken."

Draußen äußerte Sascha seine Sorge, ob man sie nicht reinlegen würde, ob sie am Freitag an dieser Adresse den Dickwanst mit der Halbglatze überhaupt zu sehen bekämen.

Leon blieb ruhig.

„Keine Angst, Brüderchen! Einen Afghanen würde der nur einmal reinlegen, kein zweites Mal. Denn bis dahin hätte er 'ne Kugel in der Birne."

Wer am Freitag kein bisschen pünktlich erschien, war Herr Lipinski. Fast eine halbe Stunde warteten sie vor einem polizeilichen Schießübungsplatz auf ihn. Und mit ihnen drei andere Burschen. Tolja, Kolja und Wolja. Sie kannten sie nicht, sie hatten in einem anderen Regiment gedient. Alle drei hatten strohblondes Haar, stammten aus Susdal und waren mächtig stolz auf ihre Herkunft.

„Wir sind nordisches Volk", erklärte Tolja.

„Und wir kosakisches", konterte Sascha, obwohl Trumpfen hier zwecklos war.

Lipinski entschuldigte sich gar nicht erst und scheuchte sie gleich in die Turnhalle. Eigentlich war es keine richtige Turnhalle, nur ein großer Saal, den früher vielleicht Sicherheitsdienstler als Ruheraum genutzt hatten. Jetzt stand er leer, nur ein paar Teppiche bedeckten den Boden. Sie mussten sich die Schuhe ausziehen, und dann fing Lipinski an, sich mit ihnen zu schlagen. Leon musste zugeben, dass der Pole oder Litauer die Kniffe der Selbstverteidigung ausgezeichnet beherrschte. Keiner der Jüngeren kam gegen ihn an. Immer war er schneller, immer verdrehte er einem irgendwie den Arm, stellte ein Bein oder jagte einem sein Knie in den Bauch.

„Das war nicht gerade berühmt, meine Herren", sagte er hinterher. „Ihr müsst trainieren, trainieren, trainieren. Sehen wir mal, was ihr mit der Pistole könnt. Das entscheidet."

Und es entschied.

Sie feuerten drei Schüsse auf drei liegende Pappkameraden ab, die sich für zwanzig Sekunden aufrichteten. Tolja traf zweimal. Kolja und Wolja je einmal. Pechvogel Sascha traf jedes Mal daneben. Nur Leon brillierte. Ihm gelang der Dreifachtreffer. Der Schuss ging allen Figuren mitten durch den Kopf.

„Sehr gut", brummte Lipinski anerkennend.

„Ich kann das auch noch mal", sagte Leon und straffte sich, „ich war der beste Schütze der Division."

„Nicht nötig, die Patronen sind teuer."

Tolja, Kolja und Wolja machten sich mit dem Ergebnis auf die Socken, dass Lipinski sie in seinem Notizbuch vermerkt hatte. Sollte er sie brauchen, würde er sich melden. Sascha versuchte zu handeln: Sie beide seien Brüder und billiger, wenn sie zu zweit gingen.

„Das ist Geschwätz. Ich brauche nur einen Mann."

Leon blätterte die tausend in Dollarnoten hin und bekam dafür seine Adresse:

ARGOPAG
Jankovcova 2
Prag 7
Tschechische Republik

„Das ist doch nicht Westen", platzte er enttäuscht heraus, nachdem er die lateinischen Zeichen auf dem glatten Visitenkärtchen still durchbuchstabiert hatte, „das hat ja zu uns gehört."

„Jetzt ist es Westen. Verdammt guter Westen", versicherte ihm Lipinski und schmatzte laut mit seinen fleischigen Lippen. „Du wirst tschechisches Bier trinken, shoppen gehen. Sieh zu, dass du dich dort nächste Woche meldest. Sonst muss ich einen anderen schicken."

„Du hast echt Schwein, Bruder", sagte vier Tage später Sascha voller Neid. Sie standen am Kiewer Bahnhof vor Leons Waggon, und der jüngere trug dem älteren Bruder den Koffer.

„Keine Sorge, Sascha, ich treib dir einen Job auf. Ich lass dich hier nicht verfaulen. Wir sind schließlich Familie."

„Einsteigen, einsteigen, wir fahren jeden Moment los", rief die aufgeregte Zugbegleiterin in die wuselnde Menge mit Rucksäcken und Gepäck.

Sie umarmten einander.

An diesen letzten Augenblick mit seinem Bruder musste Leon später oft zurückdenken. Er sah aus dem Fenster, der Zug fuhr los und Sascha rief ihm nach: „Schreib mir, Lonja!"

„Werd ich machen, und du pass auf dich auf", schrie er in das Rattern der Räder hinein, Saschas Gestalt wurde kleiner und verlor sich in der Schar der anderen Winkenden. Möglich, dass er noch irgendetwas rief, aber Leon verstand es nicht mehr. Und dann konnte er nicht mal mehr unterscheiden, welche der verschwimmenden kleinen Figuren sein Bruder war.

Eine merkwürdige Wehmut befiel ihn. Er ließ den Jüngeren allein in der Großstadt unter lauter Fremden zurück. Und begab sich selber ebenfalls ins Unbekannte, irgendwohin, wo lauter Ausländer waren.

Der Zug eilte durch die Vororte in Richtung Südwesten. Dass dort an der Endstation eine Prinzessin auf ihn warten könnte, daran verschwendete Leon nicht den kleinsten Gedanken. Stattdessen versenkte er sich in seine Wehmut, die der Anblick der rückwärtsjagenden Landschaft auf eigenartige Weise vertiefte.

2.

Willkommen bei Argopag

„Fünfhundertzwanzig Kronen.“

„Ich habe keine Kronen. Nur Dollar.“

„Dann sind’s dreißig Dollar.“

„So viel? Das ist aber teuer.“

„Russisches Erdöl ist teuer.“

„Das bin ja nicht ich, der’s exportiert.“

„Das weiß ich, du Depp, sonst würdest du nicht mit dem Taxi fahren.“

Der Taxifahrer gab ihm auf seinen letzten Fünfzigdollarschein heraus und setzte ihn auf der Holešovicer Seite der Libeňer Brücke vor einem Hochhaus ab. Er deutete noch auf den Eingang des Gebäudes, sagte: „Dort ist es“, und brauste davon.

Leon schwante, dass er übers Ohr gehauen worden war, was sich später bestätigen sollte, nachdem er Prag besser kennengelernt hatte. Zum Hauptbahnhof benötigte man mit dem Auto knapp eine Viertelstunde, aber der Chauffeur hatte mit ihm eine mehr als einstündige Stadtrundfahrt unternommen. Das fuchste ihn. Nicht so sehr wegen des Geldes, sondern weil man ihn zum Narren gehalten hatte.

Die Firma Argopag hatte ihr Büro im neunten Stock, was seine stille Wut ein wenig besänftigte. Die Neun war seine Glückszahl. Vielleicht würde er für das eben erlebte Pech entschädigt.

Er brauchte eine Weile, bis er in den langen Fluren das richtige Klingelschild gefunden hatte. Leon zog seine Lammfellmütze vom

Kopf, klemmte sie sich links unter den Ellbogen, wo er den kleinen Koffer trug, glättete sich mit der anderen Hand die Haare und drückte, bevor er anklopfte, noch einmal kräftig seinen Daumen. Damit das Glück nicht Reißaus nahm.

„Herein."

In der Tür straffte er seinen Rücken und sagte mit lauter Stimme: „Guten Tag. Ich komme, um mich zu melden. Leonid Andrejewitsch Schtschukin."

Ihm fiel selbst auf, dass es ein bisschen arg militärisch rüberkam. Die drei, die in dem Raum saßen, konnten sich ein Lächeln nicht verkneifen.

„Ah, Leonid", sagte der Mann mit dem grau melierten Haar, der hinter einem breiten Schreibtisch saß. „Nach wem haben sie dich benannt, nach Breschnew?"

Die Frage brachte ihn durcheinander.

„Nein", stammelte er, „nach dem nicht. Nach meinem Großvater mütterlicherseits. Er ist im Großen Vaterländischen gefallen."

„Auch gut. Noch besser sogar. Bleib nicht in der Tür stehen und mach hinter dir zu. Wir werden uns nicht auf dem Gang unterhalten."

Der Mann, der mit ihm sprach, besaß an jeder Hand drei Goldringe, außerdem einen Pass, der auf den Namen Boris Nikolajewitsch Tschernjew ausgestellt war. Ob er wirklich so hieß, wusste nur der liebe Gott. Bei Argopag sprachen alle von ihm als dem Großen Chef. Im Unterschied zum Kleinen Chef, Ludwik Abramowitsch Nowikow, aber das konnte Leon in diesem Moment noch nicht wissen. Er schloss die Tür, seine Mütze fiel zu Boden, er musste sich nach ihr bücken und kam sich lächerlich unbeholfen vor angesichts der drei Augenpaare, die ihn beobachteten. Dennoch empfand er den Großen Chef, der inzwischen um den Tisch herumgekommen war und sich ihm mit ausgestreckter Hand näherte, instinktiv als vertrauenerweckend.

„Wie lange warst du in Afghanistan?"

„Die ganze Zeit. Von Anfang bis Ende."

Der Große Chef pfiff leise.

„Nun, ich begrüße dich in unserer Firma", sagte er und drückte ihm die Hand. „Ich habe Ausgezeichnetes über dich gehört und freue mich, dass du für uns arbeiten wirst. Ich mag fähige Leute und harte Kerle. Damit du gleich Bescheid weißt: Wir sind keine Mafia. Wir sind ehrbare Geschäftsleute. Wir betreiben Hotels und Unterhaltungseinrichtungen, handeln mit gebrauchten Autos, besitzen Diskotheken und Reisebüros. Alles rechtschaffen. Steuern bezahlen wir auf den Heller genau. Wir haben die besten Beziehungen, nicht nur hier, auch in anderen Ländern Europas. Kein schmutziges Geschäft mit Waffen oder Drogen. Wenn mir jemand auch nur eine Fingerspitze Heroin ins Unternehmen bringt, fliegt er. Damit wollen wir nichts zu tun haben. Leider sind nicht alle Geschäftsleute so redlich wie wir. Und nicht alle verhalten sich fair. Darauf reagieren wir. Wenn uns jemand ein Bein stellen will, können wir hart sein. Das ist das Grundprinzip eines guten Geschäfts. Ehrbarkeit und Härte. Leider, leider möchten die Männer von Argoline das nicht verstehen. Weshalb wir gelegentlich streng mit ihnen sein müssen. Aber alles zu seiner Zeit. Wenn du mir nicht glaubst, kann dir Lucie hier alles bestätigen."

Der Große Chef zeigte auf die Frau, die abseits an einem kleinen Tisch saß und Leon mit großen braunen Augen anstarrte. Darunter saß ein auffälliger Mund, der mit knallrotem Lippenstift angemalt war.

„Aber nimm dich vor ihr in Acht, sie bricht gerne Männerherzen und hat selbst eines aus Stein."

Leon verstand nicht recht, was diese lange Begrüßungsrede sollte, trotzdem prägte er sich jeden Satz ein. Kurz sah er in die Augen der Frau, auf die der Große Chef gezeigt hatte und die schon auf den ersten Blick hübsch war. Und vielleicht noch etwas mehr: interessant. Und im selben Moment wurde er sich bewusst, dass in der Nähe von Lucie noch ein weiterer Mann saß, der ihn regungslos mit nahezu steinerner Miene beobachtete. Er hatte kurz geschorenes Haar, was seinen langen ovalen Schädel betonte, der an einen Rugbyball erinnerte, und merkwürdig gekrümmte Ohren, wie sie Boxer haben. In der Firma trug er den Spitznamen „der Schweigsame". Nennen wir ihn also auch so.

„Ich weiß nicht, weshalb du mich so vorstellst", protestierte die Frau, die der Große Chef Lucie genannt hatte.

„Damit er nicht gleich deinem Charme erliegt und sich keine Illusionen macht. Kleine Präventivmaßnahme."

„Danke herzlich für diese Art von Prävention."

„Gern geschehen", sagte der Große Chef lachend, dann wurde er plötzlich wieder sachlich. „Fahr ihn zum *Zlatý beránek*, Ludwa soll sich dort um ihn kümmern. Er braucht eine Aufenthaltsgenehmigung, und besorgt ihm auch was Ordentliches zum Anziehen. So kann er nicht gehen, da könnte er gleich in Uniform durch Prag spazieren."

Diese Feststellung kränkte Leon, doch später sah er ein, dass der Große Chef recht gehabt hatte. Sein fast bis zu den Fersen reichender Ledermantel, darunter die Jeans und der karierte Blouson hätten in dieser Stadt wohl nur unnötig Aufmerksamkeit erregt.

Lucie erhob sich von ihrem Sessel, wodurch ihre Figur zum Vorschein kam, und Leon stellte fest, dass sie nicht nur hübsch, sondern ein echter Knüller war. Ein Weibsbild, wie es sein sollte.

„Dann komm, du Held", sagte sie, fasste ihn mit zwei Fingern am Ellbogen und führte ihn aus dem Büro.

Während der Autofahrt versuchte er mit ihr, die hinter dem Steuer saß, ein Gespräch anzuknüpfen.

„Prag ist eine schöne Stadt."

„Ja, das sagt jeder."

Er begriff, dass es nicht der glücklichste Start war, und nach kurzem Schweigen ging er es von einer anderen Seite an: „Sind Sie wirklich eine so hartherzige Dame, wie der Chef Sie dargestellt hat?"

„Unsinn. Ich passe nur auf. Man sollte immer aufpassen, oder nicht?"

Er stimmte ihr zu und wusste wieder nicht mehr, was er sagen sollte.

Zum Glück fuhr sie jetzt von selbst fort: „Der Chef muss gute Referenzen von dir haben. So einen Empfang habe ich in der Firma noch nicht erlebt."

„Ich war der beste Schütze der Division", antwortete er stolz.

„Tatsächlich?"

Leon nahm den ironischen Unterton nicht wahr, deshalb legte er noch ein wenig nach. „Wirklich wahr. In drei Disziplinen. Maschinenpistole, normale Pistole, Sniper-Gewehr. Ich hab eine Medaille bekommen und dazu noch 'ne Urkunde. Die habe ich allerdings nicht dabei."

Darauf sagte sie nichts, sondern konzentrierte sich auf den Verkehr, weshalb er nach einer Weile einen dritten Anlauf nahm: „Was ist Argoline?"

Lucie blickte ihn kurz überrascht an und bemerkte trocken: „Hey, du hast gut aufgepasst." Dann erklärte sie: „Argoline ist die Konkurrenz. Die mögen uns nicht. Und wir mögen sie nicht. Ursprünglich sind wir eine Firma gewesen, Argo. Dann hat Aschajew sich abgespalten, und die Firmen haben sich getrennt. Wir sind Argopag, sie Argoline. Und wir mögen uns nicht. Wir mögen uns kein bisschen."

„Ach so."

„Nix ach so. Das ist ein ziemliches Desaster. Das Übliche eben. Ein übliches Desaster. Verstehst du?"

Er verstand nicht, aber da befanden sie sich ohnehin schon auf dem Hof des Hotels *Zlatý beránek* – des *Goldenen Lamms* –, und es war Zeit auszusteigen.

3.

Das Hotel

Ludwa, der Kleine Chef und Direktor des *Zlatý beránek*, beobachtete vom Fenster seines Büros aus, wie sie aus dem Wagen stiegen und durch den Hintereingang das Hotel betraten. Er wusste schon Bescheid, gerade eben erst hatte er den Hörer aufgelegt. Der Große Chef wollte, dass er sich um die Aufenthaltsgenehmigung des Neuen kümmerte und ihm sogar anständige Kleidung besorgte, doch er hatte es abgelehnt und auf Lucie abgewälzt. Die Arbeit wuchs ihm über den Kopf, da konnte er sich nicht auch noch mit Behörden herumquälen. Der Kleine Chef lebte nämlich in der Vorstellung, dass der Große Chef und Lucie sich die Zeit totschlugen, während er selbst immerfort am Ackern war.

Für einen flüchtigen Beobachter konnte es auch so aussehen. Der Große Chef bewegte sich gemächlich, dachte langsam nach und sprach langsam. Ludwa hingegen war wie Quecksilber. Keiner der Hotelangestellten konnte sicher sein, dass er nicht im nächsten Moment hinter seinem Rücken auftauchte und fragte: „Hör mal, was hängst du hier rum, statt was Sinnvolles zu tun?" Teils lag es an seinem Temperament, teils war es bei ihm so eine Art Fleißspiel. Er hielt es nicht einmal aus, ruhig am Schreibtisch zu sitzen, und wenn es schon sein musste, legte er die Beine auf die Tischplatte, wie er es in amerikanischen Filmen gesehen hatte, und wippte mit seinem Stuhl. Gerne stürmte er überfallartig in die Küche, denn die Köche sollten nicht glauben, sie könnten Sachen mitgehen lassen, und manchmal schlich er sogar in Pantoffeln durch die Hotelgänge und lauschte an den Zimmertüren, um sich zu vergewissern, dass die Kunden wonnevoll stöhnten und also seine Mädels ihre Arbeit verrichteten, wie das Geschäft es erforderte. Im Souterrain hatten sie nämlich einen Eros-Club, der *Zum seligen Sultan* hieß, und darin sechzehn ausgesuchte Erotikspezialistinnen, die auf Wunsch jedem zur Verfügung standen, der das nötige Kleingeld besaß. Die Gästezimmer oben waren alle unterschiedlich eingerichtet und hatten nur eines gemeinsam – ein breites Messingbett.

Der Kleine Chef war von unbestimmtem Alter, irgendetwas zwischen fünfunddreißig und fünfundvierzig, hatte leicht rötliches Haar mit hohen Geheimratsecken und ein beginnendes Bäuchlein, aber das Merkwürdigste an ihm waren seine Augen. Fast schien es, als würde er ein bisschen schielen, aber das war nicht der Fall, er besaß nur so einen stechenden Blick.

Schon seit Langem war er in Lucie verliebt. Eigentlich müsste man eher sagen, er war scharf auf sie. Aber weil er vergeblich scharf auf sie war, hatte er sich in die Überzeugung hineingesteigert, dass er sie liebte. Und um seine Sehnsucht irgendwie zu bedienen, ließ er Lucie ab und zu durch einen seiner Handlanger beschatten.

Die beiden waren aus seinem Blickfeld verschwunden, er wandte sich vom Fenster ab und seiner Sekretärin zu.

„Sonja, da kommt dieser Neue."

„Wo sollen wir ihn unterbringen, Chef?"

„Bei den zwei anderen, in Andrejs früherem Zimmer."

Lucie und Leon hatten den Kleinen Chef noch kaum gegrüßt oder gar die Tür hinter sich zugemacht, da polterte er auch schon los: „Ich hab euch erwartet, habe eben mit dem Chef gesprochen. Wir kümmern uns um seine Unterbringung – und du dich um ihn, Lucie. Einen anständigen Fummel besorgen, die Aufenthaltsgenehmigung und Dings. Der Chef braucht dich vorerst nicht, du sollst dich melden, sobald du fertig bist."

Lucie schluckte nur. Sie hatte schon geahnt, dass es so laufen würde.

„Sonja, nimm ihn mit nach oben, damit er seine Sachen loswird, und bring ihn dann wieder her."

Sonja stand vom Computer auf und nickte Leon zu, damit er ihr folgte. Sie war fast zwei Meter groß, oder zumindest sah es so aus, denn der knappe Minirock, der sich nicht so recht mit ihrem Alter vertrug, und die hohen Absätze betonten noch ihre Länge und Magerkeit. Leon wechselte Koffer und Mütze von der einen in die andere Hand und folgte ihr nach.

„Möchtest du was trinken?", fragte der Kleine Chef und öffnete ein Schränkchen voller Flaschen mit verheißungsvollen Etiketten.

„Vielleicht einen Kaffee, wenn Sonja zurück ist."

Also goss der Kleine Chef sich selbst etwas Wodka in ein kleines Glas und leerte es in einem Zug.

„Was ist das für ein Typ?"

„Der beste Schütze seiner Division, behauptet er jedenfalls", erklärte sie und ließ sich die Bemerkung auf der Zunge zergehen. „Er bleibt erst mal hier bei euch, um ein bisschen Schliff zu bekommen. Dann hat der Chef Größeres mit ihm vor."

Der Kleine Chef trank noch einen Schnaps auf ex, was ihm den Mut verlieh, ein Gespräch anzugehen, wie er es sicher schon fünfzehnmal mit ihr geführt hatte.

„Lucie, sag mir, meine Lucie, wie lange willst du mich noch schmoren lassen?"

„Wohl bis ans Lebensende, das habe ich dir schon gesagt."

„Bei mir hättest du es wie eine Prinzessin, Lucie."

„Ludwa, du weißt, dass du nicht mein Typ bist."

„Dafür bist du zweihundert Prozent mein Typ, so gleicht sich's wieder aus. Lucie, sei meine Prinzessin ..."

Es ging ihr jetzt schon auf die Nerven und sie blaffte ihn fast an: „Ludwa, hör endlich damit auf. Ich hab dir schon hundertmal gesagt, dass ich keine Lust auf Märchenspiele habe. Nimm einfach zur Kenntnis, dass daraus nie etwas wird!“

Auch der Ton des Kleinen Chefs wurde härter: „Das kann ich dir nicht versprechen, Lucie. Tu, was du willst, am Ende kriege ich dich doch.“

„Kriegst du nicht. Ich habe meine Prinzipien.“

„Ich pfeife auf Prinzipien. Die interessieren mich nicht. Ich habe nur das einzige, dass ich dich liebe.“

„Manche Prinzipien sind gut. Zum Beispiel dies hier: niemals etwas mit einem Typ aus der Firma anzufangen. Oder das hier: Mann im Haus, mach ich mir nichts draus. Das sind sehr gute Prinzipien, und ich halte mich an sie, mein lieber Ludwa.“

Das dritte Glas Wodka diente dazu, seine heutige Niederlage hinunterspülen, auch wenn er überzeugt war, dass er am Ende doch noch siegen würde.

Unterdessen waren Sonja und Leon mit dem Aufzug ins obere Stockwerk gefahren, und Leon folgte der groß gewachsenen Frau durch den Hotelflur, als wäre er ihr Gefangener. Sie ging schweigend und ohne ihn zu beachten, drehte sich nicht nach ihm um, als wäre er gar nicht da. Er nutzte den Moment, um die heutigen Ereignisse im Kopf Revue passieren zu lassen und sich auf neue einzustellen.

Da passierte etwas, was ihn völlig überrumpelte und verwirrte.

Irgendwo vorne öffnete sich eine Zimmertür und schallendes Mädchengelächter drang in den Flur. Dann kam mit nackten Füßen eines der lachenden Mädchen aus der Tür gerannt, lediglich mit einem Hemdchen bekleidet, das bis zur Hälfte der Oberschenkel reichte und tief ausgeschnitten war. Sie warf die Tür hinter sich zu, das Gelächter verstummte, sie erblickte die beiden im Gang und hielt kurz inne, bevor sie ihnen mit Tippelschritten entgegenlief. Sonja ging weiter, als sähe sie sie nicht, dafür starrte Leon die junge Frau verblüfft an. Als sie auf seiner Höhe war, ließ sie ihren Blick an ihm hinunterwandern und streckte ihm mit einer Grimasse die Zunge heraus, während sie gleichzeitig ihren Ausschnitt nach unten zog und ihm eine Brust zeigte, eine kleine Titte, ein Tittchen, einen hübschen runden weißen Busen mit der rosigen Zielscheibe der Brustwarze. Leon fiel vor Erstaunen die Kinnlade herab. Das Mädchen lief mit glucksendem Lachen weiter, bevor sie in einem anderen Zimmer verschwand und die Tür krachend hinter ihr zufiel.

Womöglich wäre er noch mit offenem Mund stehen geblieben, doch Sonja stiefelte weiter drauflos wie eine Maschine, und Leon musste ihr nachlaufen. Er hatte erst nicht bemerkt, dass zusammen mit dem Mädchen ein schwarzer Kater aus dem Zimmer gekommen war, der nun mit hochgerecktem Schwanz, gerade wie ein Zeigefinger, würdevoll an ihm vorbeischlich. Nur die Spitze war zu einem kleinen S gerollt.

An der letzten Tür im Flur blieb Sonja stehen, klopfte an und ließ Leon vorangehen.

„Das ist der Neue, er wird hier mit euch wohnen", sagte sie.

In dem Zimmer befanden sich drei Schränke und drei Betten, ein Waschbecken und ein Tisch mit drei Stühlen. In einem der Betten schlief unter seiner Decke vergraben ein Mann. Auf dem zweiten saß ein anderer, der eine Socke in der Hand hielt und überrascht zu dem Ankömmling aufblickte.

„Tag", grüßte Leon den mit der Socke, „ich bin Leon."

„Hallo", sagte der mit der Socke, „ich bin Oskar."

„Ihr könnt euch immer noch bekannt machen", unterbrach Sonja sie ungeduldig, „dafür bleibt genug Zeit. Legen Sie jetzt erst mal den Koffer und die Mütze hier ab, denn unten wartet man auf uns.

Lassen Sie am besten auch gleich den schmuddeligen Mantel hier. Es ist ja warm draußen, Sie werden ihn nicht brauchen."

Leon gehorchte, legte den Koffer, seine Fellmütze und den Mantel auf dem freien Bett ab und eilte Sonja hinterher, die schon wieder zurück durch den Flur stakste.

Der Mann, der eben noch geschlafen hatte, reckte seinen Kopf unter dem Bettzeug hervor und fragte: „Was war das?"

„Der Neue", sagte der Mann mit der Socke, also Oskar, „er kriegt Andrejs Bett."

Er streckte sein Bein weit aus und gab der Tür einen Tritt, worauf sie zufiel.

4.

Wie in Trance

Lucie wollte zuerst die Sache mit den Kleidern erledigen und dann mit ihm zur Fremdenpolizei gehen. Es gab keinen besonderen Grund für diese Reihenfolge, höchstens den, dass sie gerne einkaufte. Darin war sie freilich keine Ausnahme, schließlich ist es die Leidenschaft aller Frauen, doch diesmal war es ein besonderer Fall. Sie sollte Leon von Kopf bis Fuß ausstatten – mit Schuhen, Strümpfen, Anzügen, Unterwäsche, Hemden und Krawatten. Und mit mindestens einem Übermantel für Schlechtwettertage. Bei so einem Auftrag lassen sich alle Facetten der Shoppingleidenschaft ausleben, und das ist etwas völlig anderes, als wenn man nur eine Bluse oder zwei BHs besorgen geht.

Sie hielt es für das Beste, jenes Kaufhaus aufzusuchen, in dem es laut Reklame von der Nähnadel bis zur Lokomotive alles gab. Das war natürlich übertrieben wie jede Reklame, Lokomotiven gab es dort nicht, und Lucie wollte auch keine. Aber was für Leon besorgt werden musste, hatten sie alles da.

Die folgenden zwei Stunden durchlebte der Afghanistan-Veteran wie in Trance. Seine Kragenweite und Taille wurden vermessen, immer wieder verschwand er in der Umkleidekabine, um die von Lucie ausgesuchten Sachen auszuprobieren, kam wieder heraus, um sich zu präsentieren und selbst im Spiegel zu begutachten. Seine eigenen Kleider, die gelben Stiefel, die Jeans, der karierte Blouson und das Kakihemd, verschwanden Stück für Stück von seinem Leib, und im gleichen Rhythmus verkleidete er sich – so kam es ihm jedenfalls vor – mit hellgrauen Hosen, einem dunkelblauen, zweireihigen Sakko mit Goldknöpfen, einem Hemd mit feinen weiß-blauen Streifen, eine Ausstattung, die oben noch von einem leuchtend blauen Seidenschal, der den offenen Kragen ausfüllte, und unten von gestreiften Socken und schwarzen Glanzlederschuhen ergänzt wurde.

Als er am Ende dieser ersten Operation neu eingekleidet aus der Kabine trat, war selbst Lucie überrascht, was für ein eleganter junger Mann ihr da entgegenkam. Man hätte ihn ohne Weiteres für einen Amerikaner halten können, der gerade aus Paris kommend in Prag eingetroffen war. Nur der dunkle Dreitagebart in seinem Gesicht passte nicht zu diesem Bild – wobei … angeblich war es in den Staaten unter jungen Leuten derzeit Trend, leicht unrasiert zu gehen, sodass womöglich auch in dieser Hinsicht alles in Ordnung war. Jetzt galt es noch, einen dunklen Anzug für abends auszusuchen, einen hellen für nachmittags, einen Satz weißer und farbiger Hemden, Stofftaschentücher, eine große Anzahl Socken, wenigstens ein weiteres Paar Schuhe und selbstverständlich auch Unterhemden sowie mindestens eine Fünferpackung Unterhosen. Von dem Übermantel ganz zu schweigen. Es machte fast den Eindruck, als spielte Lucie bei all der Um-, An- und Auszieherei mit Leon, wie kleine Mädchen mit Ken spielen, dem zu Barbie gehörenden Puppenmann.

Ich weiß nicht, ob Lucie jemals Shaws *Pygmalion* gelesen oder auf der Bühne gesehen hatte. Jedenfalls machte sie bei alledem eine ähnliche Erfahrung wie Pygmalion. Sie gestaltete Leon um, überarbeitete ihn nach ihrem Geschmack, passte ihn ihrer Vorstellung von Eleganz und Männlichkeit an. Ohne zu ahnen, was für ein gefährliches Unterfangen das ist. Und wie leicht man an der Skulptur, die man erschaffen hat, hängen bleibt. Und genau das passierte Lucie, ohne dass sie es sich in jenem Moment bewusst machte. Sie war so eingenommen von ihrer schöpferischen Tätigkeit, dass sie gar nicht bemerkte, wie hoffnungslos sie ihr verfiel.

Leon hingegen wurde sich seiner eigenen Verzauberung bewusst, auch wenn er alles nur passiv erlebte, sich Lucies Einfällen und Befehlen fügte und zu keiner Zeit seinen eigenen Willen oder Geschmack zum Ausdruck brachte. Sie erledigte alles für ihn, manipulierte ihn, wie man heute gerne sagt. Daran war er allerdings aus seiner Zeit bei der Armee gewöhnt.

In einem bis obenhin mit Paketen beladenen Auto fuhren sie vor dem Gebäude der Fremdenpolizei vor.

Drinnen war es gerammelt voll mit Leuten, die in einem langen Flur auf und ab gingen, sich hinsetzten und wieder aufstanden, Vietnamesen, Chinesen Araber, zwei Schwarze und eine Menge dunkel gelockter Weißer, deren Nationalität Leon nicht näher bestimmen konnte. Manche standen an kleinen Pulten und füllten irgendwelche Formulare aus. Und alle verhielten sich geradezu schicksalhaft.

Lucie kümmerte sich nicht darum, sie ging gleichgültig an ihnen vorüber und beachtete auch nicht die Aufschriften über den einzelnen Bürotüren. Am Ende des Flurs setzte sie sich auf eine Bank, bedeutete Leon, sich ebenfalls zu setzen, und fischte ein Handy sowie ein kleines Adressbüchlein aus ihrer Handtasche. Sie suchte eine Nummer heraus und tippte sie ein.

„Ich möchte Herrn Dr. Koudelka sprechen, bitte." Und kurz darauf: „Guten Tag, Herr Doktor, hier ist Lucie Římanová von Argopag."

„Ah, guten Tag, Madame. Ich habe Sie lange nicht gesehen. Was kann ich für Sie tun?", knarzte es im Handy.

„Wie üblich."

„Aha, gut. Wann wollen Sie kommen?"

„Wir sind schon hier."

„Aha, auch gut. Ich bin sofort bei Ihnen. Einen Augenblick."

Lucie klappte das Handy zusammen, verwahrte es in der Handtasche, aus der sie jetzt Leons Pass holte. Sie wollte sich nur vergewissern, dass das nötige Banknotenbündel darin steckte. Beinahe die gleiche Geste machte kurz darauf Dr. Koudelka, nachdem er aus der Tür getreten war.

„Diesmal geht es aber nur für ein Jahr", sagte er mit einem Ausdruck des Bedauerns.

„Nur für ein Jahr?", wiederholte Lucie und stand auf.

„Neue Vorschrift. Die Herren da oben glauben, wir hätten zu wenig Arbeit."

„Da kann man wohl nichts machen. Dann eben für ein Jahr."

Sie warteten wieder und beobachteten derweil die bunten Musterexemplare der Menschheit, die sich auf dem Amtsflur tummelten.

„Rschímanová, Rschímanová", sagte Leon auf einmal, im Bemühen, das Ř auszusprechen, „das ist kein russischer Name. Dabei sprechen Sie Russisch wie eine Russin."

„Das bin auch, aber nur zur Hälfte", lachte sie. „Meine Mutter ist Russin. Aber das ist eine längere Geschichte."

Nachdem Dr. Koudelka wieder aufgetaucht und Leon seinen Pass samt einjähriger Aufenthaltsgenehmigung ausgehändigt hatte, fiel Lucie auf, dass sie seit dem Morgen nichts gegessen hatte und ihr Magen knurrte. Allerdings war ihr Hunger auch wieder nicht so quälend, dass er sie ins erstbeste Restaurant getrieben hätte, wo ein Schweinebraten mit Kraut und Knödeln oder ein Lendenbraten in Sahnesoße ihn besänftigt hätte. Stattdessen kam ihr eine verrückte Idee, die sicherlich von den vorangegangenen pygmalionischen Erlebnissen beeinflusst war: nämlich den Petřín hochzufahren, dann mit der Seilbahn auf halbe Anhöhe herunterzufahren und im Restaurant *Nebozízek* zu Mittag zu essen. Lucie rechtfertigte diesen Einfall vor sich damit, dass die Firma dem neuen Angestellten eine so große Aufmerksamkeit entgegenbrachte. War es da nicht eine nette Geste, ihm Prag in seiner Maienschönheit vorzuführen? In Wahrheit war es vielmehr Lucies eigene Aufmerksamkeit Leon gegenüber, und die Lust, sich vor ihm noch ein bisschen als große Manipulatorin aufzuführen.

Es war bald drei Uhr nachmittags und das Restaurant schon fast leer. Sie suchten sich einen Terrassentisch direkt neben dem Geländer und Lucie bestellte erst einmal eine Flasche Ruländer.

Etwas entfernt saß eine Gruppe französischer Studenten um einen Gitarrenspieler und sang ein Chanson nach dem anderen. Grasmücken, Drosseln, Grünlinge und Amseln zwitscherten mit hinein. Die Sonne beschien die Hänge des Petřín, und die Wiesen unter ihnen standen in prächtigem weißem Blütenkleid. Ihr feiner Duft stieg zu ihnen auf. Die Stadt dort unten verschwand in einem leichten Dunst, aus dem schimmernd die Spitzen der Türme und Türmchen ragten.

Lucie blätterte in der umfangreichen Speisekarte, während Leon sich erwartungsgemäß vom Charme des Orts betören ließ.

„Sie sind eine Zauberin, Lucie. Ich bin gerade erst angekommen, da besitze ich schon die Aufenthaltsgenehmigung und habe mich in einen anderen Menschen verwandelt. Als ich heute Morgen aus dem Zug stieg, hätte ich mir nicht träumen lassen, dass ich am Nachmittag mit einer schönen Dame zusammensitze, auf Prag hinunterschaue und von herrlichstem Frühling begrüßt werde. Das ist ein Wunder. Zauberei."

„Das ist nicht meine Zauberei", wehrte sie ab, „das ist das Zauberwerk der Firma."

„Auch dass wir hier oben sitzen, über dem goldenen Prag?"

„Auch das zaubert die Firma. Unsere Firma ist eine große Magierin. Aber Achtung, sie verschenkt nichts umsonst. Du schuldest ihr dreiundsechzigtausendsechshundertsechsundzwanzig Kronen. Du hast ein Minuskonto."

Leon wusste nicht, was ein Minuskonto ist. Sie erklärte es ihm. Da sie nicht sicher war, ob er es begriffen hatte, schloss sie ihre Erklärung mit den Worten: „Kurz, das ist Geld, das du erst erarbeiten musst."

Leon ließ sich dadurch seine Begeisterung nicht nehmen. Er hob sein Glas und verkündete feierlich: „Trotzdem würde ich gern auf die Zauberin Lucie trinken."

„Das werde ich dir nicht ausreden", sagte sie und lächelte geschmeichelt, „mit der Zeit wirst du sehen, dass nicht ich die gute oder böse Zauberin bin, sondern die Firma. Das Mütterchen und die Megäre."

Sie stießen an, plauderten so dahin und Lucie bestellte Beefsteaks mit Beilage. Während sie auf das Essen warteten, belehrte sie ihn darüber, dass es immer auf den Mut ankomme. Auf den Willen, das Leben beim Schopf zu packen. Auf die Kunst, übers Seil zu laufen. Dass nur, wer wagt, gewinnt, und dem Mutigen die Welt gehört. Kurz, sie trichterte ihm die Ideologie des Erfolgs ein, die zu dieser Zeit in Prag gerade en vogue war.

Angesichts des Beefsteaks erlangte Leons Begeisterung ihren Höhepunkt. Er erklärte, er komme sich vor wie im Paradies, wo die mächtige Magierin ihn hineingezaubert habe, und dabei zerteilte er sein Steak in vier Stücke, warf sich die Gabel in die rechte Hand, spießte eines der Viertel auf und begann von ihm abzubeißen.

„Gutes Fleisch", stellte er befriedigt fest, „so gutes Fleisch habe ich vielleicht nur einmal im Leben gegessen, in Afghanistan. Wir hatten da so eine kleine Stadt besetzt, Mular oder Machar hieß sie. Das war mehr so eine Art großes Dorf. Und darüber befand sich eine Anhöhe, auf der die Basmatschi saßen. Von dieser Anhöhe aus konnten sie gut auf uns hinuntersehen, und sie hatten da auch ein paar geschickte Scharfschützen. Deshalb bekamen wir den Befehl – unsere Kompagnie und noch zwei weitere –, die Anhöhe zu besetzen und die Basmatschi zu vertreiben. Panzer konnte man da nicht einsetzen, dafür war es zu felsig. Nur Infanterie. In der Nacht haben wir uns verteilt, und in der Frühe, als es gerade dämmerte, haben wir losgelegt. Allerdings konnten diese Basmatschi ziemlich gut schießen. Sodass von unserer ganzen Kompagnie gerade mal fünf in dieses Machar oder Mular zurückkehrten. Der Koch hatte Fleisch für die ganze Kompagnie aufgetrieben. Da hat er dann statt Gulasch Spießchen gemacht. Fast so gut wie dieses Fleisch hier. Ich hab nie im Leben so viel gegessen wie damals. Diese Basmatschi waren wirklich sehr gute Schützen."

Lucie fand seine Story kein bisschen amüsant. Sie sah ihm zu, wie er das Fleisch von der Gabel biss und sich zwischendurch mit den Fingern ein paar Fritten in den Mund steckte. Der Pygmalion-Komplex erwachte neu in ihr. Eine Weile überlegte sie, wie sie ihm die Wahrheit sagen sollte, ohne ihn zu kränken.

„Leon, was möchtest du sein? Ein einfacher Infanterist oder etwas Besseres?"

„Natürlich will ich es so weit wie möglich bringen."

„Weißt du, womit du dann anfangen musst? Du musst lernen, wie man ordentlich isst. Hier bist du kein Frontsoldat mehr."

„Esse ich denn schlecht?"

„Schlecht nicht. Aber im Restaurant und überhaupt in der Öffentlichkeit isst man anders. Du musst dir kleine Fleischstückchen abschneiden, die genau in deinen Mund passen. Du darfst das Fleisch nicht von der Gabel abbeißen. Und die Gabel musst du immer in der linken Hand halten. Das Messer legt man während des Essens nicht ab, nur wenn man etwas trinken will."

„Ist das so wichtig?“

„Das ist wichtig, weil man sich sonst über dich lustig macht. Und dich für einen Kuhbauern hält.“

Leon kam sich plötzlich furchtbar ungeschickt vor, obwohl er den wunderbaren blauen Sakko mit den Goldknöpfen trug. Sie führte ihm vor, wie man manierlich aß. Wie man Messer und Gabel hielt und kleine Happen zu sich nahm. Er tat es ihr nach. Es war nicht perfekt, aber nach einer Weile brachte er es ganz annehmbar zustande. Trotzdem nagte der Wurm des Zweifels an ihm.

„Würde man wirklich wegen so was über mich lachen?“

„Würde man. Du wärst unakzeptabel.“

„Und wenn ich es beherrsche, bin ich dann akzeptabel?“

„Vielleicht. Das hängt von vielen weiteren Dingen ab.“

„Lucie“, rief er in einer übertriebenen Aufwallung von Dankbarkeit aus, „Sie sind wirklich meine gute Fee.“

Sie blieb reserviert. „Das hatten wir schon mal. Ich habe dir klar gesagt, dass die gute oder böse Fee hier die Firma ist. Nur die Firma. Schreib dir das hinter die Ohren.“

„Wer ist denn eigentlich die Firma?“

„Das erkennst du mit der Zeit.“

Die Franzosen sangen immer noch, der Petřín duftete weiter, sie bestellten sich noch eine Mehlspeise und dazu Kaffee. Lucie gefiel ihm immer besser, der Wein hatte ihn in beschwingte Stimmung versetzt, er fühlte sich fantastisch, doch bei alledem schwirrte ihm hartnäckig die Frage im Kopf herum, was das für eine Firma war, die ihn so prächtig empfing und bei der er gleich am ersten Tag ein Minuskonto hatte. Noch einmal nachzufragen, hielt er für sinnlos. Er wusste, dass sie ihm doch nicht mehr sagen würde.

Als Lucie zahlen wollte und in ihrer Handtasche nach dem Geldbeutel kramte, fiel ihr versehentlich eine kleine Pistole des Kalibers 6,35 mm auf den Tisch. Mehr ein Spielzeug als eine Waffe.

Er zeigte darauf und hob fragend die Augenbrauen.

„Das ist mein kleiner Bodyguard“, lachte sie gekünstelt und steckte die Pistole schnell ein. „Der begleitet mich überallhin. Aber zum Glück musste er bisher nie eingreifen. Ich trage ihn mehr zu meiner eigenen Beruhigung bei mir, als dass ich jemanden damit erschrecken wollte.“

Die Tatsache, dass sie stets eine Waffe bei sich trug, machte sie in seinen Augen noch großartiger.

„Lucie“, flüsterte er benommen, „Lucie …“

„Hör auf damit“, fuhr sie ihn an. „Wink lieber dem Kellner.“

5.

Andrejs Bett

Als Lucie Leon am frühen Abend vor dem Hintereingang des *Zlatý beránek* absetzte, dankte er ihr überschwänglich für ihre Betreuung und versuchte ihr sogar zum Abschied galant die Hand zu küssen.

Sie entzog sie ihm nicht, runzelte aber die Stirn.

„Lass das sein. Es ist peinlich. Das macht in Europa höchstens noch Lech Wałęsa. Und womöglich ist er genau deswegen nicht mehr Präsident."

Sie lachte, als hätte sie einen guten Witz gemacht.

Dann fuhr sie los und ließ ihn mit den Paketen und Tüten vom Einkauf im Hof zurück. Er betrat das Hotelgebäude, und niemand beachtete ihn. Er fühlte sich wieder ganz auf sich gestellt.

Fast instinktiv fand er den Aufzug. Er erinnerte sich undeutlich, dass die große Frau, die ihn am Vormittag zu seinem Zimmer gebracht hatte, den Knopf mit der Ziffer Vier gedrückt hatte, und tat dasselbe. Er war sich nicht sicher, ob er im richtigen Stock ausstieg, aber dann kam ihm der Flur bekannt vor, dem er einfach folgte. Aus einer Tür kamen drei junge Frauen heraus, frisiert, geschminkt und mit engen Pullis, die den Busen betonten.

Er grüßte: „Guten Tag."

Die drei antworteten ihm im Chor: „Hallo."

Die Letzte blieb neugierig stehen.

„Bist du der Neue? Andrejs Nachfolger?"

„Ja, der bin ich."

„Dann sehen wir uns noch. Tschau."

Er schleppte seine Einkäufe bis vor die Tür des letzten Zimmers. Dort klopfte er an und öffnete gleich darauf selbst mit dem Ellbogen. Er hatte das richtige Zimmer gefunden. Allerdings war Oskar nicht dort. Jetzt saß der, der am Vormittag geschlafen hatte, mit einer Socke in der Hand auf dem Bett. Er war wohl gerade am Aufstehen. Sein Unterhemd spannte sich über seinen muskulösen Oberkörper, und die nackten Arme waren dicht mit blauen Tätowierungen übersät.

Leon grüßte ihn und legte die Einkäufe neben seinen Koffer, die Fellmütze und den Ledermantel.

„Ich bin Leon. Ich soll hier mit euch wohnen."

„Ich weiß. Andrejs Nachfolger. Hat mir Oskar erzählt. Ich bin Kostja."

Leon holte aus einer seiner Taschen eine Flasche Wodka Gorbatschow und stellte sie auf den Tisch.

„Hier, mein Mitbringsel zum Einstand."

„Das muss doch nicht sein, Süßer, hier gibt's genug zum Saufen. Zum Saufen und Huren."

„Ich wollte eigentlich einen Pschenitschnaja oder wenigstens einen Stolitschnaja. Hatten sie aber nicht. Dann habe ich den hier genommen. Ich finde das schon bescheuert. Stalin hat keinen Wodka, Chruschtschow hat keinen Wodka, nicht mal Breschnew. Aber dieser Schwätzer von Gorbatschow hat einen."

Kostja zog sich die Socke fertig an und korrigierte ihn bedächtig. „Dieser Wodka hier hat nix mit deinem Gorbatschow zu tun. – He, das war doch echt nicht nötig. Aber wenn du ihn schon mitgebracht hast, dann mach ihn auf."

Mit einem nackten und einem besockten Fuß ging er zum Waschbecken hinüber, nahm die Zahnbürsten aus den Gläsern, spülte die Gläser kurz ab und knallte sie auf den Tisch. Leon öffnete die Flasche und goss dreiviertelvoll ein.

„Worauf trinken wir?"

„Auf Andrej. Und dass wir nicht enden wie er", meinte Kostja und schüttete den Inhalt des Glases in sich.

Leon zögerte kurz und tat es ihm nach.

„Was war denn mit Andrej?"

„Sie haben ihn abgeknallt. Bei einer Aktion in Berlin. Aschajews Leute. Rohe Bestien. Verdammte Wichser. Er war ein feiner Kerl. Gieß noch was ein. Fürs zweite Bein. Damit die Welt nicht anfängt zu schwanken."

Leon füllte nach, diesmal schon vorsichtiger.

„Hat dich wohl arg mitgenommen?"

„Was denn?"

„Na, das mit Andrej."

„Wen nimmt so was nicht mit?"

„Mich hat das anfangs auch immer mitgenommen. Aber dann hab ich mich dran gewöhnt. Sonst wird man nur verrückt. – Also, damit die Welt nicht anfängt zu schwanken", sagte Leon und erhob sein Glas.

Kostja stieß mit ihm an, doch bevor er trank, sah er ihn lange an und fragte: „Stimmt es also, dass du in Afghanistan warst?"

„Mhm."

„Mich würden da keine zehn Pferde hinkriegen."

„Was hätte ich machen sollen? Ich hatte ganz normalen Wehrdienst, hab schon die letzten Tage gezählt, dann kam der Befehl und wir sind gefahren."

„Durchbrennen, verschwinden, abtauchen. Russland ist groß, und irgendwo findet man immer einen Kumpel, der einem hilft."

Erst jetzt besah Leon sich sein Gegenüber genauer. Kostja hatte breite Schultern, einen mächtigen Oberkörper, auf dem kurzen Hals einen dreieckigen Kopf mit leicht schräg stehenden Augen und unter dem Rumpf krumme O-Beine.

Bestimmt hat er tatarisches Blut, dachte er, irgendwann in der Vergangenheit hatte ein Russe ein Techtelmechtel mit einer Tatarin, oder ein kleiner Tatar mit einer Russin, und ihm sieht man es an. Zu Hause am Don gab's viele von der Sorte.

„Und du? Was hast du in unserer Heimat gemacht?“

Kostja zog eine Grimasse.

„Hör zu, Süßer, weißt du, was die Fremdenlegion ist? Da kommst du hin und niemand darf dich danach fragen, was vorher war und warum du da bist. Nimm's einfach hin, dass es hier so ist wie in der Fremdenlegion. Genügt das?“

„Ja, klar.“

Ein drittes Glas lehnte Kostja ab. Ludwik Abramowitsch, also der Kleine Chef, wie er genannt wurde, konnte es nicht leiden, wenn man im Dienst trank, und Kostja hatte gleich Dienst. Der eine Schluck mehr sei's nicht wert, dass man sich dafür zusammenscheißen ließ oder dass sie einem sogar eine Geldstrafe aufbrummten und vom Konto abzogen.

„Aber der wird ja nicht schlecht“, meinte er, „vormittags kann man ihn gut vertragen, wenn nichts anderes los ist.“

Kostja zog sich an und verließ das Zimmer, und Leon konnte in Ruhe seine Einkäufe verstauen. Er hängte die Anzüge auf Bügel im leeren Schrank, legte die Hemden und alles Übrige zusammen. Sogar für den Koffer und den Mantel fand sich Platz. Mit größter Sorgfalt hängte er seinen blauen Sakko auf, zog dann seine alten Jeans an und hängte noch die Hosen neben den Sakko. Er machte sich obenrum frei, ließ das Waschbecken mit Wasser volllaufen und begann sich zu waschen. Nach der langen Zugreise hatte er es nötig. Als er sich gerade die Brust eingeseift hatte, tauchte Oskar auf.

„Ich hab gehört, hier ist noch ein Tröpfchen Wodka übrig. Ich bin zwar kein Trinker, wäre aber interessiert.“

„Er steht auf dem Tisch, bedien dich", ermunterte Leon ihn vom Waschbecken aus.

„Was plätscherst du hier eigentlich rum, draußen im Gang gibt es eine Dusche."

Leon zögerte. „Na, jetzt wasch ich mich schon fertig. Ich dusche morgen."

„Wie du willst. Magst du auch einen?"

„Nur noch einen kleinen."

Sie stießen drei Runden miteinander an. Allerdings waren die Gläser längst nicht so voll wie mit Kostja. Oskar war auch nicht so heikel mit seiner Vergangenheit. Nach dem zweiten Glas erzählte er stolz, er sei russischer Meister im Judo gewesen.

„Ich war in fantastischer Form. Ich hätte es bestimmt noch zum sowjetischen Meister gebracht. Nur dass die Union dann auseinandergebrochen ist und es keine sowjetische Meisterschaft mehr gab. Ich hatte in meiner Gewichtsklasse einen einzigen Konkurrenten. Einen Iwaschtschenko. Der war Ukrainer."

Nach dem dritten Glas kam auch noch der Rest heraus. Oskar hatte sich dann, zu Jelzins Zeit, mit Iwaschtschenko zusammengetan und in Moskau eine Selbstverteidigungsschule eröffnet. Das Unternehmen prosperierte, sie hatten eine Menge Schüler. Doch dann fing Iwaschtschenko etwas mit Oskars Frau an. Alle wussten davon, nur Oskar nicht. Bis die beiden eines schönen Tages alles Geld nahmen, die Rubel von der Bank und die Dollars aus der Schublade, und abzwitscherten wie ein verliebtes Vogelpärchen.

Vielleicht waren sie nach Lemberg gegangen, wo Iwaschtschenko herstammte, aber wer wollte das wissen? Möglicherweise waren sie ganz woandershin. Oskar blieben nur Schulden und das heulende Elend. Er wollte die Schule behalten, und seine Schüler ließen ihn auch nicht im Stich, aber die Gläubiger rückten ihm auf den Leib und drohten, ihm die Kehle durchzuschneiden. Also verschwand er nach Prag zu Argopag. Hier arbeitete er als Rausschmeißer. Das Judo kam ihm dabei sehr gelegen.

„Das käme mir auch gelegen", meinte Leon, nachdem er ihn angehört hatte. „Selbstverteidigung ohne Waffen ist nicht meine Stärke. Wie wär's, wenn du mir Stunden gibst?"

„Warum nicht", stimmte Oskar zu, „zehn Dollar pro Lektion. Oder dreihundert Kronen."

Als er Leons erstauntes Gesicht sah, fügte er schnell hinzu: „Das ist kein übertriebener Preis. Vergiss nicht, dass ich russischer Meister bin. Das treibt den Preis nach oben."

Leon schwieg noch immer, denn er fand, er könnte es ihm auch umsonst beibringen, wo sie doch das Zimmer miteinander teilten. Oskar erriet seine Gedanken.

„Junge, wir sind hier im knallharten Kapitalismus. Hier scharrt nicht mal ein Huhn umsonst mit der Kralle. Na, aber keine Sorge", lenkte er ein, „wir werden uns schon noch einig. Vielleicht kann ich für dich ein bisschen mit dem Preis runtergehen. Schon weil du jetzt in Andrejs Bett schläfst."

In seiner ersten Prager Nacht brachte Leon lange kein Auge zu. Er war müde, aber er wälzte sich im Bett herum, und ein Film aus sich wild überlagernden Aufnahmen des ganzen Tages lief in seinem Kopf ab. Das Rätsel der Firma konnte er dabei nicht knacken.

Und als ihn der Schlaf schließlich doch übermannte, schlief er unruhig.

Er träumte, er läge im Schlafwagen, der Zug würfe ihn hin und her und jemand sagte zu ihm: „Hör mal, fahr nicht nach Berlin, da werden sie dich abknallen wie Andrej." Innerhalb dieses Traumes erwachte er in einem Zug und vergewisserte sich, dass dieser nicht nach Berlin fuhr, was ihn beruhigte. Er trat auf den Gang hinaus, zündete sich eine Zigarette an und sah durch das Fenster die Lichter der Signalmasten vorüberflitzen. Plötzlich öffnete sich scheppernd die Tür des Nachbarabteils, und eine junge Frau im Negligé kam heraus. Sie ging dicht an ihm vorüber und zeigte ihm im Vorbeigehen ihre Brust. Eine große, schwere Brust. Da erkannte er sie an der knallroten Lippenstiftfarbe. Es war Lucie. Die violette kleine Zunge, die sie ihm entgegenstreckte, sah zwischen den roten Lippen fast obszön aus. Aber nein, es war nicht Lucie, das war Dunja, mit der er vor seiner Militärzeit in Schepetowka gegangen war. Er spreizte ihre Schenkel und drang an der Uferböschung des Don in sie ein. Ihre Schreie weckten ihn.

Er war völlig schweißgebadet, hatte einen ganz trockenen Mund.

Das wird vom Wodka kommen, sagte er sich, von Wodka kriegt man immer Durst.

Er tastete sich im Dunkeln vor zum Waschbecken, drehte den Hahn auf und trank reichlich aus vollen Händen.

Erst dann sank er in einen schweren, traumlosen Schlaf.

6.

Lucie

Auch Lucie konnte nicht einschlafen.

Vom *Zlatý beránek* aus war sie direkt nach Hause gefahren, denn der Chef brauchte sie nicht mehr. Sie besaß eine kleine Dachwohnung am Maltézské náměstí, dem Malteserplatz. Ein kleines Schlafzimmer, ein kleines Wohnzimmer, eine kleine Küche, eine kleine Diele und ein kleines Bad. Alles miniaturhaft. Aber für eine Person ausreichend. Umso wichtiger war ihr, dass in diesem Boudoir, wie sie ihre Wohnung scherzhaft nannte, alles hübsch und behaglich war. Im Wohnzimmer hingen zwei Bilder von frischgebackenen Akademie-Absolventen, die sie recht günstig erworben hatte, außerdem ein kleines Gemälde von Zrzavý, das sie in einem Antiquariat gekauft hatte und das wiederum ziemlich teuer gewesen war. Das Schlafzimmer hatte sie mit weißen Möbeln eingerichtet, die Tapete war blau-weiß gestreift, und als einziger Schmuck hing dort eine wilde Grafik über das Liebesthema von Anderle. Dafür gab es gleich drei Spiegel, zwei an der Wand und einen auf dem weißen Frisiertischchen. All diese Dinge, einschließlich des Beiwerks wie Döschen, Vasen und Blumenübertöpfe, der Fernseher samt Videorekorder und die Stereoanlage, verrieten Geschmack und ein ordentliches Einkommen.

Normalerweise aß Lucie gleich, wenn sie nach Hause kam, eine Kleinigkeit. Diesmal aber ging sie nur kurz in die Küche und öffnete aus reiner Gewohnheit den Kühlschrank, um festzustellen, dass sie weder Hunger noch Durst hatte. Eine Weile schlenderte sie durch ihre Wohnung. Die Blumen mussten nicht gegossen werden, das hatte sie schon morgens erledigt. Nur dem großen Ficus neben dem Wohnzimmerfenster gab sie noch ein bisschen Wasser. Dann schaltete sie den Fernseher ein. Auf einem Kanal lief Fußball, auf einem anderen gab es irgendeine Diskussionsrunde mit einem Minister und Abgeordneten, die sie nicht interessierte. Auf den verbleibenden zwei Kanälen blöde amerikanische Filme mit wilden Autojagden. Mehr Kanäle besaß sie nicht, und deshalb schaltete sie den Apparat wieder aus.

Sie blieb im Sessel sitzen, lehnte den Kopf zurück, streckte die Beine aus, und in diesem ruhigen Moment tauchten wieder die Szenen aus dem Kaufhaus vor ihren Augen auf, als sie Leon eingekleidet hatte. Sie sah ihn vor sich, wie er im blauen Sakko und den hellen Hosen aus der Umkleidekabine trat und angesichts seiner eigenen Verwandlung strahlte.

„Na, du hast dein Möglichstes getan, Mädchen“, sagte sie zu sich selbst, „mehr konnte man nicht aus ihm machen. Jetzt sieht er ganz zivilisiert aus. Als würde er schon immer hier leben.“

Und dann musste sie daran denken, wie er wohl aussehen würde, wenn sie ihn als Kosaken einkleiden würde, mit weiten blauen Pluderhosen, dazu himbeerfarbene Schaftstiefel und oben ein schwarzes Hemd mit Goldverbrämung. Dazu bräuchte er freilich noch einen Leibriemen mit Säbel und auf dem Kopf eine Kosakenmütze aus weißem Lammfell, die kokett seitlich sitzen müsste. Dann fehlte nur noch ein Schnurrbart, und er würde im Jahr 1913 den pausbäckigen Mädchen da unten am Don den Kopf verdrehen. So hübsch molligen, hellhäutigen Mädchen, wie es sie nur in Russland gab. – Ihr wurde bewusst, dass sie diesen Satz irgendwo gelesen hatte. Und überhaupt, ihre ganze Kosaken-Vorstellung von Leon stammte aus Filmen. Aus irgendeiner dämlichen Sowjetkomödie, die im Kolchosemilieu spielte.

Trotzdem amüsierte es sie. Einen Moment lang gab sie sich dieser Vision hin, bis ihre heitere Gelassenheit in Melancholie umschlug. Auf einmal kam ihr alles so unsinnig vor. Leons Ankunft, ihre Tätigkeit den ganzen Tag, überhaupt das ganze Auf und Ab ihres Lebens.

Hätte ich im Jahr 1913 dort am Don gelebt, wäre ich sicher längst verheiratet, dachte sie, hätte drei Kinder, würde mich um die Hühner, Gänse und Truthennen kümmern und mit dem Mittagessen aufs Feld reiten. Und womöglich besäße dies alles mehr Sinn als das hier.

Doch im nächsten Moment begriff sie, dass das längst nicht so sicher war.

Lucie dachte nicht gern über ihre Vergangenheit oder die Begebenheiten nach, die dazu geführt hatten, dass sie überhaupt geboren wurde und die Person war, die sie war. Es gab da zwei Geheimnisse, zwei bedeutsame Ereignisse, auf denen ein Schleier lag, den sie nicht lüften konnte. Das eine war der Tod ihres russischen Großvaters. Das andere das Scheitern der Ehe ihrer Eltern. Diese beiden Fragen beunruhigten sie so sehr, dass sie ihnen lieber aus dem Weg ging, obwohl sie spürte, dass sie dauerhaft einen Schatten auf ihre Existenz warfen.

Lucies tschechischer Vater, Jiří Říman, hatte Ende der Fünfziger-, Anfang der Sechzigerjahre in Moskau studiert, um Agraringenieur zu werden. Dort lernte er Anna Michailowna Tschenská kennen, ihre Mutter. Daran war nichts weiter geheimnisvoll. Die russischen Mädchen waren schon damals, in der Chruschtschow-Ära, vom Wunsch besessen, sich in den Westen zu verheiraten. Und wenn nicht direkt ins kapitalistische Ausland, was schwierig war, so doch wenigstens in eines der befreundeten sozialistischen Länder. Die Tschechoslowakei war wegen ihres hohen Lebensstandards besonders begehrt. Und Jiří Říman war ein hübscher junger Mann mit guter Perspektive. Chruschtschow warb damals für den Maisanbau. Jiří Říman nutzte die Gelegenheit und befasste sich in seiner Abschlussarbeit mit Fragen der Kultivierung sowohl von Futtermais als auch von Körnermais. Anna Michailowna musste mit anderen Interessentinnen aus Prag um ihn konkurrieren, aber sie war es, die siegte, und Říman heiratete sie noch in Moskau. Natürlich spielte sich die Sache nicht ganz so kühl-strategisch ab. Sie war sehr romantisch in ihn verliebt, wie dies nur russische Mädchen vermögen. Und vielleicht hatte sie gerade wegen ihrer schwelgerischen Entflammtheit über die anderen gesiegt.

Nach seiner Rückkehr in die Heimat erwartete Říman eine großartige Karriere. Etwa ein halbes Jahr lang war er Assistent an der landwirtschaftlichen Hochschule, dann avancierte er dank dem Mais auf den Posten des zuständigen Abteilungschefs im Ministerium. Die Partei suchte junge, gebildete Kader, und er war einer von ihnen. Sobald er sich im Büro des Ministeriums niedergelassen hatte, reiste Anna Michailowna ihm nach, die wegen ihres Examens an der pädagogischen Fakultät noch in Moskau geblieben war. Sie hatte sich auf Russisch und Deutsch spezialisiert.

Das junge Ehepaar erhielt eine große Wohnung im Stadtteil Vinohrady und erlebte dort mit etwas Verspätung aufregende Flitterwochen. In den Moskauer Studentenwohnheimen hatten sie dazu nicht viel Gelegenheit gehabt. Trotzdem kam Lucie erst drei Jahre später zur Welt.

In der Zwischenzeit unterrichtete Anna Michailowna, jetzt Anna Římanová, an der landwirtschaftlichen Hochschule Russisch. Gleichzeitig erlernte sie selbst recht schnell und gründlich die tschechische Sprache. Am längsten brauchte sie dazu, den eigenen Nachnamen aussprechen zu lernen. Später konnte sie so gut Tschechisch, dass sie niemand mehr für eine Ausländerin hielt. Leute mit besonders feinem Gehör vermuteten wegen ihres

Akzents allenfalls, dass sie irgendwo aus der Gegend um Ostrava stammte.

Mit ihren Schwiegereltern, einfachen LPGlern aus Südböhmen, wurde Anna Michailowna nicht warm. Möglich, dass Charaktergründe dabei eine Rolle spielten. Vielleicht konnte sich die alte Frau Římanová nicht damit abfinden, dass ihr Sohn eine Russin geheiratet hatte, die sich nur großspurig gab und keine Hausfrau war. Oder aber es lag umgekehrt an der traditionell geringschätzigen Haltung der russischen Intelligenz gegenüber den Leuten vom Land, die Anna Michailowna mit dem abfälligen Wort „Muschiks" bedachte, ungeachtet der Tatsache, dass zu dieser Zeit weder in Russland noch in Böhmen Muschiks existierten, sondern nurmehr die mit der Arbeiterklasse und der arbeitenden Intelligenz verbündete Bauernklasse. Aber wie es sich auch verhielt, sicher war, dass Anna Michailowna nie ganz der Familie ihres Mannes angehörte. Auch seinen Geschwistern gegenüber wahrte sie Distanz.

Je länger Anna in Böhmen lebte, desto größer wurde ihr Heimweh nach Russland und der russischen Kultur. Immer öfter begannen sich bei ihnen zu Hause die Prager Russen zu treffen – Nachkommen in zweiter und dritter Generation der „weißen" Emigranten der Zwanzigerjahre, mit Tschechen verheiratete Russinnen oder Mitarbeiter der Botschaft und wirtschaftlicher Institutionen. Ganz unabhängig vom Grund ihres Aufenthalts in Prag bildeten sie bei den Římans eine Art demokratische Gesellschaft, deren einziger gemeinsamer Nenner die nationale Herkunft war, und tauschten miteinander Neuigkeiten der russischen Kultur, aber auch lokalen Klatsch aus. Nur um Politik machten alle lieber einen Bogen. Trotzdem begann auf der Hochschule, an der Anna lehrte, das Gerücht zu kursieren, sie sei eine Agentin des KGB. Ein Kollege verbreitete sogar, sie habe mindestens den Rang einer Majorin. Was eine Behauptung war, die man schnell mal eben in die Welt setzt, die sich jedoch schwerlich beweisen und auch nicht widerlegen lässt. Anna Římanová versuchte es gar nicht erst. Nur manchmal ereiferte sie sich zu Hause: „Stellt euch vor, was sie über mich in Umlauf setzen!"

Als Lucie knapp vier Jahre alt war, zerbrach die Ehe ihrer Eltern. Chruschtschow war weg, der Mais hatte an Popularität verloren, die Partei suchte junge, gebildete Kader, zu denen Jiří Říman nicht mehr gehörte. Man versetzte ihn ins Landwirtschaftsressort nach České Budějovice. Anna und Lucie blieben in Prag. Nach einjähriger Trennungsphase wurden die Eheleute Říman beim ersten Gerichtstermin einvernehmlich geschieden.

Von da an sah Lucie ihren Vater immer seltener. Jiří Říman heiratete in Budějovice neu und hatte zwei weitere Kinder, doch mit seiner Karriere ging es bergab. Vom Bezirks- zum Kreisamt und schließlich zum Molkereileiter. Erst nach der Samtenen Revolution fing er sich wieder. Er gründete eine Aktiengesellschaft zur Privatisierung der Molkerei, behielt den Hauptanteil an ihr und wurde auf Kreisebene ein erfolgreicher Unternehmer. Es schien ihm gut zu gehen, zumindest hatte er Lucie einige Male Geld angeboten, das diese auf Anraten ihrer Mutter dankend annahm. Damit konnte sie später ihre Wohnung fertig einrichten.

Ihre Mutter heiratete nicht wieder. Sie hatte Freunde, vielleicht auch Liebhaber, doch sie lebte damals nur für ihre Tochter, ihre Arbeit und den russischen Zirkel, der sich inzwischen regelmäßig bei ihnen traf. Außerdem kam jetzt viel häufiger, meistens für die ganze Dauer der Ferien, Lucies russische Großmutter, Marie Iwanowna Tschenská, zu Besuch.

Die Frage, auf die Lucie keine Antwort wusste, war, weshalb die Ehe ihrer Eltern eigentlich in die Brüche gegangen war, wo Anna Michailowna ihren Mann doch sicher geliebt hatte. War es der Zusammenprall zweier Kulturen, der russischen und der tschechischen, der die Beziehung zerrüttet hatte? Oder lag es daran, dass Anna selbst nie in einer richtigen Familie gelebt hatte und ihr daher die Erfahrung fehlte, dass Ehe und Familienleben aus einer unendlichen Reihe von Kompromissen bestehen, die beide Partner Tag für Tag miteinander eingehen müssen? Falls die zweite Erklärung zutraf, dann hatte auf seine Weise der Tod von Lucies russischem Großvater noch in die Ehe ihrer Eltern hineingewirkt. Auch dieser Tod war nämlich geheimnisumwoben.

Ihr russischer Großvater, Michail Antonowitsch Tschenskoj, war Oberst in der Roten Armee gewesen. Er stammte irgendwo aus dem Süden, vielleicht aus der Don-Region. Zuletzt befehligte er ein Fallschirmjäger-Regiment. 1939 kam er ums Leben, während der ersten Wochen des finnischen Kriegs. Doch wie er genau ums Leben kam, blieb ungeklärt. Lucie brachte aus ihrer Großmutter nie mehr heraus als eben diese unbestimmte Formulierung. War er eines der letzten Opfer der stalinistischen Säuberungen in der Armee gewesen? Oder eines der ersten Opfer des Krieges? Ihre Großmutter antwortete auf diese Fragen immer nahezu erbost: „Ich weiß es nicht und ich will es nicht wissen."

Manchmal erklärte sie, etwas ruhiger: „Ich erinnere mich nicht gerne daran. Weißt du, was das bedeutet, wenn man als Frau alleine mit einem zweijährigen Kind zurückbleibt und gleichzeitig einen fordernden Beruf hat?"

Lucies Großmutter war Ärztin gewesen. Ursprünglich Internistin, musste sie an der Front gezwungenermaßen noch Chirurgie hinzulernen. Sie gehörte zu der stolzen Generation russischer Frauen, denen der Kommunismus eine Hochschulausbildung zuteilwerden ließ. Eine begeisterte Komsomolzin, eine Verehrerin Stalins. Solange ihr Mann lebte, hatte sie eine Hilfe im Haus gehabt, die alte Marfa, die ihr mit dem Kind und dem Haushalt zur Seite stand. Eine kurze Zeit bekam sie es dann ebenso alleine hin. Doch nur, bis der Krieg mit den Deutschen ausbrach. Die Großmutter ging als Ärztin zur Armee, und die kleine Anna Michailowna kam in ein Kinderheim. Angesichts des bedrohlichen Vorrückens der Deutschen wurden die Kinder nach Alma-Ata evakuiert. Dort verbrachte Anna Michailowna die Kriegsjahre und auch die ersten zwei Nachkriegsjahre, bis es ihrer Mutter gelang, sie ausfindig zu machen. In Alma-Ata hatte Anna auch erfahren, was Hunger bedeutete. Eine für andere unbegreifliche Hochschätzung des Essens war die Folge. Anna Michailowna störte sich nicht an Unordnung. Sie ertrug ohne Weiteres eine Spüle voll ungewaschenem Geschirr, ungesaugte Teppiche oder wild auf Stühlen oder dem Boden herumliegende Wäschestücke und Kleider. Doch sie duldete nicht, dass auch nur das winzigste bisschen Essbares vergeudet wurde. Noch das kleinste Käntchen trockenen Brots brauchte sie auf, indem sie es in der Suppe mitkochte.

Das Rätsel um den Tod ihres Vaters beschäftigte Anna Michailowna erstmals nach Chruschtschows Stalin-Kritik. Während ihre Mutter sich demonstrativ nicht dafür interessierte, arbeitete sich die Hochschülerin durch alle Listen rehabilitierter Soldaten hindurch, doch den Namen ihres Vaters konnte sie nirgendwo finden. Das zweite Mal – viele Jahre später – kam es in dieser Frage zum Konflikt, als in der Ära Gorbatschow die Hinterbliebenen die Möglichkeit erhielten, die Akten der KGB-Archive einzusehen. Anna Římanová besaß damals noch die sowjetische Staatsbürgerschaft, die tschechoslowakische beantragte sie erst nach der Samtenen Revolution. Sie schrieb ihrer Mutter, sie sei entschlossen, nach Moskau zu fahren, um dort herauszufinden, was mit dem Vater passiert sei. Statt eines Antwortschreibens erschien in Prag die alte Dame selbst.

„Ich will nicht, dass du dort hinfährst, ich verbiete dir, da herumzustochern", schrie sie ihre Tochter an, „jedes übertriebene Herumstochern in der Vergangenheit bringt am Ende nur Unglück. Sei froh, dass es dir gut geht, sei froh, dass du hier bist, und steck nicht deine Nase in das, was damals war. Wer weiß, was dort noch alles geschehen wird und wie das alles ausgeht."

Daraus entspann sich ein mehrtägiger Streit, und schließlich setzte die Großmutter ihren Willen durch. Anna fuhr nicht nach Moskau, und das Geheimnis blieb ein Geheimnis.

Böse Gedanken tauchten damals in Lucies Kopf auf. Falls ihr Großvater tatsächlich den Säuberungen zum Opfer gefallen war – was wahrscheinlich war –, dann hatte seine Frau womöglich irgendeinen Anteil daran. In den meisten Fällen wurde gleich nach der Verhaftung eines Mannes auch seine Frau festgenommen. Ihre Großmutter war jedoch nicht verhaftet worden. Sie war auf freiem Fuß geblieben und dann freiwillig zur Armee gegangen. Wer weiß, vielleicht hatten die GPU-Agenten ihr zugesetzt und sie hatte etwas gesagt, was ihren Mann belastete, weshalb sie nun nicht wollte, dass es ans Licht kam? Sie hätte ihrer Tochter wohl nicht mehr in die Augen sehen können, wenn diese erfuhr, dass sie auf irgendeine Weise den Tod des Vaters mitverursacht hatte.

So konnte es gewesen sein. Aber genauso gut konnte hinter ihrem Verhalten die uralte russische Weisheit stecken, dass man das Schicksal nicht versuchen darf. Dass man nichts Neues erzwingen soll, weil das Neue immer schlechter ist als das Alte. Dass man die Vergangenheit auf sich beruhen lassen und in der Gegenwart leben muss, denn nur in der Gegenwart lässt sich das Leben genießen.

Lucie wusste, dass diese Familiengeschichte an ihr klebte wie vergossener Sirup. Auch wenn sie es nie bewusst so für sich formuliert hätte, war tief in ihrem Innern eine instinktive Angst vor der Ehe eingeschrieben. Die Furcht, sie könnte in der dritten Generation das Schicksal ihrer Großmutter und ihrer Mutter wiederholen. Das Schicksal der alleinstehenden Frau mit Kind. Deshalb war sie mit ihren zweiunddreißig Jahren noch unverheiratet. Sie hatte auf der Universität Englisch und Deutsch studiert. Sie war hübsch und von Verehrern umschwärmt. Das dichte, rabenschwarze Haar, das sie von ihrer Großmutter geerbt hatte, verlieh ihrem blassen Gesicht mit den großen braunen Augen einen leicht traurigen Ausdruck, der Männer anzog und in ihnen die Erwartung einer stillen Sinnlichkeit weckte.

Schon in der Schulzeit hatte sie einen Freund, aber als die Rede aufs Heiraten kam, lehnte sie ab. Auch später bekam sie ähnliche Anträge, doch jedes Mal verwarf sie den Gedanken an eine Ehe und beendete die Beziehung.

Das letzte Mal vor knapp einem Monat – auch wenn es sie hier und da etwas unruhig machte, dass all ihre Freundinnen längst verheiratet waren und Kinder hatten. Sie zog es vor, sich einfach nicht mehr mit ihnen zu treffen.

Nach der Universität hatte sie dank ihrer Sprachkenntnisse in einem großen Verlag gearbeitet. Zunächst als Lektorin, dann als Zuständige für die ausländischen Lizenzkontakte. Und gerade, als der Verlag in die Krise geriet, tauchte im russischen Zirkel ihrer Mutter Boris Nikolajewitsch alias der Große Chef auf. Er bot ihr die Stelle einer Sekretärin und das doppelte Gehalt an. Sie verließ den Verlag, noch bevor er Konkurs machte. Einige Zeit arbeitete sie bei Argopag tatsächlich nur als Sekretärin. Aber nach und nach drang sie ins Organisationsgetriebe ein, wurde die rechte Hand des Chefs, seine nahezu unentbehrliche Stellvertreterin. Sie wusste fast alles über die Firma, über ihre sauberen und unsauberen Geschäfte. Anfangs empfand sie Mitleid mit den Mädchen, die sie im- und exportierten. Aber mit der Zeit wurde sie ihretwegen nicht mehr sentimental.

„Das sind dumme Kühe“, war inzwischen ihre Meinung. „Was soll schon groß mit ihnen sein, wenn sie der Welt nichts anderes zeigen können als ihre Möse.“

Wäre sie nicht zweisprachig aufgewachsen, hätte ihr das Wort in seiner Vulgarität wohl widerstrebt. Aber da eher Russisch als Tschechisch ihre Muttersprache war, klang es für sie nicht so ordinär, wie es sonst der Fall gewesen wäre. Für sie war es lediglich ein populärer oder auch kindlicher Ausdruck für das weibliche Geschlechtsteil.

Bald nach ihrem Wechsel zu Argopag zogen ihre Mutter und sie auseinander. Sie tauschten die große Wohnung in Vinohrady gegen zwei kleine ein. Erst von da an fühlte Lucie sich völlig unabhängig und für sich selbst verantwortlich. Zum russischen Zirkel ihrer Mutter ging sie jedoch weiterhin gelegentlich, vor allem wegen der nützlichen Kontakte. Über Neues aus der Welt der Kultur wurde dort nicht mehr gesprochen, eher über Geschäfte.

Die melancholische Stimmung, die Lucie erfasst und zu Grübeleien über die Vergangenheit getrieben hatte, schlug jetzt in Ärger um.

„Ich bin ja auch eine blöde Kuh", sagte sie laut. „Ich besorge irgendeinem Typen, der vom Don stammt, Klamotten und werde am Ende rührselig, nur weil von dort möglicherweise auch mein Opa kam, den ich nie kennengelernt und von dem ich nur drei abgegriffene Fotos gesehen habe. Und der vielleicht nicht mal mein Großvater war."

Denn auch das war eine Variante rund um das Familiengeheimnis, die Lucie sich überlegt hatte. Dass die Großmutter ihr Kind von irgendeinem Unbekannten bekommen und um den Tod des Großvaters einfach eine Geschichte ersponnen hatte. Vielleicht hatte sich der Mann aus dem Staub gemacht und war erst im Zweiten Weltkrieg ums Leben gekommen. Wegen ein paar zufällig aufgeschnappter Bemerkungen vermutete Lucie, dass ihre Großmutter an der Front die Geliebte eines hohen Generals oder auch Marschalls gewesen war. Das würde erklären, weshalb die grüne

Festtagsbluse ihrer Großmutter buchstäblich von Auszeichnungen und Medaillen übersät war. Für den regulären Dienst in einem Feldlazarett hätte sie wohl kaum so viel Metall bekommen. Und vielleicht hatte es diesen General oder Marschall ja auch schon früher gegeben.

Lucie sprang vom Sessel auf, ging energisch zum Lichtschalter hinüber und knipste ihn an, weil es inzwischen dämmrig geworden war.

In der Küche aß sie eine Scheibe Brot mit Leberpastete und trank Cola dazu.

Dann ließ sie sich ein heißes Vollbad einlaufen und planschte fast eine Stunde darin herum, bis das Wasser kalt geworden war.

Gewöhnlich schlief sie nach einem Bad gut.

Diesmal konnte sie jedoch nicht einschlafen. Die Gedanken schwirrten ihr durch den Kopf, bis eine Welle von Selbstmitleid sie überrollte und ihr ganz grundlos Tränen in die Augen trieb. Erst jetzt, auch innerlich gereinigt, konnte sie sich in Morpheus' Arme begeben.

7. Der weiße Mercedes

„Ich meine, dass dieser Bursche für einen normalen Rausschmeißer zu schade ist. Er ist intelligent, aufgeweckt, hat Beobachtungsgabe und Ehrgeiz."

„Woraus schließt du das?", fragte der Große Chef.

Sie saßen in seinem Büro. Außer ihnen befand sich dort nur noch der Schweigsame, der es sich gemütlich gemacht hatte, indem er sich verkehrt herum auf einen Stuhl gesetzt hatte, die beiden Ellbogen auf die Lehne gestützt, die Beine von sich gestreckt, und sie still beobachtete.

„Er hat mir geradeheraus gesagt, dass er in der Firma Karriere machen will."

„Das bedeutet noch nichts. Das will jeder."

„Er hat so eine Gier. Eine richtige Gier. Und ich glaube, dass sie ihm einen starken Willen verleiht."

Der Große Chef schloss halb die Augen und zog die Brauen zusammen. Ihre Empfehlung erschien ihm allzu voreilig, und er wollte schon eine Bemerkung dazu machen. Aber dann besann er sich anders.

Lucie war es nicht entgangen. Sie lachte auf, doch es klang gezwungen.

„Natürlich war er völlig von den Socken wegen dieser Einkäufe", sagte sie schnell, „und noch mehr im Restaurant. Er hat überhaupt nicht kapiert, dass das alles auf seine Rechnung geht. Als ich ihm gesagt habe, dass er bei der Firma im Minus steht, hat er nicht mit der Wimper gezuckt. Aber ich glaube, dass er wirklich noch mehr draufhat. Also, wenn man mit ihm arbeitet."

Lucie sagte nicht ganz die Wahrheit. Das Mittagessen im *Nebozízek* hatte sie aus eigener Tasche bezahlt.

Der Große Chef sah sie fast träge an. „Möchtest du dich vielleicht seiner annehmen?"

„Dafür gibt es andere."

„Aber die anderen würden wohl nicht genauso gut mit ihm arbeiten können."

Das klang zweideutig. Zumindest Lucie hörte es heraus, und für einen Augenblick färbten sich ihr Hals und ihre Wangen purpurrot.

„Du weißt gut, dass ich die Jungs nur unter geschäftlichen Gesichtspunkten betrachte."

„Und weißt du, was Sir John Falstaff im fünften Akt der *Lustigen Weiber von Windsor* sagt?"

Es war nicht das erste Mal, dass er sie mit einem unerwarteten Verweis auf die Literatur überraschte. Sie wusste, dass er eine ganz solide Bildung besaß, die er Gott weiß wo erworben hatte. Aber mit Shakespeare verblüffte er sie.

„Nein, das weiß ich wahrhaftig nicht."

Der Große Chef stand auf, machte eine weite Gebärde und deklamierte: „Oh, die Leidenschaft. Ihretwegen wird das Vieh zum Menschen und der Mensch zum Vieh. Selbst Jupiter verwandelte sie einst in einen Stier und ein andres Mal in einen Schwan, so allmächtig ist sie. – Jedenfalls meint das Falstaff. – Und ich würde noch hinzufügen, dass sie gerne Umwege geht. Die Leidenschaft, damit wir uns verstehen."

„Tss", zischte sie, „so ein Unsinn. Vergiss nicht, dass der Junge mindestens sechs Jahre jünger ist als ich."

„Na ja“, er zog das zweite A in die Länge, „du wärst nicht die erste vornehme Dame, die sich einen jungen Liebhaber zulegt. Das soll jetzt sogar in Mode sein, habe ich gehört.“

„Tss“, zischte sie noch einmal.

„Tss“, machte er sie nach. Aus irgendeinem Grund befriedigte ihn ihre angewiderte Miene. In sachlichem Ton fuhr er fort: „Wir werden sehen, was wir mit ihm anfangen können. Erst mal muss er wenigstens ein bisschen Tschechisch lernen. Ludwa soll ihm das auftragen. – Was war sonst noch?“

„Der Wagen. Ludwa hat ihn schon im Hof des Hotels stehen.“

„Dann gehen wir ihn uns mal angucken.“

Im Hof des *Zlatý beránek* stand ein nagelneuer weißer Mercedes. Um ihn herum sprangen zwei Männer in blauen Latzhosen, jeder einen Lappen in der einen Hand und in der anderen eine Dose mit Wachs, und polierten eifrig die Karosserie. Alle paar Minuten hielten sie inne, traten zwei Schritte zurück, prüften mit Kennermiene ihr Werk und sprangen wieder nach vorne, um noch irgendein Fleckchen wegzupolieren. Es sah fast so aus, als sei es Teil einer raffinierten Choreografie in irgendeinem Reklameballett, das von einem Mercedeshändler gesponsert wurde.

Den Großen Chef konnte das nicht beeindrucken. Sobald er seinen roten Fiat geparkt hatte, ging er mit langen Schritten auf den neuen Wagen zu und befahl noch im Gehen: „Führt ihn vor.“

„Sie, das ist vielleicht ein Schlitten!“, schwärmte einer der Männer. „Was heißt Schlitten? Ein riesiges Präzisionsuhrwerk, das auch noch perfekt fahren kann.“

„Führt ihn vor.“

Der Mann steckte Lappen und Wachsdose in die Tasche seiner Latzhose und setzte sich hinters Steuer. Er drehte den Schlüssel, der Motor brummte ganz leise auf. Der Mann hupte, führte die Scheibenwischer samt Waschdüsen vor, die Fern- und Abblendlichter, den Blinker und die Bremslichter, auch wenn die der Große Chef nicht sehen konnte, höchstens den roten Schein, den sie zur Seite ausstrahlten.

Im Lauf der Darbietung war der Kleine Chef in den Hof hinausgekommen, hinter ihm Oskar und noch ein paar Leute, ein Kellner, ein Koch und drei junge Frauen, denen man gerade nicht ansah, ob sie Serviererinnen oder Liebesdienerinnen waren. Zuletzt kam Leon in seinem hellen neuen Anzug herausgeschlendert, unter dem er ein weißes Hemd mit einer blau gemusterten Krawatte trug. Lucie registrierte mit Befriedigung, dass er gut aussah.

Der Kleine Chef hatte das Auto noch nicht einmal erreicht, da winkte ihm der Große Chef nur kurz zu, setzte sich auf den Beifahrersitz, und der Mercedes fuhr an. Sanft glitt er über die Torschwelle hinaus und bog in die Straße.

„Ich hatte euch noch nicht erwartet", entschuldigte sich der Kleine Chef bei Lucie und dem Schweigsamen, während er ihnen förmlich die Hand reichte.

Im nächsten Moment drehte er sich zu dem Grüppchen um, das sich vor dem Hoteleingang versammelt hatte: „Was gafft ihr? Habt ihr nichts Besseres zu tun? Habt ihr noch nie einen Mercedes gesehen?"

Das Grüppchen stob auseinander. Nur Oskar und Leon blieben zurück.

„Und ihr geht auch. Das ist keine Theatervorstellung hier!"

Also kehrten auch die beiden widerstrebend zum Hotel zurück. In der Tür wandte Leon sich um und sah zu Lucie hinüber. Sie fing seinen Blick auf. Leon nickte ihr zum Gruß zu und sie antwortete mit einem freundlichen Lächeln ihres rot angemalten Mundes.

„Schrecklich, diese Leute halten immer nur Maulaffen feil", beschwerte sich der Kleine Chef. Er erhielt keine Antwort. Der Schweigsame schwieg wie immer, und Lucie wusste auch nichts zu sagen. Nachdenklich sah sie zur Tür, durch die Leon verschwunden war.

Es dauerte mehr als eine halbe Stunde, bis die Kühlerhaube des Mercedes wieder im Hoftor auftauchte. Hinter dem Steuer saß jetzt der Große Chef. Der Wagen bremste jäh, schlug einen Bogen zurück zu den Garagen, fuhr wieder ein Stück vor bis fast zum Tor und von dort im Rückwärtsgang exakt an die Stelle, von der er losgefahren war.

Der Große Chef stieg geschmeidig aus und drehte sich noch einmal zu dem Mann um, der sich auf dem Nebensitz vom Gurt befreite.

„Er ist gut. Ich bin zufrieden. Danke fürs Vorführen."

Mit großen Schritten steuerte er auf den Eingang des Hotels zu und bedeutete den drei Wartenden mit einem Kopfnicken, ihm zu folgen. Die Treppe rannten sie fast hinauf.

Lucie schätzte ihren Chef und hielt ihn für einen außergewöhnlich kompetenten Mann, doch diese General-Allüren störten sie etwas.

„Sonja", wies er die Sekretärin an, kaum dass er sich im Büro des Kleinen Chefs in den Sessel gesetzt hatte, „gehen Sie eben runter und holen Sie uns Kaffee und dazu ein Sandwich oder ein Baguette. Und du, Ludwa, mach mal zu, verdammt, du weißt doch genau, dass ich offene Türen nicht leiden kann."

Sonja erhob sich in ihrer majestätischen Größe und durchmaß den Raum, ohne sich anmerken zu lassen, ob sie den Wunsch nach Kaffee und Sandwichs als Methode, sie loszuwerden, begriff und mithin als Ausdruck mangelnden Vertrauens.

„Wie viele Kaffees und Sandwichs?"

„Vier natürlich", belehrte sie der Kleine Chef, „und wenn du auch willst, fünf."

Sobald sie die Tür hinter sich geschlossen hatte, legte der Große Chef mit seinen Fragen los.

„Die Versicherung hast du bezahlt?"

Der Kleine Chef nickte.

„Die Haftpflicht auch?"

„Natürlich."

„Die Autobahnvignette?"

„Ebenfalls, alles in Ordnung."

„Weiß der Minister Bescheid?"

„Noch nicht. Bis jetzt weiß er nur, dass wir eine Überraschung für ihn vorbereiten. Ich will es heute seiner Sekretärin sagen."

„Lass die Sekretärin aus dem Spiel. Das muss man ihm persönlich mitteilen. Und überhaupt, lass es ganz bleiben, ich erledige das selbst bei der Feier. Hast du Sänger bestellt?"

„Miluška Černá und Karel Lot."

„Irgendwelche Tänzerinnen?"

„Zwei. Die haben eine tolle Nummer drüben im Alhambra."

„Ob das ausreicht?"

„Ich habe mir gedacht, wenn die Stimmung lebhafter wird, könnte Xenia noch einen Striptease hinlegen. Sie macht ihn immer unten im Club und kommt gut damit an."

Bis hierhin war es wie beim Pingpong hin und her gegangen. Doch jetzt zögerte der Große Chef. Er rieb sich mit den Fingern die Augen und sagte dann zurückhaltend: „Na gut, sie soll sich mal darauf vorbereiten und sich überall waschen. Wenn die Stimmung danach ist, machen wir es. Wenn nicht, hat sie sich eben umsonst gewaschen. Es hängt davon ab, was für Gäste der Minister mitbringt."

Lucie mischte sich ins Gespräch.

„Entschuldigt, mir ist noch nicht klar, wie das mit dem Wagen ist.

Ich habe ihn auf unsere Firma eintragen lassen. Und was ist jetzt? Soll ich ihn überschreiben, oder was?“

„Aber nein, er bleibt unserer“, sagte der Große Chef, „wir zahlen die Versicherung, die Haftpflicht und so weiter. Der Herr Minister borgt ihn nur von uns. Das ist kein Geschenk, Lucie. Es ist keine Bestechung. Wir leihen ihm nur für einige Tage ein hübsches Wägelchen. Solange er es braucht. Damit er was hat, worin er seine Familie ausführen kann. Wenn er es nicht mehr braucht, gibt er es uns zurück. Niemand kann es dem Minister verdenken, wenn er sich für ein paar Tage ein nettes Auto von guten Bekannten leiht. Jeder gute Bürger dieser Republik darf das tun.“

„Sehr schlau“, sagte Lucie anerkennend.

„Und es hat noch einen weiteren Vorteil. Sollte der Herr Minister, was ich ihm nicht wünsche und Gott verhüte, seinen Posten verlieren und wir ihn nicht mehr benötigen, bleibt uns das Auto.“

„Wirklich sehr schlau.“

„Komisch daran ist nur, dass ich das unserer schlauen Lucie überhaupt noch erklären muss. Was ist mit dir, Mädchen? Du hast dich doch nicht etwa verliebt?“

Lucie machte ein entnervtes Gesicht und suchte nach einer schlagfertigen Antwort, doch noch ehe sie eine gefunden hatte, wurde die Tür aufgestoßen, und Sonja erschien mit einem Tablett, auf dem sie die fünf Tassen Kaffee und fünf Baguettes trug.

„Etwas zu spät, Sonja, wir sind schon fertig.“ Der Große Chef erhob sich und schickte sich an zu gehen.

„Sie mussten die Brote erst belegen“, verteidigte sich Sonja, „so schnell haben sie die nicht fertig.“

„Macht nichts, ich nehme eins mit auf den Weg, und was meinen Kaffee anbelangt, den dürft ihr gerne trinken.“

Tatsächlich griff er sich eines der Baguettes. Lucie lehnte ab. Dafür nahm der Schweigsame gleich zwei, in jede Hand eines.

In der Tür blieb der Große Chef noch einmal stehen, als sei ihm gerade etwas eingefallen. „Ludwa, kümmere dich darum, dass der Neue, dieser Leon, anfängt Tschechisch zu lernen."

Dann verschwanden sie. Auf dem Tablett blieben fünf dampfende Tassen Kaffee zurück, mit denen die ratlose Sonja nichts anzufangen wusste.

Während die drei unten in den roten Fiat des Chefs stiegen, wurden sie oben am Fenster vom Kleinen Chef beobachtet. Gleichzeitig sah im Erdgeschoss Leon aus dem Fenster. Es verdross ihn, dass es ihm nicht gelungen war, auch nur ein Wort mit Lucie zu wechseln. Allmählich dämmerte ihm, wie unterschiedlich ihre beiden Stellungen in der Firma waren. Sie saß an der Spitze der Pyramide und er ganz unten, war eines der letzten Steinchen. Er wusste noch nicht, dass sich die wirkliche Spitze der Pyramide ganz woanders befand.

Es konnte ihn auch nicht aufheitern, dass die beiden Latzhosenmänner weiter ihr unsinniges Polierballett rund um den weißen Mercedes aufführten.

8.

Asphaltspleen

Noch am gleichen Vormittag lernte Leon eine weitere wichtige Figur kennen. Alexandr Petrowitsch Wassiljew. So nannte ihn allerdings niemand. Sie hatten ihm den Spitznamen Sascha Klopper gegeben, oder einfach nur Klopper. Er war ein großer, sehniger Mann um die fünfunddreißig. Eine schmutzig-blonde Tolle fiel ihm in die Stirn, unter der seine spitze Nase in die Welt ragte. Klopper wurde er deshalb genannt, weil er in persönlichen Auseinandersetzungen unbesiegbar war. Seine langen Arme mit den großen Fäusten konnten harte Schläge austeilen, denen kaum einer standhielt.

Der Kleine Chef stellte ihn Leon in seinem Büro vor.

„Ich bin mit der Vorbereitung für den heutigen Abend ziemlich beschäftigt und hab keine Zeit für dich. Sascha hier wird dich überall herumführen und dir alles erklären. Was er dir sagt, gilt, als hätte ich selbst es gesagt."

Wenn Leon es richtig verstand, war Sascha Klopper sein unmittelbarer Vorgesetzter. Also der von Oskar, Kostja und ihm.

Im Treppenhaus fragte Sascha Klopper: „Hast du's schon mal gemacht?"

„Was denn?"

„Rausschmeißer."

„Nein."

„Da ist nichts weiter dran. Der Trick besteht hauptsächlich darin, dich so durchs Lokal zu bewegen, dass die anständigen Gäste dich gar nicht bemerken. Gleichzeitig aber so, dass die Typen, die zum Krawallmachen kommen, dich sehr wohl bemerken. Einen guten Rausschmeißer erkennt man nicht daran, wie oft er eingreifen muss, sondern daran, dass er nicht eingreifen muss. Verstehst du?"

„Fast."

„Für den Anfang bekommst du das Restaurant und die Weinstube. Da ist es gewöhnlich ruhig, nur hier und da möchte ein Gast mal ohne zu zahlen verschwinden. Oder irgendein Schafskopf pichelt zu viel. Damit kommt der Ober aber meistens allein zurecht, und du assistierst ihm nur. Ich sag dir das deshalb, weil vielleicht einen Monat lang nichts los ist und du dich überflüssig fühlen könntest. Du bist nicht überflüssig. Schon dadurch, dass du dort bist, erfüllst du einen Zweck. Die krummen Typen wissen um deine Anwesenheit. Die Gauner kennen uns, und innerhalb von zwei Tagen werden sie wissen, dass du hier neu bist. Und du wirst sie nach ein paarmal auch erkennen."

Unter der Treppe saß auf einem kleinen Teppich der schwarze Kater. Sascha Klopper bückte sich nach ihm und nahm ihn in die Arme.

„Das ist unser Dempsi", sagte er. „Ihr solltet euch bekanntmachen. Streichle ihn mal … Dempsilein, keine Angst, das ist Leon, der gehört jetzt zu uns."

Der Kater streckte seinen Hals und schmiegte sich von selbst in Leons Hand.

„Er hat dich akzeptiert. Das ist ein gutes Zeichen. Unsere Mädels glauben, dass dieser Kater dem *Zlatý beránek* Glück bringt. Er hat sich als kleines Kätzchen hierher verirrt, und die Mädels haben sich um ihn gekümmert. Im Fernsehen lief gerade so eine Serie mit einem Detektiv namens Dempsey. Das war ein fescher Kerl, und so haben sie ihn nach ihm benannt. Also Dempsi. Ob er Glück bringt, weiß ich nicht. Aber dass er der würdevollste Bewohner dieses

Hauses ist, so viel ist mal klar. Warum sollte er sich auch nicht würdevoll verhalten? Futter hat er mehr, als er verputzen kann, tun muss er nichts, und alle verwöhnen ihn."

Sascha Klopper bückte sich, der Kater sprang von seinen Armen und wie zur Bestätigung von Saschas Worten schritt er langsam, in einem wogenden, wirklich würdevollen Gang davon, als gehörte das *Zlatý beránek* ihm.

Wegen der Unterbrechung mit dem Kater setzte Sascha seine Instruktionen erst wieder im menschenleeren Raum der Weinstube fort.

„Wenn du im Restaurant und hier in der Weinstube klargekommen bist, schicke ich dich in die Diskothek. Da ist es am übelsten. Diese jungen Kerle und Mädels sind echt nicht zu retten. Die vertragen nichts, trinken 'nen halben Liter und ihnen schwillt der Kamm. Da muss man oft drei Mal die Nacht eingreifen. Manche kommen auch high hierher. Oder wollen sich hier Stoff reinziehen. Da sind wir gnadenlos. Sobald uns so einer unter die Finger kommt, fliegt er raus und wird künftig nicht mehr reingelassen. Also, falls wir ihn uns merken. Wir haben noch eine Disco auf der Kleinseite. Da haben unsere Jungs einmal nicht richtig aufgepasst, und ein Mädchen hat sich auf dem Klo einen Schuss gesetzt. Am Morgen hat die Putzfrau sie tot aufgefunden. Die Bullen sind gekommen und haben den Laden im Auge behalten. Es heißt, wir hätten dadurch Riesenverluste gemacht, und das Unternehmen musste auch noch ordentlich blechen. Na ja, du hast ja noch Zeit, im Moment arbeitet Oskar in der Disco. Und was den Eros-Club betrifft, da ist der Job wiederum nicht anspruchsvoll, aber delikat. Ab morgen setze ich Kostja dort ein. Mal sehen, wie er sich bewährt. Heute wirst du noch nicht viel mitkriegen, weil wir alle auf der Feier sind. Die Weinstube und der Club sind so lange geschlossen, nur die Disco und das Restaurant laufen weiter."

Sascha Klopper sah auf die Uhr.

„Das wär erst mal alles. Ich muss los. Die Kellner stelle ich dir heute Nachmittag vor und die anderen lernst du mit der Zeit kennen. Du solltest nur wissen, dass wir hier alle wie eine Familie zusammenleben. Russen, Ukrainer, Slowaken und Tschechen. Nur Juden haben wir keine."

Das wurde in einem so seltsamen Ton gesagt, dass Leon fragte: „Magst du keine Juden?"

„Wieso sollte ich nicht? Ich bin selbst einer. Von mütterlicher Seite her. Aber das interessiert mich nicht. Nur für die Deutschen hat das gezählt. *Halbjude* haben sie das genannt."

Darauf erhob sich Sascha Klopper und ließ Leon in der leeren Weinstube zurück. Und in ihm gemischte Gefühle. Einen wie Oskar konnte Leon einschätzen. Selbst Kostja, trotz seiner Fremdenlegion. Die dichten Tätowierungen auf seinen Armen und seiner Brust verrieten, dass er einen Teil seines Lebens im Knast verbracht hatte. Und zwar nicht als Politischer, sonst hätte er damit geprahlt. Der war also ein klarer Fall. Aber mit diesem Typen hier, der seine Hände bewegte wie eine Gottesanbeterin ihre Vorderbeinchen, kannte er sich nicht aus. Seine abschließende Bemerkung hatte ihn völlig verwirrt. Warum hatte er zuerst gesagt, hier gebe es keine Juden, um sofort darauf zu verkünden, er sei selbst ein halber? Und warum hatte er überhaupt erwähnt, dass sie hier alle wie eine große Familie seien?

„Was ist dieser Alexandr Petrowitsch für einer?", fragte er später auf dem Zimmer Oskar. Sie lagen angezogen auf den Betten und plauderten ein bisschen. Leon hatte dabei eine kleine Spinne im Blick, die sich in einer Ecke des Raums an einem dünnen Fädchen von der Decke in Richtung Fußboden hinunterließ.

„Du meinst Sascha Klopper? Den Chef der Rausschmeißer?"

„Genau."

„Was er für einer ist, keine Ahnung. Aber nimm dich vor ihm in Acht."

„Ein Petzer?"

„Das nicht gerade. Eher so ein Eigenbrötler."

Oskar rückte mit allem heraus, was er über Sascha wusste: Er war verheiratet. Er hatte eine Familie im estnischen Tartu, der er regelmäßig Geld schickte. Dafür sparte er und legte sich ins Zeug. Er war von allen am längsten hier, und der Kleine Chef vertraute ihm offensichtlich. Neben der Arbeit im *Zlatý beránek* erledigte er für die Firma wohl noch anderes, denn ab und zu verschwand er und niemand fragte nach ihm. Was er aber tat, wusste Oskar nicht. Er besaß einen Stock tiefer das gleiche Zimmer wie sie, hatte es aber für sich allein.

Dass Sascha ein eigenes Zimmer hatte, ging Oskar am meisten gegen den Strich.

„Er wird zwar Sascha Klopper genannt, aber er müsste Sascha Rammler heißen. Der hatte auf seinem Zimmer bestimmt schon alle Mädchen, die hier arbeiten. Als Chef des Schutzes weiß er nämlich über jedes kleine Malheur Bescheid. Und wenn ein Mädel nicht will, dass es herauskommt, steigt sie mit ihm ins Bett. Und wenn sie ein bisschen Protektion braucht, ebenfalls. In unserem Dreierzimmer können wir das natürlich nicht genauso haben. Aber keine Angst, wie Mönche im Kloster leben wir hier auch nicht. Das wirst du schon merken."

„Darf man denn, mit diesen Mädchen? Ich dachte, die sind hier nur für die Gäste und für Geld da."

„Manchmal darf man nicht, ein andermal wiederum muss man."

Das verstand Leon nicht.

„Na, wenn so ein Dummchen neu ankommt, die so tut, als wüsste sie nicht, weshalb sie hier ist. Dann stecken sie die für ein oder zwei Tage zu uns aufs Zimmer. Und wir bringen's ihr bei. Zwei halten sie fest, der Dritte besorgt's ihr, und dann einer nach dem anderen, bis sie kapiert hat, was von ihr erwartet wird. Nicht, dass ich da besonders viel Gefallen dran hab. Ich hab's lieber, wenn ein Mädchen will. Aber manchmal ist es ganz amüsant. Kostja, der lebt sich da richtig aus."

„Wie meinst du das?", wollte Leon wissen.

„Wenn das Mädchen nicht gleich tut, was er von ihr verlangt, verpasst er ihr eine. Manchmal denke ich, es geht ihm mehr ums Ohrfeigen als um das andere. Oder er kann sich's nicht ohne Ohrfeigen vorstellen. Weißt du, er ist echt ein bisschen ein Tier. Du wirst es merken. Jedenfalls bringt er am Ende auch dem widerspenstigsten Mädchen alles bei. Und so was wird in der Branche geschätzt. Das ist keine sanfte Branche, Mann. Nichts für Dichter. Ein ziemlich toughes Geschäft. Vielleicht geben die Mädchen dem Klopper auch manchmal Geld. Damit sie nicht auf die Matte müssen. Hier gibt es so einen Gast, nicht alt, aber stinkreich und pervers. Bei dem klappt es nur, wenn er einem Mädchen den Hals von 'ner Schampusflasche reinsteckt. Von echtem, französischem. Zuerst trinkt er ihn mit ihr aus, und dann stopft er ihn dem Mädel zwischen die Beine. Erst wenn er die Flasche da sieht, kriegt er ihn hoch. Manchen der Mädchen macht das nichts aus, er legt dafür immer einen Tausender drauf, die ziehen sich nur 'nen Pariser über den Flaschenhals. Aber andere ekelt es. Vielleicht tut's ihnen auch weh, wenn sie unten nicht weit genug sind. Und die verdrücken sich, sobald der hier auftaucht. Und Sascha Klopper kann das schön ausnützen. Ein Denunziant ist er nicht, aber aufpassen würd ich an deiner Stelle. Er denkt nur an sich. Muss er wohl, wenn er in Tartu eine Familie hat. Da sieht's zurzeit schlecht aus, deshalb muss er hier schaffen."

„Warum holt er seine Familie nicht her?"

„Was weiß ich? Frag ihn. Vielleicht will er nicht, dass seine Angetraute ihm die Vögelei hier verdirbt. Oder er hat nicht genug Geld. Eine Wohnung hier kostet einen Batzen. Ich weiß nicht, wie viel er auf dem Konto hat. Hier weiß niemand, wie viel der andere verdient und wie sein Konto aussieht. Das ist gut ausgeklügelt."

„Ich habe ein Minuskonto", erklärte Leon, um Oskar sein Vertrauen zu beweisen.

„Das hat am Anfang jeder. Ich sage ja, gut ausgeklügelt. Sie statten dich voll aus, und du beginnst mit einem Minuskonto. Falls du zufällig auf die Idee kommen solltest zu gehen, sagen sie: Geh nur, Söhnchen, aber vorher zahlst die dreißig Riesen, die du der Firma schuldest. So haben sie dich. Und zum zweiten Mal haben sie dich, wenn du siehst, wie das Sümmchen dort anschwillt. Davon verabschiedet man sich nur ungern. Und wenn du wie Andrej endest, erbt die Firma."

„Kann man denn nicht weggehen? Das Arbeitsverhältnis auflösen?"

„Ja und nein. Zum Beispiel hat sich ein Typ hier, der bei uns Rausschmeißer war, mit einem Mädchen unten aus dem Club zusammengetan. Beide hatten schon genug auf dem Konto. Um zu heiraten und einen kleinen Laden aufzumachen. Eine Parfümerie sollte es sein, sie kannte sich mit so was aus. Das muss man natürlich abkönnen, 'ne Hure zu heiraten, aber ihm hat es nichts ausgemacht. Sie wollten also weggehen. Da ruft der Große Chef die beiden zu sich und sagt ihnen: Liebe Kinder, ihr habt zusammen – ich kenne die Summe nicht, sagen wir dreihunderttausend. Das ist nichts, damit könnt ihr eine kleine Spelunke einrichten, aber keinen Laden. Tun wir uns doch zusammen, gründen wir eine Gesellschaft. Die Firma gibt noch einmal dreihunderttausend dazu, damit kann man schon mal Unternehmer werden. Machen wir fifty-fifty. Und sie machten fifty-fifty. Sie sind also weggegangen und doch nicht weggegangen. So will ich es auch machen. Wenn ich genug auf dem Konto hab, mache ich hier eine Selbstverteidigungsschule auf. Mit dem halben Anteil der Firma. Daran muss ich mich festhalten, wenn ich schon meine Chance zu Hause in Moskau verpasst habe."

Leon schwieg. Er dachte darüber nach, dass Lucie offenbar recht gehabt hatte, als sie behauptete, dass nicht sie die böse oder gute Fee sei, sondern die Firma. Er hatte ihr nicht geglaubt. Vielleicht hätte er besser ihren Worten als seinen Fantasien glauben sollen. Sie hatte ihn so nett angelächelt heute Morgen.

„He, weißt du was, ich bin Dichter", platzte Oskar in seine Gedanken.

„Besser gesagt, war ich", korrigierte er sich schnell. „Ich habe Gedichte geschrieben. Sie sind in der *Litgazeta* auf der Seite mit den neuen Talenten abgedruckt worden. Aber der Sport hat mehr eingebracht. Alle haben mir zugeredet, was für Perspektiven ich hätte. Hatte ich auch. Also habe ich es nach und nach sein lassen. Judo betreiben, das ist Dichten mit den Mitteln des Sports. Da musst du auch die Seele einsetzen. Aber es fuchst mich doch. Wenn ich mich damals mit irgendeiner Band zusammengetan und für sie Texte geschrieben hätte, könnte ich heute daheim sein und schwarze Zahlen schreiben. Ich hatte wirklich Talent. Willst du mal hören?"

Er erhob sich, oder vielmehr sprang vom Bett hoch, stellte sich breitbeinig auf und begann zu rezitieren:

„Der Abend senkt über den Fluss sich nieder,
graue Schatten über mein Auge ziehn,
doch in meiner Brust kehrt die Sehnsucht wieder
und im Herzen ein schwarzer, asphaltener Spleen.

Tatarische Hufe schlugen mir ins Genick,
der Schritt polnischer und französischer Horden.

Doch eigene Barbarei ist schlimmeres Geschick
als fremder Angriff und fremdes Morden.

Der deutschen Panzer eiserne Sohlen
drückten die Brust mir in den Schlamm.
Doch ich stand auf und werd es wiederholen,
ich, heiligen Russlands Sohn, solange ich kann.

Über dem Fluss senkt sich nieder der Abend,
graue Schatten fahren auf mein Auge hinab.
Meine Sehnsucht wird bald volle Reife haben,
dann werfe ich den uralten Spleen von mir ab.

Ich, des heiligen Russlands Sohn.

Es nennt sich *Sohn des heiligen Russlands*. Wie gefällt es dir? Schön, oder? In diesem ‚Eigene Barbarei ist schlimmeres Geschick als fremder Angriff und fremdes Morden', da steckt Kraft drin, was? Oder nicht? Ich finde schon. Und in dem ‚Meine Sehnsucht wird bald volle Reife haben, dann werfe ich den uralten Spleen von mir ab', darin auch. Es wurde schon in Schulen vorgetragen. Und weißt du, wer es geschrieben hat? Ich. Oskar Wladimirowitsch Wodkin. Ein russischer Dichter. Und jetzt hänge ich hier auf diesem Zimmer rum, arbeite in einem Puff und pass nachts auf, dass sich pubertierende Jünglinge nicht die Köpfe einschlagen oder sich Heroin spritzen. Eine Schande, was? Wir leben in Schande. Schon in der vierten oder fünften Generation leben wir in Schande. Du spürst das vielleicht nicht. Aber mich quält das wirklich."

Leon starrte ihn nur an. Das Gedicht hatte ihm durchaus gefallen, er begriff bloß den Zusammenhang nicht zwischen dem Abend über dem Fluss und dem Übrigen. Allmählich wurde ihm klar, dass er auch Oskar nicht durchschaute. Bislang wusste er nur, dass er sich gern aufspielte. Aber was war der Grund dafür? Welcher Schmerz verbarg sich dahinter? Was für einen Schlag verarbeitete er damit? Nur den, dass ihm die Frau davongelaufen war? Oder war sie davongelaufen, weil er sich so gern aufspielte? Er wusste es nicht. Wie sollte er sich dann erst auskennen mit Sascha Klopper und seinem „Halbjuden“ und all den anderen?

Und musste er sie überhaupt durchschauen? – Er fand keine Antwort darauf und so verscheuchte er die Fragen aus seinem Kopf und widmete sich weiter der kleinen Spinne, die es sich anders überlegt hatte und aus unbekanntem Grund, offensichtlich durch Spinneninstinkt getrieben, wieder ihren Faden entlang vom Boden zur Decke hinaufkrabbelte.

9.

Russischer Tango

Die Party mit dem Minister wurde zu einer gelungenen Veranstaltung.

Der Minister, der mehr wie ein Playboy aussah als wie ein hoher Staatsbeamter, brachte noch fünf Gäste und zwei Leibwächter mit. Echte Bodyguards. Leon musterte sie gründlich und stellte fest, dass sie unter dem Sakko tatsächlich eine Waffe trugen. Sie sahen einer aus wie der andere, gut gebaut, mit kurz geschorenem Haar, beide in den identischen schwarzen Anzügen. Sie setzten sich auf die Plätze direkt neben dem Minister. Außer diesen acht Gästen nahmen die Vorgesetzten von Argopag, einschließlich Sascha Klopper, an der Festtafel Platz, ferner zehn der hübschesten Mädchen, die der Kleine Chef sorgfältig ausgesucht hatte. Ihre Aufgabe bestand darin, zu den Ministerleuten nett zu sein und ihnen jeden Wunsch zu erfüllen.

Ebenso sorgfältig hatte der Kleine Chef das Menü zusammengestellt. Zuerst eine kalte Vorspeise – Spargel in Schinkenröllchen. Dann eine warme Vorspeise – ein provenzalisches Fleischragout mit Champignons. Für den, der wollte, eine Suppe – Hühnerbouillon mit Leberknödeln. Der Hauptgang – Entenbrüstchen in französischem Teigmantel mit Kroketten und Gemüse. Sechs verschiedene Salatsorten. Schließlich Käse sowie süße und salzige Häppchen. Getränke konnte sich jeder individuell ordern.

Leon und Kostja machten zusammen die Türsteher. Sie standen neben dem Eingang und hatten die Anweisung, niemanden hereinzulassen, der nicht zu der Gesellschaft gehörte. Weshalb sie dem Festgelage nur zusahen.

Der Große Chef eröffnete das Diner mit einem galanten Trinkspruch, für den sich selbst der gewiefteste georgische Tamada nicht hätte schämen müssen. Er hob die Verdienste des Ministers in der Regierungsarbeit und seinen Anteil am Aufschwung des Landes hervor. Er würdigte seine Sorge um das Wohl der Bürger und Unternehmer. Und schloss mit dem geistreichen Wortspiel, dass der Herr Minister keinesfalls ein Mini-, sondern ein Maxi-ster, also eigentlich ein Großmeister sei.

Er redete Tschechisch, und alles, was Leon verstand, war, dass er den Minister lobte.

Lucie fing an zu klatschen, die anderen fielen ein. Als Leon sah, dass auch Kostja auf der anderen Seite der Tür applaudierte, klatschte er ebenfalls.

Der Minister gab sich erfreut, er stand seinerseits auf und bedankte sich wortreich. Auch er wurde mit Applaus bedacht, vielleicht noch eine Prise stürmischer als bei dem Großen Chef.

Richtig lebhaft wurde die Stimmung erst nach dem Essen, als alle Teller vom Tisch verschwunden waren und nur die Gläser zurückblieben, die die Kellner sogleich auffüllten. Für eine beschwingte Atmosphäre sorgte die vierköpfige Combo aus der Weinstube. Ein Pianist, ein Saxofonist, ein Geiger und ein Schlagzeuger. Die Tänzerinnen vom Alhambra führten vor, was sie konnten. Und dann sang Altmeister Lot zwei beliebte Schlager von früher.

„Zugabe, Zugabe", klang es in den Applaus hinein.

„Ich danke Ihnen, ich danke Ihnen, danke, danke", verbeugte sich der Sänger auf dem Podium und schenkte dem Publikum sein lang einstudiertes Zuckerlächeln.

Als Rufe und Applaus nicht abebbten, trat er zu den Musikanten hin, besprach leise etwas mit ihnen, und dann stimmte er ein Lied an, das er sehr mochte, weil es ihm aus dem Herzen sprach, auch wenn es nicht zu seinen erfolgreichsten gehörte:

„Ein paar Worte nur können manchmal genügen,
dass die Liebe erlischt wie ein Kerzenlicht,
ein Wasserfall von Worten kann gründlich trügen,
denn mehr als das Schweigen erzählt er oft nicht.
Und deshalb bin ich einer, der keine Wortkunst zeigt,
ich bin der Mann, der schweigt.

Ein paar Worte nur können dich stärker verletzen,
als wenn zur rechten Zeit der Richtige spricht,
ein Wasserfall von Worten kann es auch nicht ersetzen,
wenn …"

Und in diesem Moment oder kurz davor passierte es. Die Tür wurde aufgestoßen, und ein Mann stürmte herein, der seinem verschwommenen Lächeln nach beschwipst war und dem eine ebenso angeschickerte Frau folgte. Leon trat ihnen augenblicklich in den Weg.

„Hier können Sie nicht hinein! Private Veranstaltung!"

Der Mann ließ sich nicht abwimmeln. Er versuchte Leon wegzudrücken und dabei einen Blick in den Salon zu erhaschen.

„Ich hab den Herrn Minister hier reingehen sehen. Ich will ihm danken für alles, was er für uns tut."

Kostja kam Leon zu Hilfe. Mit vereinter Kraft schoben sie den Mann aus der Tür. Von der anderen Seite drückte allerdings die Frau dagegen, die rief: „Pavel, gib nicht auf. Wir müssen uns bei ihm bedanken. Dahinten sitzt er, ich sehe ihn."

Leon wiederholte: „Es geht nicht! Zurückbleiben bitte!"

Auch der Mann wurde laut: „Ich muss aber! Wann findet sich mal so eine Gelegenheit!“

Der Lärm an der Tür erregte die Aufmerksamkeit des Ministers. Er schickte einen seiner Leibwächter los, um zu erfahren, was da vor sich ging.

Als dieser an der Tür ankam, war es Leon und Kostja beinahe gelungen, das Paar aus dem Raum zu drängen.

„Was geht hier vor?“, wiederholte der Leibwächter die Worte seines Vorgesetzten.

„Mein Name ist Podhajský, ich bin ein einfacher tschechischer Bürger“, sagte der Mann. „Ich hab da den Herrn Minister gesehen. Ich möchte ihm danken für das, was er für uns tut.“

„Diese Rohlinge hier wollen uns nicht durchlassen“, rief die Frau über seine Schulter, „und dabei sind wir dem Herrn Minister so dankbar.“

„Einen Moment, ich frage eben.“

Die vier an der Tür verharrten in der Position, in der der Leibwächter des Ministers sie angetroffen hatte. Nur die Frau machte einen langen Hals, um ihrem Mann über die Schulter sehen zu können. Und Meister Lot sang von seinem Schweigen.

Dann kam der Leibwächter wieder: „Der Herr Minister empfängt Sie. Aber nur für eine Minute. Er hat hier eine Veranstaltung. – Lasst sie durch.“ Damit waren Kostja und Leon gemeint.

Sie gaben den Weg frei, und der Mann namens Podhajský stürzte, gefolgt von seiner Frau, auf den Minister zu. Dieser war inzwischen aufgestanden und schritt ihnen entgegen. Beide ergriffen eine Hand von ihm, machten Auf-und-ab-Bewegungen mit ihr und erklärten ihm irgendetwas. Leon sah nur, wie der Minister wohlwollend lächelte. Dann entzog er ihnen seine Hände, breitete sie auf Schulterhöhe aus und verneigte sich ein klein wenig zum Zeichen des Dankes.

Podhajský und seine Frau verließen zufrieden den Saal. In der Tür dann zog die Frau eine angeekelte Grimasse und zischte: „Seht ihr, ihr widerlichen Gorillas."

Meister Lot sang immer noch:

„Und wenn ich einmal deine Liebe verliere,
dann verrat mir davon kein einziges Wort,
sei sicher, dass ich es rechtzeitig spüre,
und ehe der Morgen graut, bin ich schon fort.
Dann wirst du begreifen, wie gut es sich lebt
mit einem Mann, der zu schweigen versteht."

Bevor der Sänger beim letzten „Mann, der schweigt" angelangt war, kam Leon der Gedanke, dass die Szene mit den dankbaren Bürgern womöglich arrangiert worden war. Er wusste nur so schnell nicht, wer sie herbestellt hatte, ob der Große Chef oder der Minister selbst.

Der Sänger war fertig und wieder applaudierten alle. Am eifrigsten der Minister, der sich erhoben hatte und an das Podium trat. Er half Lot die drei Stufen hinunter.

„Das war fantastisch, Meister. Sie sind der Evergreen unserer Volksmusik. Schon als kleiner Junge habe ich Sie vergöttert."

„Danke, danke, danke", wiederholte der Sänger mechanisch und lächelte wieder sein einstudiertes Lächeln.

„Darf ich Sie bitten, sich zu uns zu setzen?", lud der Minister ihn ein.

„Aber ich bin hier doch nur als ausübender Künstler gebucht."

„Es wird mir eine Ehre sein, wenn Sie mein Gast sind. Ich habe gar nicht geahnt, dass ich Sie hier antreffen würde."

„Danke, danke, danke", murmelte Lot, als wüsste er nichts anderes zu sagen. Seltsamerweise klang es leicht verächtlich.

Der Minister hängte sich vertraulich bei ihm ein und führte ihn zu seinem Platz. Die beiden Leibwächter machten sogleich ihre Stühle frei. Es war Leon entgangen, wie, aber auf einen der freien Plätze zwischen dem Minister und Karel Lot hatte sich eins der Mädchen gesetzt. Am Ende der Tafel nickte der Kleine Chef ihr zufrieden zu. Auch auf der anderen Seite des Ministers tauchte ein Mädchen auf. Der Staatsmann war mit einem Mal vom reizvollen Fleisch Argopags umlagert.

Der Kleine Chef, oder wer immer an diesem Abend Regie führte, ließ den Dingen nun eine Weile ihren freien Lauf, sodass sich die Vorlieben jedes Einzelnen zeigen konnten und ebenso die Nachwirkungen des genossenen Biers, Weins oder der harten Getränke. Der Geräuschpegel stieg an, und immer häufiger wurden die Gespräche von Gebrabbel, Gläsergeklirr, Zurufen oder schallendem Gelächter durchbrochen.

Einer der Ministerfreunde – es war sein erster Stellvertreter, was Leon nicht wusste – setzte sich eine der Argopag-Damen auf den Schoß und prüfte mit der Hand die Beschaffenheit ihrer Rundungen. Ihr vielversprechendes Gekicher ging bereits im allgemeinen Radau unter.

Als die Stimmung ihren Höhepunkt erreicht hatte und der Vizeminister sich schon anschickte, seine Beute – so interpretierte es jedenfalls Leon – nach oben in eines der Zimmer abzuschleppen, erhob sich der Große Chef und stieß zwei Gläser so lange aneinander, bis er sich Gehör verschafft hatte.

„Als Aufmerksamkeit der Firma haben wir eine Überraschung für den Herrn Minister“, verkündete er feierlich. Augenblicklich kamen die Kellner herbeigelaufen und entfernten in Windeseile alle großen und kleinen Gläser vom Tisch. Gleichzeitig trugen vier andere einen großen, mit Blumen dekorierten Wäschekorb in den Raum. Mit großer Anstrengung hievten sie ihn auf den Tisch.

Der Kleine Chef klatschte in die Hände. Die Musikanten spielten einen Tusch. Der Deckel klappte auf, und aus dem Korb erhob sich Xenia, die eine goldene Abendrobe trug. Das offene Haar wallte ihr über die Schultern und den halben Rücken hinunter. In den Armen trug sie einen Strauß Gerbera. Sie stieg über den Rand des Korbes, und einer der Kellner musste ihr helfen, damit ihr Kleid nicht am Weidengeflecht hängen blieb. An den Füßen trug sie goldene Pumps mit hohen Absätzen. Langsam schritt sie im Kreis über den Tisch und reichte geheimnisvoll lächelnd jedem eine Blume hinunter. Dem Minister gab sie gleich drei. Nachdem sie so den ganzen Tisch umschritten hatte, kehrte sie ohne Blumen in dessen Mitte zurück. Dort hielt sie inne, drehte sich zu den Musikern um, schnippte mit den Fingern und sagte: „Aah, bitte einen russischen Tango."

Die Band begann einen alten russischen Tango aus den Zwanzigerjahren zu spielen. Es war ein sonderbarer Tango. Er hatte alles, was ein Tango haben muss, die schleppende Melodie und den synkopischen Rhythmus. Und doch war er ganz anders als die Tangos, die man zur selben Zeit in Lateinamerika und Europa gespielt hatte. Als hätte der Komponist geahnt, dass die Nepmänner, Neureichen und Spekulanten, die in den Sankt Petersburger oder Moskauer Restaurants und Bars zu seinem Tango tanzen würden, in Bälde von einer Sintflut überrollt würden. Er hatte nichts von dem koketten Exhibitionismus, der für den Tango Argentino so bezeichnend ist. Er war voller Wehmut und sinnlicher Trauer. Als würden Geige und Saxofon mit ihren Klagetönen dem Tanzenden zuflüstern: Lebe den heutigen Tag, ein Morgen wird es nicht geben.

Xenia begann zu tanzen, die Musik wimmerte und weinte voller Inbrunst und Sinnlichkeit. Sinnlich waren auch Xenias Bewegungen. Doch plötzlich hielt sie inne und sprach im Rhythmus der

Musik die um den Tisch sitzenden Männer an: „Meine Herren, soll ich etwa alleine tanzen? Kann niemand von Ihnen russischen Tango?“

Sie sagte es auf Tschechisch, alle blieben sitzen und starrten sie an.

Sie wiederholte ihre Frage auf Russisch und machte ein paar einladende Armbewegungen, mit denen sie die Männer auf die Tanzfläche beziehungsweise auf den Tisch lockte.

Doch niemand erhob sich.

Nach einigen Tänzelschritten kam Xenia am anderen Ende der Tafel an. Wieder stoppte sie und wiederholte ihre einladenden Armbewegungen.

„Wollt ihr mich wirklich alleine tanzen lassen?“

Keine Reaktion. Xenia verharrte unbewegt, nur der Tango wimmerte.

Wenn man Leon später gefragt hätte, wie er darauf gekommen war, hätte er keine Antwort gewusst. Der Augenblick trieb ihn an. Die einladende Geste Xenias.

Er löste sich von der Tür, ging hinüber zum Tisch, stützte sich mit beiden Händen auf die Platte und sprang mit Schwung hinauf. Im nächsten Moment richtete er sich auch schon auf, stimmte sich auf den Rhythmus der Musik ein, verneigte sich kurz vor Xenia und nahm sie in die Arme.

Die Musiker begannen eine neue Phrase. Und Leon und Xenia tanzten mit langen, geschmeidigen Schritten, bogen sich, näherten und entfernten sich voneinander und wogten durch die Mitte der Tafel, als hätten sie das viele Male geübt. Die Gäste standen auf, auch der Große Chef und Lucie erhoben sich, und der Große Chef flüsterte ihr zu: „Du hast recht gehabt. Der Junge hat mehr drauf, als Säufer rauswerfen.“

„Ich weiß, dass er mehr draufhat."

„Und ich hatte schon den Verdacht, du hättest dich in ihn verknallt."

Die Musik klang aus, die beiden beendeten ihren Tanz, alle applaudierten.

Obwohl Leon wusste, dass in Europa bloß Lech Wałęsa noch Handküsse verteilte, küsste er Xenia die Hand und sagte: „Danke schön."

„Ganz meinerseits."

Weiter schenkte sie ihm keine Beachtung mehr. Sie kehrte zurück in die Mitte des Tischs, direkt vor den Minister, und Leon zu seinem Platz an der Tür.

„Und jetzt etwas anderes", sagte Xenia, schnipste mit den Fingern und schnipste immer weiter. Die Combo begann etwas à la „persischer Basar" zu spielen, ein Stück, das nach fernem Orient duftete. Xenias Hüften verfielen in ein Zittern, darauf ihr ganzer Körper, mit einer gemächlichen Bewegung ihrer rechten Hand öffnete sie den Reißverschluss auf ihrem Rücken, und das goldene Kleid glitt langsam von ihren Schultern nach unten.

Eine eigenartige Sache ist das: Nichts Außergewöhnliches geschah. Eine Frau gab dort lediglich das einstudierte Ritual des Ausziehens zum Besten; so etwas wie eine Zirkusnummer. Und dennoch bekamen alle Anwesenden, Männer wie Frauen, nach kurzer Zeit glänzende Augen vor Aufregung. Hätte Xenia dasselbe einem einzigen Menschen vorgeführt, hätte er sie wohl nur mit kaltem Interesse betrachtet. Die Kollektivseele der Anwesenden aber, der Geist der Menge verlangte, in eine erregte Stimmung versetzt zu werden. Selbst der Vizeminister ließ von der Körpererkundung seiner momentanen Eroberung ab und folgte Xenia mit großen Augen und halb offenem Mund.

Auch Leon konnte sich dem nicht entziehen.

Er wurde von Lucie gestört, die auf einmal neben ihm auftauchte. Leise sagte sie: „Du warst toll eben."

„Ehrlich? War es nicht peinlich?"

„Kein bisschen. Ich sage dir, es war toll. Fand der Chef auch."

„Der Chef auch?"

„Er ist ganz begeistert von dir."

Sie griff nach seiner Hand, die frei neben seinem Körper hing, und drückte sie flüchtig.

„Ich übrigens auch", sagte sie noch, bevor sie weiter durch den Raum ging. Leon sah ihr etwas verwirrt nach, er konnte sich nicht vorstellen, was dieser Händedruck bedeutete.

Xenias Nummer bewegte sich auf ihren Höhepunkt zu. Sie hatte schon beinahe alles unten. Kleid, Schuhe, Seidenstrümpfe, Strapse. Jetzt stand sie im Unterkleid da, und darunter trug sie nur noch Schlüpfer und BH. Wieder verfiel sie ins Zittern, und das Höschen rutschte entlang ihrer Schenkel zu den Knien, dann zu Boden. Xenia bückte sich danach und warf es mitten im Applaus einem der Leibwächter zu. Er fing es auf und präsentierte es stolz in hochgereckter Hand wie eine kostbare Reliquie.

Jetzt kam die Reihe an den Büstenhalter – ein Wäschestück, das für Stripperinnen eine undankbare Aufgabe darstellt. Es auszuziehen erfordert einige unästhetische Bewegungen. Die meisten Stripperinnen lösen das Problem so, dass sie zunächst das Unterkleid ausziehen, den BH mit Rücken zum Publikum abnehmen, sich dann umdrehen und ihre nackte Brust präsentieren. Xenia hatte sich eine kleine pantomimische Etüde ausgedacht. Zuerst hakte sie den BH auf und schob seine Träger hinunter, dann wand sie ihn langsam und mit Unterbrechungen zu einem Strang gedreht unter ihrem linken Arm aus dem Unterkleid heraus. Sie setzte eine überraschte Miene auf – huch, was ist das? – und zog ihn nach und nach hervor, wobei sie sich immer überraschter gab. Während des Applauses, den sie sich wirklich verdient hatte, näherte sie sich dem Minister und hängte ihm den Büstenhalter um den Hals – was stürmische Ovationen hervorrief. Der Minister machte ein geschmeicheltes Gesicht, aber nur so lange, bis er bemerkte, dass am Ende des BHs zwei Autoschlüssel hingen. Ratlos nahm er sie in die Hand und starrte sie an wie der sprichwörtliche Ochs den Berg.

Im nächsten Moment standen auch schon der Große Chef und Lucie neben ihm.

„Eine Aufmerksamkeit der Firma."

„Das kann ich nicht annehmen."

Es sah ganz danach aus, als würde der Minister den Höhepunkt von Xenias Darbietung verpassen, denn nun bildeten die drei ein eigenständiges Grüppchen mit dem Rücken zum Tisch und diskutierten miteinander. Der Große Chef hielt dem Minister den gleichen Vortrag, den er kürzlich Lucie gehalten hatte, über ein Geschenk, das eigentlich kein Geschenk sei. Nur jenen Zusatz, dass das Auto der Firma verbleibe, falls der Minister seinen Posten verlor und sie ihn nicht mehr brauchten, ließ er begreiflicherweise aus. Allerdings dauerte es bei dem Minister etwas länger, bis er die Cleverness des Angebots erfasst hatte. Und als er sie erfasst hatte, schlug er sich begeistert auf die Stirn und begann dankbar die Rechte des Großen Chefs zu schütteln.

Xenia war professionell genug, um zu bemerken, dass ihr der wichtigste Gast nicht folgte. Sie spazierte einstweilen über den Tisch, flirtete per Augenaufschlag mit den Zuschauern und spielte die Schamhafte. Mal bedeckte sie mit gekreuzten Armen ihren Busen, mal ihren Schoß mit den Händen und gab vor, ihr Unterkleid partout nicht ausziehen zu wollen. Dabei gelang es ihr, nebenbei wieder in die Pumps zu schlüpfen, der Brüste wegen, die das Gehen auf hohen Absätzen angeblich steiler erscheinen lässt.

Erst als der Minister wieder an den Tisch zurückkam, gab sie den Musikern per Fingerschnipp ein Zeichen. Das Saxofon röhrte auf, das Klavier und das Schlagzeug ließen einen ganzen Wirbel los. Xenia legte den Kopf in den Nacken und schloss die Augen, schob erst einen Träger, dann den anderen hinunter, begann selbst ein wenig zu vibrieren, das Unterkleid glitt immer schneller ihren Körper hinunter, der Busen wurde sichtbar, dann das Bäuchlein mit dem schön modellierten Venusberg, schließlich alles. Xenia bückte sich, hob das Unterkleid hoch über ihren Kopf und verharrte so wie eine Siegessäule.

Der Trommelwirbel kulminierte, wurde jedoch vom Applaus übertönt. Sie verbeugte sich nach allen Seiten und lief los. Der Kleine Chef half ihr, vom Tisch hinunterzuspringen, und ihr kleiner, weißer Po verschwand leuchtend durch die Tür.

„Ich weiß nicht, wie ich mich Ihnen erkenntlich zeigen kann", knüpfte der Minister an das vorangegangene Gespräch an.

„Ganz einfach", antwortete der Große Chef, „ich habe gehört, dass Sie Saxofon spielen. Wenn Sie uns etwas vorspielen, sind wir quitt."

„Hier? Unter Profis? Vor Meister Lot?"

„Es würde uns allen eine Freude bereiten, wenn uns der Herr Minister etwas auf dem Saxofon vorspielt, nicht wahr?", sprach der Große Chef die Umstehenden an.

„Natürlich, Václav, du musst", schaltete sich einer der Ministerfreunde ein, „das wär kein richtiger Abend ohne dich am Saxofon."

Jemand begann zu skandieren: „Sa-xo-fon, wir wollen Sa-xo-fon."

Andere schlossen sich an. Der Saxofonist auf der Bühne hatte nichts mitgekriegt, und als die Rufe nicht aufhörten, gab er ein Solo zum Besten, doch dann ließ er ab.

Während noch diskutiert wurde, verteilten die Kellner frische Gläser und offerierten Getränke. Auch Appetithäppchen tauchten auf und in einer Ecke des Raums ein kaltes Buffet zum Selbstbedienen.

„Wenn Sie sonst keine Ruhe geben, na schön", beendete der Minister seine Ziererei, „aber auf Ihre eigene Verantwortung."

Er bestieg das Podium, nahm das Instrument des Saxofonisten entgegen und besprach sich mit den anderen Musikern. Die Band begann zu spielen, das Saxofon setzte ein, der Minister schritt langsam die Stufen hinab, stieg während des Spiels auf einen der Stühle am Tisch, und dort dudelte er vor sich hin.

Leon konnte gar nicht alles verfolgen, was sich während der ministeriellen Darbietung tat. Die eifrigsten Schmeichler hatten sich zwar im Halbkreis um den Minister geschart, doch die Gesellschaft war in kleine Grüppchen und Paare zerfallen. Kaum jemand saß mehr, fast alle standen oder liefen herum. Er registrierte nur, dass der Vizeminister und das Mädchen sich still verzogen hatten, vermutlich nach oben auf ein Zimmer. Auch Karel Lot war verschwunden. Ob ebenfalls mit einem Mädchen im ersten Stock oder alleine nach Hause, war Leon entgangen.

In der Tür erschien wieder in ihrer Goldrobe Xenia. Der Große Chef führte sie zu dem musizierenden Minister. Dieser nahm es als Signal, mit dem Spielen aufzuhören, dankend den Applaus entgegenzunehmen und seine Aufmerksamkeit der Stripperin zuzuwenden.

Mitten in dem beschwingten Trubel tauchte neben Leon Lucie auf.

„Wie gefällt es dir?"

„Gut. Ich schaue und beobachte. Aber Sie gefallen mir viel besser."

„Unsinn."

„Das ist kein Unsinn." Leon beugte sich zu ihr und flüsterte: „Wissen Sie, Lucie, wahrscheinlich hab ich mich in Sie verliebt."

Sie sah ihn scharf an und legte ihm ihre Handfläche auf den Mund. „Solche Dinge sagt man nicht in einer anständigen Abendgesellschaft."

Etwas überrascht brachte er hervor: „Das ist eine anständige Gesellschaft?"

Jetzt legte sie sich selbst den Finger auf den Mund, drohte ihm dann damit und verschwand.

Er blieb weiter an der Tür stehen und nahm nur noch mit halbem Interesse wahr, dass der Vizeminister zurückgekehrt war und bereits mit einem anderen Mädchen Kontakt aufnahm. Mit einer Schwarzhaarigen. Die davor war blond gewesen. Dabei musste er doch eigentlich wissen, dass sich dieser Unterschied nicht der Natur, sondern teuren französischen Färbemitteln verdankte.

10.

Scherereien beim Kassieren

„Ich hatte gedacht, das Ganze hier wird wer weiß wie interessant, dabei ist es total öde", dachte Leon eines Morgens beim Rasieren laut nach.

Oskar und er waren auf, Kostja schlief noch, es ging auf zehn zu. Schon über zwei Wochen arbeitete Leon nun im *Zlatý beránek*. Die ganze Zeit war er durch Restaurant und Weinstube geschlendert und hatte sich völlig nutzlos gefühlt. Die zwei Flaschen Cognac, die Kostja auf der Ministerfeier hatte mitgehen lassen, hatten sie längst geleert. Und während der ganzen Zeit hatte es sich kein einziges Mal ergeben, mit Lucie zu sprechen. Zweimal hatte er sie zwar kurz durchs Treppenhaus eilen sehen, aber das war schon alles. Auf Anweisung des Kleinen Chefs lernte er Tschechisch. Er hatte von ihm ein Lehrbuch erhalten, benutzte es aber kaum, denn die verfluchten lateinischen Buchstaben erschwerten ihm das Lernen. Fernsehgucken erschien ihm fürs Kennenlernen einer Sprache effektiver.

„Jede Arbeit ist öde", meinte Oskar. „Ich glaube, selbst wenn du Croupier in einem Kasino wärst, würde dich das nach einer Weile langweilen und die Leute um dich herum dir auf die Nerven gehen."

„Im Grunde war das einzig Interessante in meinem Leben der Krieg", überlegte Leon. „Es war bescheuert. Sie haben auf uns geschossen und wir auf sie. Viele Jungs sind draufgegangen. Die Offiziere haben uns getriezt und getrieben. Aber du musstest aufpassen. Und wenn mal eine Woche oder zwei Ruhe war, warst du froh, dass Ruhe war, und diese Langweile hast du dann richtig genossen."

„Mann, was jammerst du? So ist das Leben. C'est la vie, wie die Franzosen sagen."

Oskar verwendete gerne fremde Wörter und Redewendungen, um zu zeigen, wie gebildet er war.

„Als kleiner Junge hat es mir auch Spaß gemacht, Schule zu schwänzen und am Fluss herumzulungern. Ich hatte da so eine Stelle", erinnerte Leon sich, „ein Stück vom Ufer weg war das Wasser ganz seicht, eine Sandbank, und mittendrin ein riesiger Felsblock, der über die Wasserfläche hinausragte. Ich weiß nicht, wo der herkam, wahrscheinlich hat ihn ein Hochwasser dahin gewälzt. Und auf dem bin ich immer gelegen, hab mich von der Sonne wärmen lassen und die Füße ins Wasser gehängt."

„Das würde dir heute keinen Spaß mehr machen."

„Vielleicht doch. Jedenfalls mehr, als durch die Weinstube zu tigern. Ich komme mir vor wie der Geist des verstorbenen Wirts, der seine Gäste behumst hat und zur Strafe herumspuken muss. Sascha Klopper mag ja recht haben, dass die Qualität eines Rausschmeißers sich nicht danach bemisst, wie oft er eingreift, sondern danach, wie oft er nicht eingreifen muss. Aber wie man diese Langweile aushalten soll, davon sagt er nichts."

Wer dachte sich das Sprichwort aus: Wenn man vom Teufel spricht, kommt er auch schon? In diesem Fall funktionierte es hervorragend. Leon hatte sich noch nicht den Schaum von Wangen und Hals gespült, als es energisch an der Tür klopfte und Sascha Klopper ins Zimmer platzte, ohne ihre Antwort abzuwarten.

Seine Blicke flogen durch den Raum, dann befahl er: „Du, Afghane, zieh dich an, beeil dich, du fährst mit mir."

Im Hof wartete ein Fahrer mit einem alten Škoda auf sie. Zwar keine Rostmühle, sondern ein noch gut funktionierendes Auto, aber nichts Repräsentatives.

Während der Fahrt klärte Sascha Leon auf.

„Wir gehen Schutzgeld kassieren. Früher hat mich Andrej begleitet. Der Chef – also der Große Chef, nicht der Kleine – meinte, du würdest dich dazu besser eignen als Kostja oder Oskar, die an der Reihe gewesen wären. Also tust du gut daran, wenn du ihnen nichts davon erzählst. Nicht nur in der Bibel, auch in der Firma gilt, dass die rechte Hand nicht wissen muss, was die linke tut."

Sie fuhren auf die Autobahn und verließen sie bald wieder. Dann zog sich die Fahrt durch ein Villenviertel irgendwo am Stadtrand, von dessen Existenz Leon nichts gewusst hatte. Schließlich bogen sie in das offene Tor eines Gebrauchtwagenmarkts ein. Der Fahrer stoppte dicht vor einer Fertigbaracke, die in einem Gelände voller Autos der verschiedensten Marken stand. Darin befand sich das Büro.

Sascha Klopper trat ein, gefolgt von Leon, und grüßte wortlos per Handzeichen. Leon brachte ein tschechisches „Guten Tag" heraus.

Der Gebrauchtwagenhändler, der hinter dem Tisch an einem Computer saß, hob den Kopf und antwortete fast übertrieben herzlich: „Grüßt euch, Jungs."

Sascha gab Leon einen Schubs: „Das ist Leon. Er ist neu mit dabei. Er wird mich jetzt statt Andrej begleiten."

Der Händler stand auf und gab Leon die Hand: „Freut mich. Vondráček. Wieso ist denn der Herr Andrej nicht mitgekommen?"

„Er ist nach Berlin versetzt worden."

„Ist es da besser für ihn?"

„Ganz bestimmt."

Während dieses kurzen Wortwechsels öffnete der Autohändler einen Safe, der zusammen mit drei Stühlen und dem Tisch die einzige Einrichtung des Büros darstellte, und holte einen mit Tausendern vollgestopften Umschlag heraus.

„Ich hab's schon vorbereitet."

Sascha Klopper nahm den Umschlag entgegen und fuhr mit seinem Daumen so über das Bündel, dass die Banknoten paarweise hervorsprangen. Möglich, dass er es auf diese Weise schaffte, den Betrag zu zählen, aber vermutlich überschlug er nur Pi mal Daumen. Dann steckte er den Umschlag in die Innentasche seines Ledermantels.

„Danke."

„Tschüss dann, Jungs."

Der nächste Gebrauchtwagenmarkt war dem ersten ziemlich ähnlich. Auch hier befand sich das Büro in einem Fertighäuschen. Ehe sie eintreten konnten, erreichte sie ein Zuruf: „Hallo, hier bin ich!"

Der Händler winkte ihnen mitten aus einem Menschengrüppchen heraus zu, das halb hinter Autodächern verborgen war. Er sagte etwas zu seinen Kunden und kam dann zu ihnen gelaufen, indem er sich zwischen den Wagen hindurchschlängelte.

„Ich hab Sie noch nicht erwartet, meine Herren. Erst heute Nachmittag. Ich habe noch nichts für Sie parat. Seit heute Morgen hab ich hier Kunden", erklärte er atemlos, ohne sie erst zu grüßen.

„Wir kommen immer gegen Mittag", brummte Sascha Klopper.

„Ich weiß, ich weiß, aber meine Güte, ich hab seit heute Morgen keine Zeit gehabt."

Auch die Einrichtung des Büros glich der vorhergehenden. Nur gab es hier zusätzlich drei kleine Sessel und einen Tisch für Besucher. Und an den Wänden Poster mit halb nackten Schönheiten. Mit oder ohne Automobil. Der Händler zählte ihnen die verabredete Summe – es waren fünfzigtausend – Tausender für Tausender auf den Tisch. Alle zehn Scheine bildete er ein Häufchen und fing neu an zu zählen. Die fünf Häufchen schob schließlich auch er in einen Umschlag, der in die Innentasche von Sascha Kloppers Ledermantel wanderte.

„Damit sind wir quitt. Alles in Ordnung?“

„Jawohl.“

Draußen vor dem Büro gab er ihnen doch noch die Hand zum Abschied und lief zu seinen Kunden hinüber.

„Der zahlt furchtbar ungern“, sagte Sascha Klopper, als sie zum Auto zurückkehrten. „Der nimmt nur gern. Aber eine Krone herausrücken, nee. Wenn es nicht zu peinlich wäre, würde er sicher noch drum weinen.“

Beim dritten Automarkt gab es Ärger. Sie wurden bereits erwartet. Vor dem Büro stiefelte ein Knirps von einem Mann auf und ab. Er trug eine Jockeymütze mit großem Schirm auf dem Kopf, die seine Winzigkeit noch betonte.

Kaum waren Sascha Klopper und Leon aus dem Škoda gestiegen, lief er ihnen auch schon entgegen und schrie: „Was wollt ihr hier? Ich habe nichts. Ich habe nichts für euch. Und ich will euch auch nicht sehen! Ausgeraubt haben sie mich. Keinen lumpigen Heller hab ich mehr.“

„Was ist los?“, fragte Sacha Klopper begriffsstutzig.

„Ich hab die Nase voll“, schrie das Männchen wieder. „An den Staat zahle ich, und die Polizei hat mich auf dem Kieker. Euch zahle ich, und ihr habt mich ebenfalls auf dem Kieker. Sie haben mich ausgeraubt.“

Er riss sich die Mütze vom Kopf und schleuderte sie auf die Erde.

„Ich scheiß auf das alles, ehrlich, ich scheiß drauf! Und auf euch scheiß ich auch.“

„Moment, Moment, Herr Klouda“, versuchte Sascha Klopper ihn zu beschwichtigen. „Beruhigen Sie sich. Und sagen Sie uns, was eigentlich los ist.“

„Was los ist? Gestern Nachmittag haben sie mich schlicht und einfach überfallen und ausgeraubt."

„Wer?"

„Zwei junge Kerle. So haarige Typen mit 'nem langen Schopf und Bartstoppeln."

„Haben Sie es der Polizei gemeldet?"

„Ja, bin ich denn auf den Kopf gefallen?", kreischte der kleine Mann mit dramatischer Stimme. „Ich hab hier die Karren von euch, von denen ich keinen Schimmer hab, ob sie gestohlen sind oder nicht. Ich kann das doch nicht der Polizei melden. Die Bullen haben mich eh auf dem Kieker. So wie ihr auch. Die ganze Kasse haben die Typen mir geleert. Da war mehr als 'ne Million drin. Scheiße, Mann! … Mehr als 'ne Million!"

„Also, wenn das stimmt, was Sie sagen, und das kein billiger Trick ist", sagte Sascha Klopper zögernd, „dann könnten wir uns die Sache mal ansehen."

„Was für ein Trick denn? Und was wollen Sie sich ansehen? Was wollen Sie sich denn, bitte sehr, ansehen? Die Million ist futsch … Die ganze Million ist im Arsch!"

„Schreien Sie nicht so, beruhigen Sie sich und kommen Sie mit rein. Sie werden uns in aller Ruhe erzählen, was und wie es passiert ist", sagte Sascha Klopper in dem freundlichsten Ton, zu dem er in der Lage war. „Vielleicht können wir etwas damit anfangen. Vielleicht bringt es uns ja weiter. Schließlich haben wir viele Verbindungen."

Und er drückte das Kerlchen beinah durch die Bürotür.

„Setzen Sie sich und erzählen Sie, was los war."

Saschas Ruhe verfehlte nicht ihre Wirkung. Auch der Autohändler wurde etwas ruhiger.

„Es waren zwei junge Kerle. So um die zwanzig, fünfundzwanzig. Sie sind eine Weile zwischen den Wagen herumgestrichen. Ich dachte, die gucken sich einen aus."

„Wie haben sie ausgesehen?"

„Da kann ich Ihnen nicht viel mehr sagen. Junge Männer eben. Um die fünfundzwanzig. Beide hatten lange Haare und Bartstoppeln. Mindestens eine Woche lang nicht rasiert. Beide in Jeanskleidung."

„Tschechen?"

„Ja, Tschechen. Sie haben mal kurz mit Ostrava-Akzent gesprochen, aber ich hatte den Eindruck, dass sie es nicht wirklich konnten. Also wahrscheinlich Prager."

„Was ist genau passiert?"

„Habe ich ja schon gesagt. Sie lungerten eine Weile da rum und passten den Moment ab, in dem Franta mit einem Kunden zu einer Probefahrt aufbrach. Sonst war niemand mehr hier, es war so gegen halb fünf. Am späten Nachmittag machen wir kein großes Geschäft mehr, eher vormittags. Sie sind zu mir ins Büro gekommen, und ich Hornochse hatte den Schlüssel in der Kasse stecken. So was, echt, den Schlüssel in der Kasse … Der eine hat mir eine Knarre vorgehalten und hat mich hier vom Tisch weggestoßen, der andere hat das Telefonkabel rausgerissen und mir das Handy abgenommen. Dann haben sie die Kasse geplündert. Sie haben alles in eine normale Plastiktüte gepackt. Und dann hat mir der eine mit irgendwas von hinten draufgehauen. Ich hab auf dem Kopf eine Beule wie ein Straußenei, hier. Als Franta zurückkam, waren sie weg und ich lag hier auf dem Boden, mit diesen Drähten da gefesselt."

Auf dem Tisch stand tatsächlich das herausgerissene Telefon und daneben lagen ein paar Stücke dicker Isolierdrähte. Das Erzählen hatte den Autohändler vollends ruhig werden lassen.

„Ich kann Sie wirklich nicht bezahlen. Selbst wenn ich's wollte. Ich hab's nicht."

„Also, wir gehen der Sache nach", versprach Sascha, „und vielleicht finden wir ja etwas heraus. Vorausgesetzt natürlich, Sie ziehen hier keine Show ab."

Das brachte den Kleinen erneut auf. „Was für eine Show denn? Was soll das? Eine Show? Eine Million im Eimer, und Sie erzählen mir was von Show! Also auf so was hab ich echt keine Lust. Auf so einen Stuss! Hauen Sie lieber ab, bevor ich mich vollkommen vergesse!"

Die Drohung war lächerlich angesichts ihrer beider Statur. Doch sie zogen ab.

Dem Fahrer war die Zeit lang geworden. Er war aus dem Wagen gestiegen, hatte sich eine Zigarette angezündet und guckte gerade in den blauen Himmel, in dem zwei Taubenschwärme kreisten. Sie vereinigten sich zu einem großen Schwarm und lösten sich wieder voneinander, scheinbar ohne Sinn, aber mit einer merkwürdigen Regelmäßigkeit, die irgendeiner Ordnung folgen musste, die er jedoch vergeblich suchte.

„Irgendwelche Schwierigkeiten?", fragte er.

„Allerdings, ganz schöner Mist."

Ehe sie losfuhren, meinte Sascha Klopper nachdenklich: „Wir müssten eigentlich noch bei zwei Händlern abkassieren. Aber das hier ist ernst und die Chefs sollten von der Sache wissen. Die anderen Händler gehen uns schon nicht verloren. Fahren wir zum *Zlatý beránek* zuruck."

Die Langeweile in Leons Leben wurde früher unterbrochen, als er erwartet hatte.

11.

Es geht um die Ehre

Es waren keine zwei Stunden vergangen, als sich im Büro des Kleinen Chefs der Große und der Kleine Chef, der Schweigsame, Sascha Klopper und Leon zusammenfanden. Sonja hatten sie wieder hinausgeschickt, diesmal ohne den Vorwand, Kaffee oder Baguettes zu holen. Es sah alles nach einer Konferenz aus.

Sascha Klopper berichtete von dem Vorfall im Gebrauchtwagenmarkt.

„Aber es ist genauso möglich, dass der Typ sich alles ausgedacht hat", schloss er. „Dass er nicht zahlen will. Er hatte zwar eine Beule auf dem Kopf, aber die kann er sich auch selbst zugefügt haben."

„Warum sollte er das auf einmal tun?", fragte der Große Chef. „Bisher hat er immer ordentlich gezahlt. Nein, Jungs, der spielt uns nichts vor. Ich glaube ihm."

Alle schwiegen und sahen einander an.

„Darüber können wir nicht einfach so hinweggehen", nahm der Große Chef das Wort wieder auf, „das ist ein außergewöhnlicher Schadensfall."

Leon dachte in dem Moment, dass der Große Chef in der Armee gedient haben musste. Oder bei der Sicherheit. Kein Ziviler würde für die Bezeichnung dessen, was geschehen war, die Worte „außergewöhnlicher Schadensfall" wählen. Ein Ziviler würde von Pech reden, von einem Ärgernis, einer Panne, Bescherung oder schönen Scheiße, oder auch, wenn er gerne übertrieb, von einer Katastrophe. Aber nie von einem außergewöhnlichen Schadensfall. Das gehörte zum Jargon der Soldaten und Sicherheitsdienstler.

„Es könnte unserer Glaubwürdigkeit schaden. Dem guten Namen der Firma. Wenn sich das herumspräche, würden unsere Freunde und Kunden das Vertrauen in uns verlieren. Und es würde ihre Zahlfreudigkeit erschüttern."

„Vielleicht ging es ja gerade darum", sagte der Kleine Chef und fuhr von seinem Stuhl in die Höhe, „vielleicht haben das Aschajews Leute eingefädelt, um uns das Leben schwer zu machen."

„Aschajews Leute?", wiederholte der Große Chef. „Das schlag dir aus dem Kopf. Das ist nicht ihr Stil. Wenn Aschajew seine Finger darin hätte, wäre die Sache härter ausgefallen. Der hätte diesen Knirps gleich fertigmachen lassen. Damit die Polizei da auftaucht und das Ganze in die Zeitung kommt. Aschajew hätte daraus einen Skandal inszeniert, der uns zu knabbern gegeben hätte. Ausgeschlossen. Aschajews Leute haben nichts damit zu tun."

„Die Albaner oder Jugos vielleicht?", schlug der Kleine Chef vor.

„Sie haben Tschechisch gesprochen", wandte Sascha Klopper ein.

„Schlecht, hast du gesagt."

„Mit schlechtem Ostrava-Akzent, das heißt aber nicht, dass sie schlecht Tschechisch sprachen."

„Albaner waren es nicht." Der Große Chef schüttelte den Kopf, als hätte er ihren Streit überhört. „Die Albaner kümmern sich nur um ihre Drogengeschäfte. Das hier liegt ihnen fern. Sie haben uns zwar gefressen, weil wir sie nicht in unsere Clubs reinlassen, aber wenn sie sich an uns rächen wollten, würden sie es anders angehen. Eine Disco in Brand setzen, einen Krawall dort inszenieren. Vielleicht auch eine Schießerei. Aber das hier nicht. Das ist denen über. Zu kompliziert."

Er stand auf, ging zum Fenster hinüber und wandte ihnen den Rücken zu, als ob ihn etwas unten auf dem Hof interessieren würde. Dann wandte er sich zum Kleinen Chef um.

„Jugos, hast du gesagt? Nun, die könnten so was machen. Sie sind schlecht organisiert, kriegen sich dauernd in die Haare, klauen, was das Zeug hält. Der eine oder andere hat sich auf die Weise schon hochgearbeitet. Trotzdem kommt es mir unwahrscheinlich vor. Die Jugos wissen genau, dass das unser Terrain ist. Und sie wissen auch, dass wir ungemütlich werden können, wenn uns jemand ins Gehege kommt. Ausschließen können wir sie nicht. Ich werde unseren Mann bei den Jugos kontaktieren und versuche herauszubekommen, was er weiß. Ich glaube aber, dass sich die Sache anders verhält. Dass Amateure dahinterstecken. Der Typ hat von zwei jungen Kerlen gesprochen. Orientieren wir uns daran. Suchen wir nach zwei Burschen, die ein bisschen Gangster spielen."

„Moment", erwiderte der Kleine Chef, „du meinst, wir sollen die Rotznasen suchen gehen?"

„Suchen ist zu wenig. Finden sollst du sie. Und der Mann muss sein Geld zurückbekommen. Wir haben ihm unseren Schutz versprochen, und den soll er auch kriegen. Es geht um unsere Ehre."

„Aber lieber Gott", entsetzte sich der Kleine Chef, „wie soll ich die hier in Prag finden? Zwei Jungs mit langen Haaren, Dreitagebart und Jeans. Das hat doch jeder Zweite."

„Du hast deine Leute. Sie sollen durch die Stadt streifen und sich umhören, ob zufällig irgendwo zwei junge Burschen plötzlich zu Geld gekommen sind. Aber sucht nicht nach Langhaarigen mit Bartstoppeln. Die werden inzwischen kurzhaarig und glatt rasiert sein. Die Jeans kannst du auch vergessen. Such nach zweien, die auf einmal reich geworden sind. Ich setze mich so lange mit unserem jugoslawischen Mann in Verbindung."

Der Kleine Chef schielte fast vor Aufregung.

„Aber das ist, als sollte ich eine Nadel im Heuhaufen finden!", rief er verzweifelt.

„So schlimm wird es schon nicht sein", meinte der Große Chef. „Du sollst zwei junge Kerle suchen, die schlagartig reich sind. In ganz Prag kommen dafür wahrscheinlich nur diese zwei infrage. Und denk daran: Wenn jemand plötzlich zu Reichtum kommt, hat er das Bedürfnis, es zu zeigen. Zumindest will er den erworbenen Reichtum ordentlich genießen. Darauf musst du dich konzentrieren."

Der Kleine Chef war immer noch wie geplättet. Er rang sich nur noch zu der Bemerkung durch: „Dann danke ich dir herzlich für diesen Auftrag."

„Aber bitte. Gern geschehen", sagte der Große Chef freundlich lächelnd und empfahl sich. Der Schweigsame sprang vom Stuhl auf und folgte ihm.

Der Kleine Chef starrte ihnen hinterher. Wie benommen stieß er einen dreifachen Fluch auf Kosten von jemandes Mutter aus, erhob sich schwer aus seinem Stuhl und ging hinüber zum Schränkchen mit den Spirituosen. Er füllte drei Gläser mit Black-&-White-Whisky und nickte den beiden anderen zu, die noch da waren, damit sie sich eines nahmen.

„Darauf müssen wir einen heben, Jungs", nuschelte er, „das wird kein Spaß."

Die *Plzeňská pivnice* – oder *Pilsener Bierstube* – am Ende der Jungmannova summte jetzt, kurz nach vier, wie ein Bienenstock, der sich zum Ausschwärmen bereitmachte. Nur eine Königin fehlte, denn die beiden drallen Kellnerinnen, Boženka und Hanička, die in jeder Hand spielend fünf Biere trugen, konnte man beim besten Willen nicht für Bienenköniginnen halten. Dafür hatten sie zu müde Beine.

Es war zum Bersten voll. Alle Plätze sowohl im Restaurantteil hinter dem Schankraum als auch auf der langen Veranda davor waren besetzt. Nur in dem kleinen Hof, der poetisch „Garten" genannt wurde, war unter zwei verkümmerten Kastanien ein Tisch frei geblieben.

Der Kleine Chef, dem Sascha Klopper und Leon dicht hinterdreinliefen, ging jedoch schnurstracks daran vorbei. Vor den Stufen zu der Veranda stoppte er kurz, sah sich unter den Gästen um und lief, als er den, den er suchte, nicht fand, weiter zum Ausschank. Auch im Restaurantteil entdeckte er den Gesuchten nicht. Er befand sich auch nicht unter dem Grüppchen von Leuten, die mit Biergläsern in der Hand zwischen dem Tresen und den Toiletten standen.

Leon fiel auf, dass die Zusammensetzung der Gäste hier sehr durchmischt war. Arbeiter in Latzhosen und karierten Hemden waren zu sehen, aber auch weiße Kragen mit Krawatten. Mancher Sakko musste mindestens so teuer gewesen sein wie der, den er selbst trug. Die Mehrzahl der Gäste aber konnte er nicht einordnen. Es waren wohl Leute, die einfach nur so in Kneipen abhingen. Überwiegend Männer, nur ein paar sehr junge Frauen waren dabei.

„Ist Fanouš heute nicht da?", fragte der Kleine Chef den Mann hinter dem Tresen.

„Eben war er noch da."

Der Schankwirt drehte den Zapfhahn zu, reckte seinen Kopf und sah sich um.

„Verdammt, grad vor einer Minute hab ich ihn gesehen." Er zeigte auf ein abgestelltes Halbes. „Da steht noch sein Glas. Vielleicht ist er nur mal eben verschwunden", sagte er mit einem Kopfnicken zum WC hin.

„Wartet mal so lange hier", sagte der Kleine Chef und begab sich dorthin.

„Trinkt ihr ein Bierchen?"

Sascha Klopper nickte. „Gutes tschechisches Bier."

„Seid ihr Russen?"

„Jawoll."

„Habe ich mir gleich gedacht", sagte der Schankwirt und zapfte zwei Halbe.

„Wie haben Sie es gemerkt?", fragte Sascha interessiert.

Der Wirt zuckte nur mit den Schultern. „Gehört zum Metier."

Auf der Toilette traf der Kleine Chef Fanouš dabei an, wie er gerade ins Pissoir pinkelte.

„Da bist du ja. Ich hätte einen Job für dich und deine Leute."

„Super", antwortete Fanouš. „Ich bin dabei."

Aber er ließ sich nicht von seiner Tätigkeit ablenken. Er mochte vierzig, vielleicht auch etwas älter sein. Gekleidet war er wie fürs Büro, nur dass sein Kragen um den Hals ziemlich schmuddelig aussah. Auch auf dem Schlips zeichneten sich die Spuren vergangener Abendessen ab. Hier im Lokal nannte man ihn „Doktor", und wer besonders höflich zu ihm sein wollte, sprach ihn mit „Herr Regisseur" an. Er hatte tatsächlich zwei oder drei Filme gedreht, aber die Zeiten waren vorbei. Jetzt dirigierte er nur noch eine Crew von Saufkumpanen und verkrachten Existenzen.

Zurück im Schankraum nahm Fanouš sein Glas vom Tresen und wandte sich an den Wirt: „Für den Herrn Kollegen hier auch eins. Geht auf mich."

Diese großzügige Geste konnte er sich erlauben. Der Oberkellner und zugleich Eigentümer der Bierstube hielt es mit dem alten Tomáš Baťa, der gesagt hatte, dass zwar nicht großer Rabatt, aber großer Umsatz großen Gewinn bringe. Deshalb verlangte er für ein halbes Pils nur fünfzehn Kronen, was hier, fast im Zentrum der Stadt, eine Rarität war. Es sicherte ihm zudem einen großen Kreis von Stammgästen. Wenn in anderen Gaststätten gähnende Leere herrschte, war es bei ihm voll.

Fanouš steuerte auf den nächstbesten Tisch zu.

„Liebe Leute, erlaubt ihr mal eben? Wir haben hier ein wichtiges Geschäftsgespräch."

Erstaunlicherweise räumten die vier jungen Männer bereitwillig den Tisch und gesellten sich zu dem Häufchen Stehender.

„Also erzähl. Was ist das für ein Job?"

„Ich muss zwei junge Typen finden, so zwischen zwanzig und fünfundzwanzig, die plötzlich zu Geld gekommen sind."

„Und weiter?"

„Nichts weiter. Sie hatten lange Haare und Dreitagebärte, können aber schon wieder kurzhaarig und rasiert sein. Sie trugen Jeanskleidung, aber die können sie auch gewechselt haben. Sicher ist nur, dass sie plötzlich zu Geld gekommen sind."

„Das ist verdammt wenig."

„Wer sie findet, bekommt zwanzig Riesen."

„Und ich?"

„Ebenfalls zwanzig."

„Das ist fair. Aber die Angaben sind zu dürftig. Verflixt dürftig", jammerte Fanouš. „Was haben sie denn angestellt?"

„Ach, die haben Banditen gespielt."

Der Kleine Chef wählte absichtlich diese unbestimmte Formulierung.

Fanouš spann den Satz weiter: „Und euch um eine halbe Million erleichtert. Weshalb ihr schlappe zehn Prozent anbietet … Das wäre von mir aus noch okay. Nur die Angaben sind einfach zu dürftig." Der Wirt brachte das bestellte Bier, Anlass für Fanouš, eine dramatische Pause einzulegen, sich mit dem Zeigefinger über die Stirn zu reiben, was seine bevorzugte Regisseursgeste war, und erst dann mit seiner Rede fortzufahren. „Weißt du, wenn du mir nicht mehr sagen kannst, ist das eine schwierige Sache … Sehr schwierig … Ich werde alles versuchen … Allerdings … was ist, wenn ich mich abstrampele wie ein Irrer und sie trotzdem nicht finde?"

„Dann kriegst du fünf."

„Meine Güte, das ist aber auch wenig."

„Für jemanden, der nichts gemacht hat, eher zu viel. Streng dich an und du kriegst die zwanzig."

„Also, ich tu, was in meinen Kräften steht", versprach Fanouš, „aber ich mag dich nicht gern enttäuschen. Bisher war unsere Zusammenarbeit immer erfolgreich, aber das hier ist 'ne wackelige Sache. Da müssen wir schon saumäßiges Glück haben, dass das hinhaut."

„Allerdings. Es muss einfach hinhauen. Es *muss*! …" Der Kleine Chef schluckte gerade noch den Satz hinunter: ‚Wenn es nicht hinhaut, dann wird mir der Große Chef das ewig nicht verzeihen', der ihm schon auf der Zunge gelegen hatte. Fast überlief ihn ein Schauder. Nie zuvor hatte er so lebhaft empfunden, was für eine große Furcht vor dem Großen Chef in der Tiefe seines Bewusstseins schlummerte. Er stand schnell auf und reichte Fanouš die Hand.

„Also abgemacht. Zwanzig für den, der die beiden findet, und zwanzig für dich. Meine Nummer hast du. Wenn ihr sie finden solltet, ruft mich an, auch nachts."

„Trinkst du das Bier nicht?"

„Nein, ich muss los."

„Dann übernehme ich es. Wär schade, wenn es absteht."

Sascha und Leon hatten ihr Halbes inzwischen geleert. Der Kleine Chef bezahlte für sie und sie brachen auf.

Sie waren noch nicht auf der Straße, als Fanouš schon seine Spezl zusammenzutrommeln begann. Zwanzigtausend waren trotz allem eine ordentliche Summe, besonders mit der Aussicht verbunden, dass man sie auf ehrliche Weise innerhalb von zwei, drei Nachmittagen verdienen konnte.

Den Rest des Tages verbrachten sie in gespannter Erwartung. Leon wanderte durch das halb leere Restaurant, plauderte ein wenig mit dem Kellner und wartete darauf, dass die Weinstube aufmachte. Sascha Klopper war auf sein Zimmer verschwunden. Vielleicht wirklich, um sich dort mit einem der Club-Mädchen zu vergnügen, wie Oskar behauptet hatte.

Der Kleine Chef setzte sich an seinen Computer und schob eine Diskette ein, auf der er die tatsächlichen Finanzdaten des *Zlatý beránek* gespeichert hatte, also nicht die, die Sonja betreute und dem Finanzamt vorlegte. Er versuchte sich vorzumachen, dass er über die Zahlen nachdachte und wie man sie noch verbessern könnte, doch er war nicht bei der Sache.

Kurz nach zehn rief der Große Chef an. Die Jugoslawen seien raus aus dem Spiel. Er hatte mit seinem Mann gesprochen, der von nichts wusste. Und als der Große Chef ihm offen seinen Verdacht mitteilte, habe er ihn mit Bestimmtheit zurückgewiesen. Weshalb nichts anderes übrig bleibe, als dass Ludwa die beiden Amateure auftreibe. Nach dem, was der Kleine Chef gemacht hatte, fragte er gar nicht. Als wäre es selbstverständlich.

Kurz vor halb zwölf kam der erste blinde Alarm. Eine Stimme verkündete am Telefon, dass zwei Typen, die der Beschreibung entsprächen, gerade in der *Tango-Bar* in Smíchov einen draufmachten. Der Kleine Chef kannte sich dort ein wenig aus. Ein ziemlich edler Schuppen. Es kam ihm unwahrscheinlich vor, dass sich zwei junge Kerle ausgerechnet dort amüsieren sollten. Aber vorbeischauen mussten sie.

Tatsächlich vergnügten sich dort zwei junge Männer. Nur waren sie nicht zwischen zwanzig und fünfundzwanzig, sondern eher um die dreißig. Außerdem kannte der Barmann sie. Sie kamen regelmäßig einmal im Monat her. Der eine war ein bekannter Prager Anwalt und der zweite ein höherer Bankbeamter. Von welcher Bank, wollte der Barmann nicht preisgeben. Sie seien ein diskretes Unternehmen.

Auf dem Rückweg hatte der Kleine Chef die schreckliche Vision, dass sie womöglich noch hundert solcher erfolgloser Touren vor sich hatten. Fanouš hatte seine Telefonnummer offenbar allen und jedem weitergegeben.

Schweiß trat ihm auf die Stirn. Auch die Überlegungen von Sascha Klopper hinten auf dem Rücksitz konnten ihn nicht aufheitern, der Leon davon zu überzeugen versuchte, dass ihr Club viel besser sei als die *Tango-Bar*. Und sie auch eine bessere Auswahl von Mädchen hätten.

Um sich Erleichterung zu verschaffen, stieß er noch einmal einen seiner Flüche aus, die auf Kosten von jemandes Mutter gingen.

12.

Volltreffer

In den folgenden zwei Tagen machten sie auf diese Weise nicht gerade hundert, aber doch sechs erfolglose Ausflüge. Einmal handelte es sich um zwei Unternehmer aus Liberec, die in Prag eine Sause machen wollten, ein andermal um zwei junge Franzosen, die der Informant aus unverständlichen Gründen für ein verdächtiges Duo hielt. Ein weiteres Mal stießen sie auf zwei Söhnchen aus neureichem Hause, die in der Kleinseitner Weinstube *U Patrona* auf die Pauke hauten, um aller Welt zu zeigen, dass sie zur Jeunesse dorée gehörten. In zwei anderen Fällen handelte es sich um ein Missverständnis, wenn nicht um einen dummen Scherz, denn als sie am Ort eintrafen, waren die zwei Verdächtigen verschwunden und mit ihnen der Informant.

Nur in einem Fall hatte der Kleine Chef den Eindruck, sie seien auf der richtigen Spur. Auf der Restaurantterrasse des Smíchover Hotels *Blaženka* saßen zwei junge Burschen mit langen Haaren, Bart und Jeanskleidung und ließen es sich und ihren zwei Hübschen gut gehen. Der Tisch brach fast zusammen unter all den Speisen und Getränken, die sie bestellt hatten. Aber schließlich zeigte sich, dass die Jungs nur leere Geldbeutel besaßen und vorgehabt hatten, sich ordentlich vollzustopfen und im richtigen Moment samt ihren Mädels die Zeche zu prellen. Das war dort nicht besonders schwer, es genügte, den Kellner wegen irgendetwas in die Küche zu schicken, schnell die paar Stufen von der Terrasse hinunterzulaufen und zwischen den Bäumen des nahen Parks in der Dämmerung zu verschwinden. Der Kleine Chef war sich nicht sicher, ob die abgefangenen Jünglinge ihm leidtun sollten oder ob er zufrieden sein sollte, dem Hotelierkollegen einen Gefallen getan zu haben. Aber wie auch immer, es änderte nichts daran, dass er weiterhin im Dunkeln tappte.

Er war daher recht skeptisch, als am nächsten Tag kurz nach dem Mittagessen das Telefon klingelte und sich eine heisere Stimme meldete.

„Hallo, hallo? … Hier ist Grünling … Spreche ich mit dem werten Herrn, der hinter zwei Burschen her ist, die erst blank waren und jetzt mit Geld um sich schmeißen?"

„Ja, das wäre ich", sagte der Kleine Chef zögernd.

„Also dann guten Tach … Hier ist Grünling … so heiße ich nicht wirklich, man nennt mich nur so … Falls Sie sich für meinen richtigen Namen interessieren, ich heiße Antonín Kulovaný, aber so kennt mich außer der Polizei niemand … Alle nur unter Grünling … Also, ich habe Ihre Nummer von Fanouš bekommen … Den kennen Sie ja sicher … Ich sollte anrufen, falls ich zwei Typen fände, die vorher blank waren und jetzt nicht wissen, wohin mit ihrem Geld. Jou, und hier sitzen so welche. Mit zwei schwarzen Schnecken … Na, mit Zigeunerinnen, also mit Roma … Dachte ich, ich ruf lieber gleich an, bevor die Roma, also die beiden Zigeunerinnen ihnen alles abknöpfen. Fanouš hat uns nämlich gesagt, Sie wollen das Geld zurück."

„Wo sind Sie?", fragte der Kleine Chef.

„Eben darum geht's jetzt. Fanouš hat dem, der sie aufspürt, zwanzig Riesen versprochen. Aber dem Fanouš soll mal einer trauen … Deswegen hätte ich es gern von Ihnen bestätigt bekommen. Zwanzig Tausis, das ist kein geringer Betrag. Ich hätte da also gern Gewissheit."

„Wenn es die beiden Burschen sind, bekommen Sie das Geld. Sie können sich darauf verlassen."

„Wiederholen Sie: Ich schwöre dir bei meiner Seele, Grünling, dass du die zwanzig Riesen erhältst, wenn es die beiden Burschen sind."

Der Kleine Chef begann sich inzwischen fast zu amüsieren.

„Grünling", sagte er, „ich schwöre dir bei meiner Seele, dass du die zwanzig Riesen erhältst, wenn es die beiden Burschen sind."

„Na, das klingt doch schon anders … Ich weiß, Sie könnten den Schwur hinterher leugnen, aber so schuftig werden Sie schon nicht sein … Also: Die beiden Typen sitzen mit den beiden dunklen Schnecken im *Alten Gasthaus* in der Poděbradská. Eben waren sie jedenfalls noch da, und ich denke, sie bleiben noch 'ne ganze Weile. Die beiden Schnecken heizen die gerade erst an … Es ist ein Stück hinter der großen Kreuzung in Hloubětín. Ich warte vor dem Gasthaus auf Sie und führ Sie hin."

Der kleine Chef blieb skeptisch, doch sein Instinkt sagte ihm, dass es diesmal ein Treffer sein könnte. In Windeseile trieb er Sascha Klopper, Leon, Oskar und Kostja zusammen, und einen Moment später fuhren sie verteilt auf zwei Wagen durch die Prager Straßen. Fast wie ein Überfallkommando der Polizei. Nur ohne Sirene.

Vor dem *Alten Gasthaus* wanderte Grünling rauchend die Straße hin und her. Er trug seinen Spitznamen zu Recht. Schon auf den ersten Blick sah man, dass diese Prager Type den größten Teil ihres Lebens in verqualmter Kneipenluft zugebracht hatte. Wenn sie nicht gerade im Kittchen gesessen hatte. Sein mageres, bleiches Gesicht nahm tatsächlich mitunter eine fast grünliche Farbe an. Die Stirn und die Augenpartie waren voller Runzeln. Unruhig folgte sein Blick dem Strom der Autos, der sich aus der Stadt kommend an ihm vorbeiwälzte. Bis zwei Autos jäh vor einem grasbewachsenen Erdwall bremsten.

„Na endlich!“, rief er, während er den Aussteigenden entgegenlief.

„Grünling?“, fragte der Kleine Chef.

„Genau der. Die Burschen sind immer noch drinnen. Und wie sieht's aus mit meinen zwanzig Riesen?“

„Was hast du nur immer für Angst? Du bekommst sie, wenn es die Gesuchten sind.“

„Sie sitzen in einer separaten Gaststube hinter dem Schankraum.“

Er begleitete sie hinein.

Das Gasthaus war wirklich alt. Früher lag es noch außerhalb der Stadt, sodass man es nach hinten und zur Seite hatte erweitern können. Im Schankraum hatten vier Tische Platz, die jetzt mit essenden und trinkenden Gästen besetzt waren, dem Aussehen nach Arbeiter. Dahinter war noch eine Menge freier Raum. Rechts sah man durch eine offene Tür in einen großen Speisesaal hinein, der zur Hälfte mit Gästen gefüllt war. Zur Linken hing an einer geschlossenen Tür ein Zettel: *Belegt.*

Grünling zeigte dorthin.

Sie eilten auf die Tür zu. Ein Kellner stellte sich ihnen in den Weg: „Dort ist bereits reserviert, meine Herren.“

„Reserviert für uns“, meinte Sascha Klopper und stieß ihn zur Seite.

Grünling öffnete ihnen diensteifrig die Tür, und als alle fünf hindurch waren, warf er einen vorsichtigen Blick hinterher und machte sie rasch wieder zu. Er selbst blieb im Schankraum zurück.

Dem Überfallkommando bot sich ein seltsamer Anblick. In dem geräumigen Saal befanden sich sechs Tische, von denen fünf unbesetzt waren, und am sechsten, auf dem eine Flasche Wodka, zwei Flaschen Champagner und ringsum Gläser und nicht leer gegessene Teller standen, saßen zwei junge Männer mit zwei Romafrauen. Die vier waren zu einem Standbild erstarrt. Einer der Burschen fasste seiner Begleiterin gerade in die Bluse, und der zweite suchte etwas unter dem Rock der anderen. Sie sahen aus wie die Skulpturengruppen am Altstädter Turm der Karlsbrücke. Als wollten sie andeuten, dass die Gesten menschlichen Begehrens ewig gültig sind und sich von Jahrhundert zu Jahrhundert wiederholen.

Der Große Chef hatte recht und auch wieder nicht recht gehabt. Sie trugen kurz geschnittene Haare und waren rasiert, doch ihre Jeanskleidung hatten sie nicht abgelegt. Die Altersangabe traf auch nicht so genau zu. Sie waren höchstens achtzehn.

Der Kleine Chef machte dem Moment der Erstarrung ein Ende: „Meine Damen, wollen Sie bitte verschwinden, wir müssen mit den beiden Herren etwas klären."

„Warum sollte ich verschwinden. Das hier ist mein Liebster", sagte die eine dreist und griff sich unter die Bluse, um ihren BH in Ordnung zu bringen.

„Weil ich Frauen furchtbar ungern eins aufs Maul gebe", belehrte Sascha Klopper sie.

„Er ist mein Liebster", beharrte sie.

„Noch seid ihr nicht zusammen ins Bett gegangen, und schon ist es dein Liebster. Zieh Leine!" Das letzte Wort brüllte Sascha Klopper regelrecht heraus.

Die Romni stand unwillig auf, auch die andere protestierte: „Ich weiß nicht, wieso. Wir haben hier reserviert."

„Meine Damen, wollen Sie bitte so freundlich sein zu gehen", sagte der Kleine Chef in sanftem Ton, „wir müssen wirklich etwas mit den Herren klären."

Der, der unter dem Rock der einen Romni geforscht hatte, sprang auf einmal auf, wich ein paar Schritte zurück und griff in seine hintere Hosentasche. Bevor er die Pistole herausziehen konnte, waren Oskar und Leon bei ihm, der eine verdrehte ihm den Arm und der andere nahm ihm die Waffe ab.

„Gebt mir das mal her", verlangte der Kleine Chef. „Das ist nichts für Kinder. Sie könnten sich verletzen."

Leon vergewisserte sich mit einem Blick, dass die Pistole gesichert war, und warf sie dem Kleinen Chef zu. Der musterte sie genau und sah dann die beiden Jungs an.

„Also seid ihr's doch. Das Ding hier wurde in Záběhlice benutzt."

Die Jungen warfen sich einen Blick zu und ließen sich sonst nichts anmerken. Die Frauen begriffen jedoch, dass es ans Eingemachte ging. Der Kleine Chef drehte sich zu ihnen um: „Verdammt, jetzt räumt schon das Feld, Mädels."

Und auf einmal gehorchten sie. Sobald die Tür hinter ihnen zugefallen war, begann der Kleine Chef mit seinem Verhör: „So, meine Herrschaften, wir möchten euch nur etwas fragen. Was wisst ihr von dem Überfall auf einen Gebrauchtwagenmarkt in Záběhlice?"

Der Kleinere der beiden wurde bleich. „Sind Sie von der Polizei?"

„Wir sind was Schlimmeres. Wir sind die russische Mafia", zischte Sascha Klopper. Und es klang nach nichts Gutem.

„Wir wissen nichts von einem Gebrauchtwagenmarkt."

Und patsch!, er brauchte es nur zu sagen, da bekam er von Sascha eine verpasst, dass ihm der Kopf wackelte.

„So … du weißt also von nichts?"

Der Junge wagte nicht zu protestieren, ließ nur seinen Blick umherirren. Trotzdem handelte er sich eine zweite Maulschelle ein.

„Und du weißt auch von nichts?", fragte Sascha Klopper den anderen.

„Nein."

Er bekam ebenfalls zwei, vielleicht damit sie sich untereinander nichts vorzuwerfen hatten.

„Wirklich nicht?", mischte sich Kostja ein. Als die Jungen schwiegen, begann er sie mit seinen Fäusten zu bearbeiten.

„Halt", bremste ihn der Kleine Chef. „Die Jungs wissen jetzt, dass wir nicht spaßen. Wo ist das Geld?"

„Was für Geld? Wir wissen wirklich nichts", wimmerte einer der Jungen.

„Tut mir leid, Bürschchen. Dann muss ich die Herren bitten, euch das Gedächtnis aufzufrischen."

Sascha Klopper, Kostja, Oskar und Leon stürzten sich auf die beiden. Um genau zu sein, besorgten Sascha und Kostja den Hauptteil der Arbeit, Oskar und Leon assistierten ihnen eher.

Der Kleine Chef zählte langsam bis zehn. Als er bei der zehn ankam, sagte er: „Das genügt erst mal."

Die Jungen krümmten sich halb sitzend, halb liegend an der Wand zusammen. Die Behandlung hatte ihre Spuren hinterlassen.

„Ist euch wieder eingefallen, wo ihr das Geld versteckt habt?"

„Mein Gott, lassen Sie uns, wir geben Ihnen das Geld."

Der Größere der beiden hatte die Nerven verloren.

„Das sind vernünftige Worte", lobte der Kleine Chef. „Im Grunde habt ihr Glück. Wenn wir von der Polizei wären, würdet ihr für den Raubüberfall mindestens fünf Jahre kriegen. Wir geben uns bereits mit der Rückgabe des Geldes zufrieden ... Also gehen wir. Und dass ihr unterwegs nicht auf dumme Gedanken kommt."

Als sie im Gänsemarsch zum Ausgang liefen, hoben die Arbeiter die Köpfe von ihren Kuttelsuppen und Gulaschs und betrachteten sie distanziert wie eine Fernsehsendung. Auch keine der beiden Romafrauen, die am Tresen an ihrem Bier nippten, beabsichtigte in den Gang der Ereignisse einzugreifen. Der Liebste gehörte bereits der Vergangenheit an. Nur der Kellner behielt seine Interessen im Blick.

„Moment, wer bezahlt das alles?"

Der Kleine Chef deutete den anderen an, sie sollten schon einmal einsteigen, und kehrte zum Tresen zurück.

„Was macht das?"

„Inklusive der Reservierung tausendsiebenhundertfünfzig Kronen."

Auch wenn ihm das viel vorkam, zählte der Kleine Chef den Betrag bar auf den Tresen. Dann reichte er der hübscheren der beiden Zigeunerinnen seine Visitenkarte.

„Komm gelegentlich mal bei mir vorbei, ich könnte einen ganz guten Job für dich haben."

„Und ich?", quengelte die zweite.

„Du auch. Ihr kennt euch ja, da genügt eine Karte."

Plötzlich hastete Grünling herbei. Er lief zu der Romni, die die Visitenkarte zwischen ihren Fingern drehte, und flüsterte ihr heiser zu: „Warte hier auf mich. In einer Stunde habe ich einen ordentlichen Batzen … Wir machen einen drauf." Und er zwinkerte ihr zu, als wäre das für sie wer weiß was für eine Auszeichnung.

„Und was ist mit mir?", meldete sich die andere.

„Du nicht … Zwei schaff ich nicht mehr."

Und er grinste, dass die Runzeln auf seiner Stirn und um die Augen ein Muster zeichneten wie zwei kleine Sonnen, die sich in einer Wasseroberfläche spiegeln.

Die durch die Schläge mürbe gewordenen Jungen wiesen ihnen den Weg. Sie leiteten sie durch ein Straßennetz in einer Wohnsiedlung aus Einfamilienhäusern und kleinen Villen, die sich hinter dem Gasthaus den Hügel hinaufzog. Vor einem kleineren Haus hielten sie an.

„Ich gehe es holen", bot der Größere an.

„Die Herren werden dich sicherheitshalber begleiten."

„Meine Eltern sind auf Arbeit, aber meine Oma ist zu Hause."

„Die Oma stört uns nicht."

Sascha Klopper und Leon stiegen mit ihm aus. Sie durchquerten einen kleinen Garten, marschierten im Erdgeschoss durch einen Flur und stiegen eine Treppe zum Dachboden hinauf, der sich hinter einer verschlossenen Eisentür befand. Dort unter einem Balken verborgen befand sich die Plastiktüte mit dem Geld und daneben das in einen Lumpen gewickelte Handy.

Als sie wieder hinuntergingen, stand unten im Erdgeschoss eine dicke Alte mit Küchenschürze in der Tür.

„Was sind das für Herren, Jeníček?"

„Keine Sorge, Oma, die sind nur vom Brandschutz. Sie wollten unseren Dachboden sehen."

„Hoffentlich sind sie wirklich vom Brandschutz", sagte die Alte zweifelnd, „du weißt, was den Kamenickýs von nebenan passiert ist."

„Weiß ich, Oma, halt uns nicht auf."

„Ist das alles?", fragte der Kleine Chef draußen.

„Ja. Wir haben es noch nicht gezählt."

„Dann haut ab. Und seid froh, dass ihr so davongekommen seid."

„Und was ist mit meinen zwanzig Riesen?", brachte sich Grünling in Erinnerung.

Er bekam das versprochene Geld, zählte es sorgfältig durch und steckte es in die Brusttasche seines Sakkos.

„Sie könnten mich nicht zufällig zurück zum *Alten Gasthaus* bringen?"

Konnten sie.

Dort salutierte er noch einmal und betrat selbstbewusst die Gaststätte.

Sobald sie wieder losgefahren waren, meldete der Kleine Chef dem Großen Chef, dass die Aktion diesmal erfolgreich verlaufen sei. Er war selbst so begeistert, dass er die geraubte Summe dem Záběhlicer Autohändler höchstpersönlich überbringen wollte.

„Das kannst du vergessen! Warum solltest du dich dort zeigen?", bremste der Große Chef seine Ambitionen, den Grandseigneur zu markieren. „Du bist nun mal Hotelier, also verhalt dich wie ein Hotelier. Sascha und Leon sind völlig ausreichend."

Der kleine Herr Klouda sah den vertrauten Škoda schon vom Bürofenster aus. Er zog ein finsteres Gesicht. „Verdammte Russen", fluchte er halblaut, „die lassen mich nicht in Frieden, und wenn ich bankrott wär." Und er schlurfte angewidert vor sein Büro hinaus.

Da stiegen Sascha Klopper und Leon bereits aus dem Wagen.

„Wir bringen Ihnen das Geld", sagte Sascha.

Klouda schien es nicht gehört zu haben und starrte auf die Plastiktüte, die Sascha Klopper in der Hand hielt.

„Nee-ne, das ist doch die Tasche, die die Kerle dabeihatten."

„Und darin ist Ihr Geld", sagte Sascha nachdrücklich, um im nächsten Moment zu präzisieren: „Also, nicht alles. Zweiundvierzigtausend fehlen. Teils konnten sie es ausgeben, teils ist darin die Provision für unsere externen Mitarbeiter enthalten. Aber keine Angst, es soll nicht zu Ihrem Nachteil sein. Sie werden uns diesmal entsprechend weniger geben."

Klouda achtete nicht auf seinen Vortrag. Er stürzte auf die Plastiktüte zu, riss sie Sascha aus der Hand und begann darin herumzuwühlen. Er zog eine Faust voll Banknoten heraus, besah sie sich genau, tat sie in die Tüte zurück, grub seine Hand in sie hinein, bis beinahe sein ganzer Arm darin verschwand.

„Das ist ein Wunder", schrie er. „Ein Wunder … Ihr habt sie wirklich gefunden … Ihr seid … ja, Pfundskerle … Pfundskerle, verdammte … Ich weiß nicht … Mann, einfach ein Wunder!"

Sascha versuchte, seine Begeisterung zu dämpfen, indem er sachlich feststellte: „Wir bekommen von Ihnen dieses Mal zweiundvierzigtausend weniger."

Klouda konnte sich immer noch nicht einkriegen. Er wühlte weiter in der Tüte herum und rief: „Das ist ja irre ... Das hätte ich nicht gedacht ... Mann, ich könnt euch knutschen ... Ihr Kerle!"

„Wir sind eine seriöse Firma", sagte Sascha Klopper bescheiden.

„Und hier ist das Handy", fügte Leon wie zur Bestätigung hinzu und holte aus seiner Tasche das noch in den Lappen gewickelte Mobiltelefon.

Die Begeisterung des kleinen Autohändlers kannte abermals keine Grenzen. Sie mussten mit ihm hineingehen und einen darauf trinken. Und noch einen. Und einen dritten. Einen vierten deswegen, weil eine ungerade Gläserzahl Unglück bringen würde. Am häufigsten fiel dabei das bereits ausgesprochene Wort „Wunder". Es fiel so oft, dass Leon so etwas wie Stolz darüber empfand, dass auch er ein Teil jener großartigen Firma war, die sich Argopag nannte.

13.

Unverhoffte Einladung

Die Zeit, diese magische Konstante in unserem Leben, der launische alte Chronos, verlief zäh und eintönig, so als sei sie es leid, Leon vorzuführen, wie sie zu fliegen verstand.

Außerhalb der Arbeitszeiten machte Leon Fortschritte beim Tschechisch-Lernen und nahm Judostunden bei Oskar. Sie hatten sich schließlich auf ein Drittel des ursprünglichen Preises geeinigt, auf hundert Kronen pro Lektion. Da Leon noch kein Geld hatte, zog er Bleistiftstriche auf der Schrankinnenwand.

In seiner restlichen Freizeit erkundete er die Stadt. Zuerst in Begleitung Oskars, der fast so etwas wie ein Freund geworden war; dann zog er alleine los.

Oskar warnte ihn auch vor den Tschechen.

„Halt sie dir vom Leib. Die sind wahnsinnig gerissen; ehe du's mitkriegst, haben sie dich übers Ohr gehauen. Mein Vater hat nicht umsonst gesagt, das sind die Juden unter den Slawen. Der Große Chef meint allerdings, dass sie nur in den kleinen Dingen geschickt sind. Die großen Dinge verpatzen sie scheint's immer. Für die großen Dinge sind wir da, die Russen."

„Inwiefern verpatzen?"

„Was weiß ich? Verpatzen halt. Sie schaffen es nie, was Großes zu Ende zu bringen. So sagt es jedenfalls der Große Chef. Sie mögen uns auch nicht besonders. Wegen achtundsechzig."

Das genannte Datum sagte Leon nichts. Er war damals noch nicht lange auf der Welt, und in der Schule hatten sie nichts über ein Achtundsechzig gelernt. Aber auch Oskar wusste nicht allzu viel darüber. Nur, dass hier irgendetwas los war, die Tschechen hatten sich wohl von ihnen abseilen wollen, und Breschnew hat deshalb die Armee zu ihnen geschickt. Die Tschechen hätten nicht geschossen, nur geschrien, dass das Okkupation sei. Sie hatten es den Russen bis heute nicht verziehen und betrachteten sie mit scheelen Blicken.

Leon musste daran denken, dass die Afghanen nicht geschrien, dafür umso mehr geschossen hatten. Er hatte das dunkle Gefühl, dass die Tschechen, indem sie nicht zu den Waffen griffen, die Russen eigentlich reingelegt hatten. Sie besaßen das unversehrte Prag und lebten so gut wie in Amerika. Welchen hohen Preis sie dafür bezahlt hatten, konnte er nicht wissen. Ihm kam das Ganze unlogisch vor, gleichzeitig spürte er, dass etwas Wahres dran sein musste. Er verstand es nicht richtig. Es widersprach allem, was man ihm beigebracht hatte. Das war beunruhigend, und er versuchte nicht mehr daran zu denken.

Die Stadt gefiel ihm. Sie war ganz anders als Moskau. Nicht so flach, keine breiten Boulevards. Enge Straßen und Gässchen und immer wieder Hügel hoch und runter. Am liebsten schlenderte er den Fluss entlang, auf der Höhe des Theaters. Es war zwar weder der Don noch die Moskwa, aber er fühlte sich wohl dort. Mit der Zeit kannte er sich im Prager Zentrum ganz gut aus. Vom Wenzelsplatz aus fand er zum Altstädter Ring, zur Karlsbrücke und auf die Kleinseite. Er kannte den Příkop – den Graben –, die Národní třída und die anliegenden Straßen. Die Schaufenster der Geschäfte und Boutiquen zogen ihn an, obwohl er wusste, dass er sich noch nichts kaufen konnte, solange er bei der Firma ein Minuskonto hatte.

Ein paarmal dachte er daran, dass er, wenn er so durch die Straßen wanderte, auf Lucie treffen könnte. Er wäre ihr furchtbar gern begegnet. Aber es war ihm nicht vergönnt. Die dunkelhaarige Frau mit den zu grell geschminkten Lippen – nur so kannte er sie – ging ihm einfach nicht aus dem Kopf. Er wusste selbst nicht, wie er dazu stand, aber er hatte sich in sie verliebt. Oder war er nur ihrem Charme verfallen? Fand er sie nur attraktiv? Er hätte sich die Frage nicht beantworten können, wäre er imstande gewesen, sie sich zu stellen. Nur eines wusste er: Er hatte schreckliche Lust, sie wiederzusehen und mit ihr zu sprechen. Er war so von ihr gefangen, dass er ein paar Andeutungen der Mädchen aus dem Eros-Club, dass man sich ja näher miteinander befreunden könne, einfach überging, als hätte er sie nicht verstanden. Die Mädchen erklärten es sich untereinander so, dass der neue Rausschmeißer, dieser Leon, wohl ein bisschen beschränkt sei. Und unausgesprochen löste es unter ihnen einen stillen Wettkampf aus, welche von ihnen ihn als Erste rumkriegen würde. Die Frauen konnten nicht ahnen, dass er nicht beschränkt war, sondern bloß auf sonderbare Weise gedanklich an Lucie festhing, obwohl er sich ihrer unterschiedlichen Position in der Unternehmenshierarchie durchaus bewusst war. Wahrscheinlich war in seinem Kopf doch noch etwas von dem Prinzessinnen-Traum zurückgeblieben, den er damals in der Wohnung des dickbäuchigen Lipinski begraben hatte.

Eines Sonntags sollte sich in der Sache etwas bewegen. Er begegnete Lucie weder auf dem Wenzelsplatz noch auf dem Altstädter Ring, auch nicht am Moldauufer vor dem Nationaltheater, sondern im Treppenhaus des *Zlatý beránek*. Er war auf dem Weg nach unten ins Erdgeschoss, sie auf dem Weg nach oben zum Büro des Kleinen Chefs.

Ihm stockte ein wenig der Atem, und er grüßte steif: „Guten Tag."

„Grüß dich."

Sie gingen aneinander vorbei. Eine Stufe weiter blieb sie stehen und sah sich nach dem absteigenden Leon um, dem auf einmal die Hände zitterten.

„Leon", rief sie ihm zu.

Auch er blieb stehen und drehte sich um. Er lächelte sie an, so gut es ging.

„Wenn ich mich nicht irre", sagte sie sachlich, „hast du morgen frei. Wir könnten zusammen zu Abend essen."

Er bekam kein Wort heraus, auch seine Knie fingen an zu zittern.

„Im *U Tří Pštrosů* am Ende der Karlsbrücke. Um halb acht. Warte draußen vor dem Eingang auf mich."

Kaum hatte sie es gesagt, lief sie auch schon weiter ins obere Stockwerk.

Er starrte ihr nach. Aus dieser Perspektive sah man ihre schönen Beine. In seinen Ohren brauste es. Als sie nicht mehr zu sehen war, setzte er seinen Weg nach unten fort. Er ging gemächlich hinunter, doch am liebsten wäre er gerannt und hätte drei Stufen auf einmal genommen. Und er hätte mit den Fingern schnipsen mögen. Stattdessen legte er die Hände vor dem Gesicht zusammen und kam so langsam, mit der Konzentration eines Fakirs, im Erdgeschoss an. Diese seltsame Geste sollte vermutlich das Jauchzen ersetzen, das er in sich unterdrücken musste.

Am nächsten Nachmittag zog er das Beste an, was er besaß. Er wählte den blauen Sakko mit den Goldknöpfen und wickelte das letzte neue weiße Hemd aus dem Zellophanpapier. Zwischen den Krawatten zögerte er lange. Schließlich entschied er sich für eine tief dunkelblaue mit weißem Schwanenmuster. Dazu graue Hosen und die schwarzen Halbschuhe. Und schon um sieben promenierte er zwischen den vorüberziehenden Massen über die Karlsbrücke.

Zehn vor halb acht stieg er die kleinen Stufen hinab und stellte sich vor den Eingang vom *U Tří Pštrosů* – den *Drei Straußen* –, wo er gute zwanzig Minuten lang stand. Erst dann tauchte Lucie in einem roten Kostüm auf. Es stand ihr gut, sie sah zugleich vornehm und aufregend darin aus. Sie rannte beinahe und entschuldigte sich schon von Weitem atemlos: „Tut mir leid, ich habe mich etwas verspätet."

„Ich hätte auch eine Stunde gewartet. Oder einen ganzen Tag. Schließlich warte ich schon auf Sie, seit ich Sie das erste Mal gesehen habe."

„Kusch", unterbrach sie ihn, „vor dem Abendessen gehören sich solche Reden nicht. Gehen wir lieber."

Sie gingen hinein, Leon voran, Lucie hinter ihm, und fanden sich in einem kleinen Vorraum wieder. Hinter einer weiteren Tür war das Speiselokal. Leon öffnete die Tür, um Lucie vorgehen zu lassen. Sie wollte ihn schon darauf hinweisen, dass das kein gutes Benehmen sei, als sie innehielt. An einem Tisch dort drinnen hatte sie den Großen Chef mit einem fremden Mann mit Zwirbelschnurrbart erblickt. Der Mann kam ihr bekannt vor. Sie hätte es nicht beschwören können, doch er sah aus wie Aschajew. Blitzartig wich sie zurück, griff nach der Klinke, die Leon noch in der Hand hielt, und zog die Tür zu.

„Komm weg hier, da können wir nicht rein", stieß sie leise aus.

„Was ist denn los?"

„Da drinnen sitzt der Chef", sagte sie, fasste ihn beim Ärmel und zog ihn auf die Straße.

„Darf er uns nicht sehen?"

„Natürlich darf er das. Aber ich kenne seinen Terminplan. Ich weiß über all seine Verabredungen Bescheid. Und von dieser hier weiß ich nichts. Es würde ihm bestimmt nicht gefallen, dass ich ihn gesehen habe."

Sie nahm Leon bei der Hand und steuerte auf die Brücke zu. Dann bewegten sie sich zwischen den Menschenströmen Richtung

Altstadt. Er spürte, dass sie in Gedanken ganz woanders war, auch wenn sie einander immer noch an der Hand hielten.

„Dann hat uns also unser Großer Chef den Abend verdorben."

„Ach was", lachte sie. „Ich vergesse es wieder. Kann mir ja egal sein. Wenn er nicht wollte, dass ich davon weiß, dann werde ich es einfach nicht wissen."

Sie blieben an der steinernen Brüstung stehen. Der Himmel färbte sich gerade tiefblau, die Burg wurde von der frühen Abendsonne angeleuchtet.

„Schau mal, wie schön das ist."

Er stand dicht neben ihr und roch plötzlich ihr Parfüm. Ein leichtes, unaufdringliches und doch ein wenig süß, fast betäubend.

„Was bist du eigentlich in der Firma?", formulierte er laut die Frage, die ihm durch den Kopf ging.

Ihr fiel auf, dass er sie zum ersten Mal geduzt hatte, aber sie ließ sich nichts anmerken.

„Was ich bin? Offiziell Managerin. Faktisch etwas mehr als die Sekretärin des Chefs. Eine Art Assistenzhirn. Die Erste nach Gott und die Letzte vorm Teufel. Kurz, das Mädchen für alles."

„Das Mädchen für alles?", wiederholte er, doch bei ihm klang es zweideutig.

„So auch wieder nicht", verwahrte sie sich. „Dafür haben wir genügend andere. Der Erfolg einer guten Firma beruht auf einer durchdachten Arbeitsteilung."

Das klang, als würde sie einen Vortrag auf einem Managerseminar halten.

Wieder blickten sie hinüber zur Burg, die einen malerischen Anblick bot.

Er fasste sich ein Herz, legte ihr den Arm um die Schultern und flüsterte: „Lucie, Lucie, ich werd deinetwegen noch ganz verrückt."

Sie entzog sich und warf ihm einen scharfen, ironischen Blick zu.

„Ts, tss … Jetzt nicht. Warte damit bis nach dem Abendessen. Die Ambulanz vom Irrenhaus käme hier sowieso nicht durch. Und Lucie hat Hunger."

Sie bekamen einen Tisch im *U Zlatého Hada*, nicht weit von der Brücke entfernt. Hier, in der *Goldenen Schlange*, saßen fast nur Deutsche und Italiener. Die Tische waren durch Trennwände voneinander separiert, was einen Eindruck von Intimität vermittelte, und eine Nische mit einem Zweiertisch war noch frei. Das Restaurant befand sich zwar im Erdgeschoss, aber man konnte von dort gut auf die Straße sehen, und die Gäste selbst saßen wie in einem Schaufenster.

Lucie bestellte für beide Lammbraten mit Möhren. Als Beilage Reis und Pommes frites. Dazu einen gemischten Salat und eine Flasche Bzenecká Lipka.

Es sah vielversprechend aus, als ihnen der Kellner die Speisen auf vorgewärmten Tellern servierte. Und der Wein funkelte goldgrün in den Gläsern.

„Jetzt habe ich nicht mehr nur Hunger, sondern auch richtig Appetit", sagte Lucie, rieb sich die Hände und griff zum Besteck. Leon tat es ihr nach.

Es war wirklich gut. Sie aßen schweigend und genussvoll. Aber sie sahen sich dabei an. So als würden sie einander zu verstehen geben, dass sie, ebenso wie sie Lust auf Lammfleisch hatten, auch Lust aufeinander hatten. Dieses Spiel voll stiller Sinnlichkeit dauerte so lange, bis das Schweigen unerträglich wurde.

Lucie durchbrach es.

Sie nippte an ihrem Wein und fragte: „Sag mal, warum bist du eigentlich hierhergekommen?"

„Hierher?"

„Nach Prag."

„Was hätte ich sonst tun sollen? Mein Leben lang jeden Abend die Marktweiber am Weißrussischen Bahnhof abklappern und mit ihnen um ein paar Rubel streiten, wo ich doch weiß, dass sie kaum genug für ihre Schmalzgraupen verdienen?"

„Gab es nichts Besseres zu tun?"

„Alles schon weg. Wir haben uns zu spät umgesehen. Als Sascha und ich nach Moskau kamen, kannten wir dort niemanden. Und ehe wir uns integrieren konnten, war alles Bessere schon vergeben."

„Wer ist Sascha?"

„Mein jüngerer Bruder. Ich fänd's schön, wenn er hier wäre. Was soll er dort? Keine Perspektive. Ein paar Rubel von den Marktfrauen. Jämmerliches Leben."

Lucie schwieg, aber Leon kam in Fahrt: „Hier zahlen die Gebrauchtwagenhändler auch nicht gern. Aber sie haben's. Sie sind stinkreich. Und geizig. Ihnen blutet schon das Herz, wenn sie eine Krone abzwacken müssen. Dort wollen die alten Frauen nicht zahlen, weil sie nichts haben. Darin liegt der Unterschied. Hier ist alles anders. Auch die Gäste vom *Zlatý beránek* sind reich. Sie können bezahlen. Manche wissen ja gar nicht, wohin mit ihrem Geld. Das ist die echte Bourgeoisie."

Die Verachtung, mit der Leon das Wort aussprach, zeigte, dass die kommunistische Erziehung doch ihre Spuren bei ihm hinterlassen hatte.

Lucie war es nicht entgangen. Sie unterbrach ihr Essen und fragte ihn mit der Miene einer schlauen Füchsin: „Möchtest du denn kein Bourgeois sein?"

Leon platzte heraus: „Doch … Klar will ich ein Bourgeois sein … Und wie gern … Und *wie* … Und weißt du, Lucie, was ich noch mehr will?"

Er wartete auf ihre Gegenfrage, doch sie sah ihn nur forschend an.

„Dich. Dich will ich so unbedingt …!"

Es klang ein bisschen pathetisch, was ihm selbst auffiel. Er bremste sich und fügte in sachlicherem Ton hinzu: „Der Große Chef hatte recht. Du machst die Männer schwach. Und mir hast du geradewegs das Herz gebrochen."

„Und was du gebrochen hast, danach fragst du nicht?"

„Was habe ich gebrochen?"

„Meinen Vorsatz, niemals etwas mit einem Mann aus der Firma anzufangen."

Unter der Statue der slawischen Glaubensapostel Cyril und Method küssten sie sich zum ersten Mal. Freilich machten sie sich nicht bewusst, dass sich die beiden Heiligen über ihren Köpfen befanden. Sie küssten sich einfach nur auf der Karlsbrücke.

Dann lud sie ihn zu sich nach Hause ein. Zum Maltézské náměstí war es nicht weit.

14.

Der Zufall ist ein Idiot

Just in dem Augenblick, als Lucie sich in die Speisekarte vertieft hatte, war an den großen Fenstern des Restaurants *U Zlatého Hada* der Ex-Regisseur Fanouš vorbeigegangen. Mehr aus Langeweile denn aus einem zwingenden Grund spähte er durch die Scheiben, um zu sehen, wie voll es dort drinnen war. Als er an der Nische vorüberkam, in der Lucie und Leon saßen, klingelte in seinem Kopf eine Alarmglocke, und ein paar Schritte weiter blieb er stehen.

„Verdammt", sagte er sich, „die Frau da drinnen, mit der ist doch irgendwas."

Im ersten Augenblick wusste er nicht, was. Dank seines früheren Berufs besaß er ein gut entwickeltes visuelles Gedächtnis, er wusste also, dass er das Gesicht schon einmal irgendwo gesehen hatte, nur war er sich auf die Schnelle nicht sicher, in welchem Zusammenhang. Er ging auf den gegenüberliegenden Bürgersteig hinüber und kam wieder zurück. Dann schlenderte er noch einmal langsamer dicht an dem Fenster vorbei.

Diesmal spähte er ganz schamlos hinein. Und plötzlich erinnerte er sich. Er stieß einen leisen Pfiff aus und lief zu dem Telefonhäuschen, das sich gleich gegenüber dem Restaurant befand.

Erst beim dritten Versuch kam er durch.

„Hier Fanouš. Verdammt, Ludwa, was machst du, dass du so lange quatschst? Ich wähle, ich wähle, und ständig besetzt … Ich wollte dir nur sagen, dass die Frau, die wir gelegentlich observieren sollen, jetzt gerade mit so einem Typ im *U Zlatého Hada* sitzt … Was sie da machen? Keine Ahnung. Wahrscheinlich zu Abend essen, was soll man in einem Restaurant schon anderes tun? … Ich glaube, der Typ ist einer von euch, aber sicher bin ich mir nicht … Nein, bedank dich nicht, bedank dich nicht, so billig wird's nicht. Du weißt genau, dass Fanouš zuverlässig, aber teuer ist. Also tschau."

Nachdem er eingehängt hatte, schritt Fanouš zufrieden an den Fenstern vorbei, vergewisserte sich, dass die beiden immer noch dort saßen, und lief weiter in Richtung Betlémské náměstí, wo er ursprünglich hingewollt hatte. In seinem Kopf wägte er ab, wie viel er wohl für diese Information aus dem Kleinen Chef herausholen konnte.

Den Kleinen Chef quälte indessen die Eifersucht. Im ersten Moment hatte er aus seinem Büro eilen und zum *U Zlatého Hada* fahren wollen, doch dann fiel ihm ein, dass er nicht wusste, wo sich das Lokal befand, und dass er völlig vergessen hatte, Fanouš danach zu fragen. Er stürzte zum Telefonbuch, blätterte es hastig durch und vertiefte sich anschließend in den Stadtplan. Als er die Adresse des Restaurants geortet hatte, war ihm alles klar.

„Dieses Luder", wetterte er laut, „dieses Luder", und fuhr leise für sich fort: „Hübsch hat sie sich das ausgedacht, sie müssen nur über die Brücke rüber, und dann wohnt sie gleich dahinter am Maltézské náměstí, sie machen mal eben einen romantischen Spaziergang, und hopp, ab in die Kiste."

Sofort entwickelte er Fantasien darüber, was Lucie mit jenem Bekannten oder Unbekannten im Bett anstellen würde. Und malte es sich in den schillerndsten Farben aus, mindestens kamasutramäßig.

Ihm wurde schwarz vor den Augen. Er musste sich einen ordentlichen Schnaps genehmigen, um wenigstens ansatzweise dem Ansturm Othello'scher Gefühlsregungen standzuhalten. Er begriff, dass es keinen Sinn hatte, zum *U Zlatého Hada* zu fahren. Lucie würde ihn nur auslachen. Schließlich konnte sie zu Abend essen, mit wem sie wollte.

Der zweite Schnaps brachte ihn wieder zur Wirklichkeit zurück. Er gehörte zu jenen Alkoholliebhabern, die leicht angeduselt besser nachdenken können als in ganz nüchternem Zustand.

Er durfte sich nicht auf Informationen aus zweiter Hand verlassen, auch nicht auf irgendwelche Fantasien. Er brauchte Gewissheit. Er musste wissen, mit wem sie dort saß und ob sie den Kerl wirklich mit ins Bett nehmen würde. Andernfalls war es sinnlos, aktiv zu werden. Erst wenn er die Gewissheit hatte, würde er etwas unternehmen. Er wusste noch nicht, was, aber er nahm sich vor, dass es schrecklich sein würde.

Als er ins Auto stieg, war er ganz ruhig. Am Maltézské náměstí fand er ein Stück hinter der Kirche eine geeignete Parklücke. Weit genug von Lucies Haus entfernt, dass man ihn von dort nicht im Wagen sehen konnte, und nah genug, dass er die Ankömmlinge beobachten konnte. Er zündete sich eine Zigarette an, öffnete einen Spaltbreit das Wagenfenster und wartete ab. Saß auf der Lauer wie ein guter Jäger oder ein guter Detektiv, was im Grunde dasselbe ist. Die Leute, die Kriminalromane lieben, machen sich ja gar nicht klar, dass sie damit einen uralten Atavismus bedienen. Sie frönen nur etwas moderneren Jagderlebnissen.

Er wartete jetzt schon über eine Stunde. Diese beiden hatten es offenbar weder mit ihrem Abendessen noch mit dem Spaziergang über die Karlsbrücke eilig.

Sie wollten es wohl wirklich schön und romantisch haben.

Viele Paare kamen von der Brücke her die Straße entlanggeschlendert. Er zählte sie gar nicht erst. Da sah er Lucie. Den Mann, bei dem sie sich eingehakt hatte, konnte er nicht gleich erkennen. Eines war jedoch sicher, es war nicht der Große Chef, wie er insgeheim befürchtet hatte, nachdem er ihn den ganzen Abend weder per Festnetz noch per Handy hatte erreichen können. Ihm fiel schon länger auf, dass der Große Chef mit Lucie auf besondere Weise umging, geradezu ambivalent. Einmal chefmäßig und väterlich, dann wieder, als sei ihm an ihr gelegen. Dies hier war aber definitiv nicht er, weshalb der Kleine Chef Erleichterung verspürte. Im nächsten Moment durchfuhr ihn jedoch erneut die Wut.

Die beiden waren unter einer Laterne stehen geblieben und küssten sich. Und jetzt erkannte er den Mann.

„Diese Schlange", presste er durch die Zähne, „diese Schlange, mir erzählt sie etwas von ‚niemals was mit einem Mann aus der Firma anfangen', und jetzt lässt sie sich mit diesem Nobody ein. Mit so einem Geschmeiß, das in der Firma nichts bedeutet. Mit einem Scharfschützen, der vielleicht ganz gut gebaut, aber sonst eine Null ist. So eine Scheißkanaille, und mit dem geht sie ins Bett."

Aufgebracht drückte er die Zigarette im Aschenbecher aus und machte sich im Wagen möglichst klein. Dieser Ex-Soldat würde vielleicht vorsichtig sein und ihn bemerken.

Doch weder Leon noch Lucie kamen auf die Idee, vorsichtig zu sein. Weshalb sie auch nicht daran dachten, sich umzuschauen. Schritt für Schritt näherten sie sich der Tür eines Hauses.

„Hier wohne ich", sagte sie.

„Lädst du mich zu dir ein?"

„Sonst würde ich dich nicht hierherführen."

Der Kleine Chef sah zu, wie die beiden stehen blieben, wie sie einen Schlüssel aus ihrer Handtasche fischte, wie sie aufschloss und Leon an der Hand nahm. Sie gingen hinein, und die Tür schloss sich hinter ihnen. Er bildete sich ein, das Klicken des Schlosses zu hören, obwohl es nicht möglich war, er parkte zu weit entfernt.

Er konnte nun wieder fahren, denn er wusste jetzt, was er hatte wissen wollen, aber er fuhr nicht los. Stattdessen stieg er aus dem Wagen, lief zu der steinernen Nische neben dem Kirchenportal und wartete darauf, dass in Lucies Fenstern die Lichter angingen. Und er wartete weiter, fast eine Stunde lang, bis die großen Lichter erloschen und nur in einem Fenster noch ein kleines Lichtlein flimmerte. Vor seinem inneren Auge tauchten wieder die Kamasutra-Bilder auf. Wutentbrannt ging er zurück zum Auto, startete den Motor und gab Vollgas, dass die Reifen quietschten.

Seine bisherige Lebenserfahrung und seine derzeitige Tätigkeit als Bordellchef machten, dass der Kleine Chef keine allzu große Achtung vor Frauen hatte. Wie jeder richtige Gangster, der er tief in seinem Innern war, betrachtete er sie als etwas, was zu einer oder mehreren Sachen nützlich war. Er wusste verdammt gut, dass sich für eine verlorene Liebe zehn andere fanden. Aber mit Lucie war es anders. Ihre beharrliche Zurückweisung machte ihn so rasend, dass er sie – ganz gegen seinen Willen und gegen sämtliche seiner Lebensprinzipien – überhaupt nicht mehr aus dem Kopf bekam. Dass sie Leon ihm gegenüber bevorzugte, beleidigte nicht nur seine Gefühle für sie, die er für Liebe hielt, sondern das ganze Wertesystem, auf dem sein Leben beruhte. In seinen Augen hatte Lucie sich auf diese Weise schrecklich erniedrigt, und damit auch ihn. Dafür mussten beide büßen. Leon, aber auch sie, da sie die Hauptschuldige war.

Er saß in seinem Büro im *Zlatý beránek*, eine Flasche Wodka auf dem Tisch, und sann über seine Rache nach.

Zunächst musste er Leon loswerden. Das mochte noch einfach sein. Und dann sollte sie büßen müssen. Er wusste nur nicht recht, wie, denn eigentlich befand sie sich in der Hierarchie über ihm. Am besten gefiel ihm die Idee, sie an irgendein arabisches Land zu verkaufen. Wo sie jede Nacht dreißig, vierzig Männern zu Willen sein musste, wie es dort so üblich war. Damit sie begriff, was es bedeutete, einen Ludwik Abramowitsch abzuweisen. Wenn er sich Mühe gab, es gut durchdachte und geschickt anstellte, konnte es womöglich klappen. Er kannte ein paar Araber, die Interesse an solcher Ware bekundeten. Er hatte sie immer vertröstet – jetzt könnte er sie kontaktieren. Nur würde er irgendwie den Großen Chef überlisten müssen, der seine schützende Hand über sie hielt. Aber vielleicht gelang auch dies. Für den Anfang musste er Leon loswerden. Was Lucie betraf, musste der Faden der Rache langsam und sorgfältig gesponnen werden.

Nachdem er mit seinen Überlegungen bis hierher und in der Flasche zum zweiten Drittel gelangt war, ging er hinunter in den Eros-Club. Er hielt sich dort nicht lange auf. An der Bar saß Nadja, die auf einen Gast wartete. Er wusste, dass sie eine schlanke Taille, einen schön runden Hintern und eine üppige Oberweite besaß.

Er fasste sie beim Ellenbogen.

„Komm, Nadjenka, ich bin traurig. Zeig mir, wie du einen Mann trösten kannst, dem das Herz wehtut."

Sie nahmen sich eine Flasche Champagner mit aufs Zimmer, aber im Bett brachte er nichts zustande, obwohl sich Nadja redliche Mühe gab. Vielleicht hatte er zu viel Alkohol getrunken, vielleicht hatten ihn die Ereignisse des Abends psychisch erschöpft, vielleicht waren Nadjas Anstrengungen auch allzu bemüht, um ihren Chef nicht zu enttäuschen. Mitten in ihrem Gestreichel schlief er plötzlich auf dem Bett ausgestreckt ein und fing halblaut zu schnarchen an. Sie deckte ihn zu und rollte sich selbst in einer Ecke des breiten Betts zusammen. Hätte es sich um einen normalen Gast gehandelt, hätte sie ihn schlafen lassen, sich gewaschen und wäre wieder nach unten gegangen, um auf einen weiteren Kunden zu warten. So aber war sie unschlüssig, was sie tun sollte. Sie wickelte sich in den Bademantel, döste selbst für kurze Momente ein und wachte so an seiner Seite.

Zweimal kam er zu sich, aber nur um einen kräftigen Schluck Wodka zu trinken und dann wieder ins Kissen zu sinken. Nicht einmal die Morgensonne, die gegen sieben durchs Fenster drang, änderte etwas an der Situation. Nadja zog nur etwas dichter die Vorhänge zu, was sie auf die Idee brachte, sein Gesicht aus der Nähe zu betrachten. Obwohl er streng nach einer Mischung aus Champagner, Wodka und Zigaretten roch, sah er schutzlos aus. Mit einem Mal fühlte sie sich nicht wie eine Prostituierte, sondern wie eine ganz normale Frau, die sich um einen normalen verkaterten Mann kümmerte. Unversehens überrollte sie eine Welle von Traurigkeit. Ihr wurde bewusst, dass sie niemals wie eine normale Frau einen normalen verkaterten Mann umsorgen würde.

Sie kauerte sich wieder in der Ecke des Betts zusammen und stierte ihn dumpf an. Ganz gegen ihren Willen rannen ihr Tränen übers Gesicht. So als ob jemand zwei Hähne nur leicht aufgedreht hätte; leise, ohne Schluchzer.

„Das hätte nicht passieren dürfen, Ludwik Abramowitsch", flüsterte sie. „Du hättest mit mir vögeln sollen wie jeder andere auch und mich dann zu einem anderen Kerl runterschicken sollen, oder mir gleich einen Tritt versetzen. Aber das hier hätte nicht passieren dürfen, Ludwik Abramowitsch."

Die gleiche Morgensonne weckte auch Lucie. Sie blinzelte, kräuselte die Nase und blickte dann neben sich, als wollte sie sich versichern, dass Leon noch da war.

Er schlief.

Sie stützte sich auf die Ellbogen, richtete sich auf und begann ihn zu betrachten. Prüfend, sorgfältig, als wollte sie nicht, dass ihr von dem Ausdruck des schlafenden Gesichts auch nur die kleinste Einzelheit entging.

Er atmete mit halb geöffnetem Mund wie ein Kind, seine Ohrmuscheln waren ganz klein, was ihr bisher nicht aufgefallen war, und auf seiner Stirn und zwischen den Augenbrauen entdeckte sie ein paar Falten. Frühe Falten, wie sie befand. Er gefiel ihr wie kaum ein anderer Mann zuvor. Aber da war noch etwas. Sie merkte, dass sie sich in ihn verliebt hatte.

„Liebster", flüsterte sie, aber vielleicht war es nicht einmal ein Flüstern, sondern nur ein Ausatmen. „Mein Liebster."

Er wachte auf, sah sie einen Augenblick an, dann stützte er sich ebenfalls auf die Ellbogen und wandte sich ihr mit seinem ganzen Körper zu.

„Lucie. Lucie, du bist doch wohl keine Frau. Du bist ein Honigfässchen."

„Nein", antwortete sie, „ich bin eine Frau. Das weiß ich nur zu gut. Aber du, du bist eine Honigwabe, und ich werde dich auffressen, als wär ich nicht eine Frau, sondern eine Bärin."

Ihre großen Augen wurden auf einmal riesig. Ihm schien, es seien Mühlräder statt Augen. Oder zwei Sonnen. Und er würde in sie hineinstürzen, von ihren Strahlen verbrannt.

Eine gute Stunde später brach er von ihr auf und nahm ein absolutes Glücksgefühl mit sich.

Sie sah ihm vom Fenster aus nach, bis er um die Hausecke verschwunden war. Auch sie spürte die Berührung des Glücks.

Keiner von beiden ahnte, was der Zufall für ein Idiot sein konnte und dass derselbe Abend, der sie das Glück erleben ließ, ihnen einen hartnäckigen und ausdauernden Feind beschert hatte.

15.

Die Rothaarige betritt die Szene

„Also spuck aus, was dich quält“, sagte der Große Chef. „Warum wolltest du unbedingt mit mir unter vier Augen reden, ohne Lucie oder den Schweigsamen? Und warum konnten wir das weder bei mir noch bei dir erledigen, sondern mussten uns hier so konspirativ in dieser Weinstube treffen, von deren Existenz ich bis gestern nichts wusste?“

In der Tat saßen sie unweit vom Náměstí Republiky in einer kleinen Weinstube, die der Kleine Chef unlängst entdeckt hatte und die ihm wegen der Zusammensetzung der Gäste gefiel. Es gingen dort Journalisten, Übersetzer und vergleichbares Gelichter hin, denen es nichts ausmachte, wenn an einem Tisch Russisch gesprochen wurde. Und guten Wein hatten sie dort auch. Nach zwei Tage langem Zögern hatte er den Großen Chef hierhergebeten. Nun zögerte er allerdings schon wieder. Er nippte an seinem Glas Wein und begann dann unsicher: „Ich habe eine Bitte an dich.“

„Was für eine? Mann, jetzt schieß schon los.“

„Schick Leon weg.“

„Wie ‚weg‘? Wohin denn?“

„Völlig egal. Nach Deutschland, nach Holland, in die Schweiz, Hauptsache weg. Die Firma kann ihn überall brauchen.“

„Und warum sollte ich das tun?“

Der Kleine Chef nahm noch einen Schluck und ließ seinen Blick umherschweifen; er schwieg eine Weile, bevor er sich zu einer Erklärung aufraffte: „Er ist hinter Lucie her.“

„Na gut, soll er doch.“

„Und sie hinter ihm.“

„Und? Das ist kein Grund, ihn wegzuschicken.“

„Sie schlafen miteinander“, spielte der Kleine Chef seinen größten Trumpf aus.

„Sie schlafen miteinander“, wiederholte der Große Chef, und ein aufmerksamer Beobachter konnte feststellen, dass ein Wölkchen des Unmuts über sein Gesicht huschte, was darauf hindeutete, dass ihm die Nachricht nicht angenehm war. Doch er hatte sich schnell gefasst und fragte sachlich: „Woher weißt du das?“

„Vorgestern war er die ganze Nacht über bei ihr.“

„Woher weißt du das?“

„Ich weiß es einfach“, stieß der Kleine Chef ebenso vage wie vehement aus.

„Augenblick. Wenn du das so sicher weißt, bedeutet das, dass du ihn oder sie hast beschatten lassen.“

„Nein, so ist es nicht“, protestierte der Kleine Chef, „aber ich weiß es.“

„Ich hätte es nicht gern“, sagte der Große Chef darauf in warnendem Tonfall, „wenn jemand aus der Firma ohne mein Wissen einen anderen beobachten ließe. Dann müsste ich wohl böse werden.“

„So ist es nicht. Ich habe es ganz zufällig erfahren. Glaube mir.“

Der Kleine Chef sagte es mit solchem Eifer, dass der Große Chef beruhigt war. Zumindest machte es den Eindruck.

„Also gut, möglicherweise hast du recht, dass sie miteinander schlafen. Und was stört dich daran?“

„Es stört mich einfach. Es stört mich ungeheuer.“

„Hat sie dich nicht rangelassen?“

„Darum geht es doch nicht. Aber es ist nicht gut fürs Geschäft, solche Beziehungen innerhalb der Firma.“

„Erzähl mir nichts." Der Große Chef wusste auf einmal Bescheid, sah in den Kleinen Chef hinein wie in eine Kristallkugel. „Sie hat dich also nicht rangelassen, und das kannst du nicht ab. Aber was interessiert mich das? Hör zu, mein Lieber, du hast da eine ganze Riege Puppen, und bei jeder von ihnen ist alles Nötige vorhanden. Verfügbar und bereit, gewaschen, frisiert, onduliert. Also bedien dich einfach, wenn dir demnächst wieder die Spermatozoiden ins Hirn kriechen."

Der Kleine Chef begriff, dass er diese Runde unwiderruflich verloren hatte.

„Glaub mir, es geht mir wirklich nur darum, dass es nicht gut für die Firma ist. Schick ihn weg, und dann ist Ruhe."

Der Große Chef trank erst jetzt von seinem Wein. Er tat es mit Genuss und ebenso genussvoll kostete er seine Frage aus: „Hast du dich in sie verliebt?"

„Quatsch. Ich sage, es ist schlecht fürs Geschäft. Mein Gott, um nichts anderes geht es mir."

Der Große Chef trank wieder einen Schluck, dachte eine Weile nach, und dabei beobachtete er den Kleinen Chef so, als wollte er ihn sich auch noch zu Gemüte führen.

„Na, etwas könnte ich trotz allem für dich tun", sagte er dann mit wahrer chefmäßiger Besonnenheit. „Nächste Woche liefern wir neue Ware nach Amsterdam. Ich wollte Oskar als Begleiter. Schicken wir Leon. Die Mädchen sind dann in sentimentaler Stimmung, sie wollen sich zum letzten Mal selbst jemanden aussuchen, bevor sich die Pufftüren hinter ihnen schließen. Der Bursche sieht gut aus, sie werden sich um ihn reißen. Und mit der Liebesgeschichte ist's aus und vorbei. Denn Lucie wird so etwas nicht hinnehmen … Zufrieden?"

„Na ja … na ja … Das ist immerhin etwas", murmelte der Kleine Chef und versuchte abzuwägen, ob das, was er eben noch für eine totale Niederlage gehalten hatte, sich womöglich in etwas wie ein Unentschieden verwandelt hatte.

„Erkenne wenigstens an", erklärte der Große Chef, nachdem er sein Glas bis auf den letzten Tropfen geleert hatte, „dass ich Verständnis für verliebte Herzen zeige."

Das war so ironisch gesagt, dass dem Kleinen Chef alle Grübeleien über ein Unentschieden augenblicklich vergingen.

Die süße Kunde, dass Leon einen Autobus voller Mädchen nach Amsterdam begleiten würde, überbrachte ihm zuallererst Lucie selbst.

Er war auf einen kurzen Besuch bei ihr, und was sie ihm sagte, erschreckte ihn.

„Ich kann doch die Sprache gar nicht. Kein einziges Wort Holländisch, höchstens ein bisschen verschüttetes Schuldeutsch."

„Das spielt keine Rolle. Deine Papiere werden in Ordnung sein, und an der Grenze genügt es, dass du sie wortlos übergibst und wortlos wieder entgegennimmst. Das Ganze läuft unter ‚Exkursion ukrainischer Lehrerinnen auf den Spuren niederländischer Kunst'. Und vor Ort kannst du dich dann mit unseren Leuten verständigen. Da ist aber etwas anderes: Diese Mädchen sind ein wenig durch den Wind, weil sie nicht wissen, was auf sie zukommt. Und so würden sie unterwegs selbst ein Herrenrad flachlegen. So erzählen es sich jedenfalls die Männer hier, und deshalb ist jeder ziemlich darauf aus, als Begleiter mitzufahren."

Lucie setzte die grimmige Miene einer Bulldogge auf.

„Ich denke, dass Ludwa dir das eingebrockt hat. Wahrscheinlich ahnt er, dass zwischen uns beiden etwas läuft. Und er ist ein Intrigant. Aber Leon … Leon, merk dir, wenn du mich betrügst, dann … reiße ich ihn dir ab. Dann reiß ich ihn dir ab und werfe ihn den Hunden vor."

Das klang ziemlich alttestamentarisch, und Leon wartete darauf, dass Lucie über ihren Witz lachte.

Sie lachte nicht.

Also lachte er selbst: „Das würdest du doch nicht tun."

„Doch, würde ich. Und mit Wonne. Denk dran."

Erst jetzt gluckste ihr das Lachen in der Kehle, aber auch das klang irgendwie schneidend.

„Wäre das nicht schade?"

„Mag sein. Für mich jedenfalls nicht."

„Kein bisschen?"

„Kein bisschen, merk dir das!"

Er umarmte sie und gab sich alle Mühe, sie davon zu überzeugen, dass es trotz allem schade wäre.

„Liebling", flüsterte er hinterher, „auch wenn Venus höchstpersönlich mitfahren würde, müsstest du dir keine Sorgen machen. Weil du die Beste von allen bist. Die Einzige. Und das weiß ich."

Im Hof des *Zlatý beránek* standen zwei Autobusse. Ein rotgelber mit einem kyrillischen Kennzeichen und ein tschechischer mit dem Zettel *Kulturexkursion* hinter der Windschutzscheibe. Der ukrainische Bus war leer, um den tschechischen strichen die beiden rauchenden Busfahrer herum. Der Ältere war um die fünfunddreißig, vielleicht vierzig, sein Kollege Anfang zwanzig.

Der Jüngere sah auf die Uhr.

„Die brauchen aber lange."

„Keine Hektik. Ist noch genug Zeit."

Als hätte er geahnt, wovon gerade die Rede war, trat der Kleine Chef aus dem Hotel und steuerte auf sie zu.

„Es wird noch ein bisschen dauern, meine Herren, sie sind gestern Abend erst spät angekommen. Diese Blechmühle", er wies auf den ukrainischen Bus, „hatte hinter Prešov eine Panne. Sie musste erst repariert werden. Ich habe die Mädchen ausschlafen lassen, damit ihr sie nicht halb tot abliefert."

Und schon eilte er wieder davon.

„Die machen ein Geschiss um die Huren …", bemerkte der jüngere Fahrer.

„Für sie ist es Ware. Und Ware muss man frisch abliefern, unverbraucht und möglichst ungerupft."

„Das ist mir noch nie passiert, dass ich eine Busladung Huren fahre", sinnierte der Jüngere nach einer Pause. „Alles Mögliche hab ich schon gefahren, aber einen Bus voller Huren noch nicht."

„Ich hab schon zweimal welche gefahren. Jedes Mal für die Firma hier. Huren machen sie aus ihnen erst", belehrte ihn der Ältere, „jetzt sind es einfach nur verschüchterte Mädels."

„Du hast gesagt, wir könnten unterwegs poppen … Ich habe extra Gummis gekauft …"

„Keine Sorge, du kommst auf deine Kosten …"

Die Ware, die Huren, die verschüchterten Mädels respektive ukrainischen Lehrerinnen saßen unterdessen an einem Tisch im Hotelrestaurant und frühstückten. Der Kleine Chef war nicht knickerig, zum Tee und Kaffee ließ er ihnen nicht nur Brot und Butter, sondern auch Käse und Salami auftischen. Und jede bekam für die Reise ein Proviantpaket und eine Flasche Mineralwasser.

Wer die Mädchen ausgewählt hatte, musste eine Vorliebe für große Oberweiten haben. Oder er ging davon aus, dass genau danach verlangt wurde. Im Übrigen hatte er auf Vielfalt geachtet. Es gab Große und Kleine, Schlanke und Vollere, Schwarzhaarige, Brünette und Blondinen. Alle waren zwischen sechzehn und zwanzig. Und alle trugen sie einfache, billige geblümte Kleidchen. Um den Tisch stapelten sich ihre Gepäckstücke, die sie ängstlich im Auge behielten, obwohl es allem Anschein nach nicht viel darin zu beaufsichtigen gab.

Eine Venus befand sich nicht unter ihnen, zumindest kam Leon zu diesem Schluss, nachdem er von dem jungen Ukrainer, der sie von Kiew nach Prag begleitet hatte, die Pässe erhalten und durchgezählt hatte. Es waren zweiunddreißig, genauso viele wie Mädchen. Bis auf eine kamen sie Leon ziemlich gewöhnlich vor, obwohl er einräumen musste, dass sie, wenn sie sich ordentlich frisierten und schminkten, anders anzogen und vielleicht ein wenig auszogen, wenn sie lernten, an der Bar zu posieren oder aufreizend an einem Tisch des Eros-Clubs zu sitzen, dass sie dann völlig anders wirken konnten als jetzt, wo sie hier in ihren Blumenkleidchen beim Frühstück saßen und wie eine Schülerinnenschar herumschnatterten.

Die Einzige, die Leon interessant erschien, auch wenn sie keinesfalls mit Lucie mithalten konnte, war eine hochgewachsene, schlanke Rothaarige mit Pfirsichhaut. Sie war auch vorteilhafter gekleidet und sich offensichtlich ihrer Schönheit bewusst, jedenfalls verhielt sie sich deutlich souveräner als die anderen. Während Leon sie beobachtete, gewann er den Eindruck, dass sie im Lauf der Reise unter den anderen Mädchen eine gewisse Autorität erlangt hatte. Jedenfalls wandten sie sich während des Frühstücks oft mit Fragen an sie.

„Was ist diese Rote für eine?“, fragte er den Ukrainer.

„Sie heißt Galina. Tolle Braut, was?“

„Ganz hübsch“, gab Leon zu.

„Ganz hübsch? Wunderhübsch ist sie! Aber eine Teufelin.“

„Wieso Teufelin?“

„Wirst du schon sehen.“ Der Ukrainer lächelte geheimnisvoll. „Die ist keine von uns. Sie kommt irgendwoher aus dem Norden. Eine nordische Teufelin. Unsere Mädchen sind netter. Dümmer vielleicht, aber netter.“

Mehr erfuhr er nicht. Soeben betrat der Große Chef den Raum, gefolgt von Lucie und dem Schweigsamen. Sobald der Kleine Chef die drei erblickte, begann er in die Hände zu klatschen und rief laut: „So, Mädchen, kommen wir zum Ende, kommen wir bitte zum Ende! Ihr habt schön ausgeschlafen, schön gefuttert und hoffentlich auch schon Pipi gemacht, es ist Zeit einzusteigen. Nach Amsterdam ist es weit, der Bus wartet schon."

Der Große Chef ging zu Leon hinüber. Offenbar war er sich doch nicht ganz sicher, ob sein Entschluss richtig war, ihm die Begleitung anzuvertrauen.

„Hast du alles verstanden?", fragte er ihn. „Das ist eine Exkursion ukrainischer Lehrerinnen zu holländischen Galerien und Museen. Sie interessieren sich für die niederländische Kunst des sechzehnten und siebzehnten Jahrhunderts."

„Ich habe es auf Deutsch auswendig gelernt", erklärte Leon und setzte an: *„Wier sind eine Exkursion ..."*

„Schon gut", unterbrach ihn der Große Chef, „vielleicht brauchst du das gar nicht. Von tschechischer Seite wird es keine Probleme geben, von deutscher auch nicht. Und falls euch zufällig jemand an der holländischen Grenze anhalten sollte, was unwahrscheinlich ist, dann zeige ihm nur diese Einladung von der holländischen Lehrervereinigung ... Also, gute Reise."

Er gab ihm die Hand, und Leon schloss sich langsam mit dem Köfferchen voller Pässe den hinausströmenden Mädchen an.

Direkt vor ihm reihte sich als Letzte die Rothaarige ein, die außer ihrer Tasche auch eine Gitarre im Futteral über der Schulter trug.

In der Tür kam er an Lucie vorbei.

„Pass auf dich auf, Liebling", flüsterte sie ihm rasch zu, „und vergiss nicht, dass ich ihn dir abreiße, wenn du mich betrügst."

Er kam nicht einmal mehr dazu, ihr zu versichern, dass er nicht die geringste Absicht hatte.

Die beiden Fahrer standen neben der offenen Bustür und halfen den Mädchen beim Einsteigen. Dabei konnten sie nicht widerstehen, der einen oder anderen flüchtig über den Hintern zu streichen. Die Mädchen reagierten darauf mit einem Quietschen, einem überraschten Blick oder geschmeicheltem Lächeln. Als jedoch der jüngere Fahrer auf gleiche Weise die Gesäßmuskelqualität jener rothaarigen Galina zu prüfen versuchte, patschte sie ihm hart auf die Hand und bedachte ihn mit bösen Blicken und Worten.

„Pfoten weg, du Schwein, du bist hier nicht zu Hause."

Obwohl sie es in ihrer Muttersprache gesagt hatte, blieb er wie versteinert. Um das Wort „Schwein" zu verstehen, benötigt kein Slawe einen Dolmetscher.

Als Letzter stieg Leon ein und fing gleich wieder an, die Mädchen zu zählen.

Der Große und der Kleine Chef, Lucie und der Schweigsame standen an der Hotelmauer und verfolgten die Vorbereitungen zur Abfahrt. Der schwarze Kater Dempsi gesellte sich zu ihnen und beobachtete alles mit seinen grünen Augen. Mit ein wenig Fantasie hätte man denken können, er sei die wichtigste Person, die hier herrschte und über alles entschied.

„Das Mädchen mit der Gitarre ist ein Rasseweib", sagte der Kleine Chef, und es war nicht klar, ob er zu sich oder zu den anderen sprach. „Ich würde sie ja hierbehalten, aber dann wäre die Zahl nicht aufgegangen. Ich hab keine, um sie auf die Schnelle auszutauschen. Nächstes Mal bin ich schlauer und bereite mich vor. Edelfleisch behalte ich hier und den Schinken gebe ich ab."

Niemand äußerte sich dazu. Nur der Kater hob seinen Schwanz und kehrte in seinem geschmeidigen Raubtiergang ins Hotel zurück.

Die Mädchen saßen inzwischen, der Motor röhrte auf und der Bus fuhr an. Obwohl es etwas merkwürdig und vielleicht auch unsinnig war, drehten sich fast alle Mädchen hinter den Scheiben zu der stehenden Vierergruppe und begannen ihr eifrig zu winken.

Der Große Chef, der Kleine Chef, Lucie und der Schweigsame verfolgten die Abfahrt regungslos und stumm.

Lucie verspürte zwar den Drang, Leon zu winken, unterdrückte ihn aber. Sie wusste ja nicht einmal, ob unter den vielen winkenden Armen auch Leon ihr zuwinkte.

16.

Richtung Amsterdam

Kaum war der Reisebus um die Ecke gebogen und niemand mehr da, dem man zuwinken konnte, da sanken nicht nur die Arme, sondern irgendwie auch die Stimmung der Busbesatzung. Und während sich das Fahrzeug durch die Prager Straßen fädelte, sich von einer Ampel zur nächsten kämpfte und immer wieder an einer Kreuzung hielt, schlich sich eine seltsame, undefinierbare Beklommenheit ins Gemüt des Mädchenkollektivs. Auch Leon empfand sie, der ebenfalls von ihr erfasst wurde, obwohl er wusste, dass er nicht den geringsten Anlass zu einem vergleichbaren Gefühl hatte.

Die Mädchen kauerten schweigend in ihren Sitzen und verfolgten scheu die Wandlungen der Stadt hinter den Fensterscheiben. Nur ab und an rang sich eine von ihnen zu einem leisen Kommentar durch.

Der Bus war nicht ganz voll besetzt. Der ältere der beiden Fahrer hatte das Steuer übernommen, während sich der jüngere auf den vier hintersten Sitzen ausstreckte, die Füße auf der Lehne davor übereinandergelegt, und einzuschlafen versuchte.

Leon selbst hatte die ersten beiden Sitzplätze neben dem Einstieg ganz für sich, und gleich hinter ihm saßen Galina und ein anderes Mädchen. Sie hieß Anastasia, hatte aber nichts Interessantes an sich, abgesehen von der Tatsache, dass sie sich an Galina klammerte, als suchte sie bei ihr Schutz.

Leon drehte sich zu ihnen um, in der Hoffnung, dass wenigstens die, die der Ukrainer eine Teufelin genannt hatte, nicht der deprimierten Stimmung verfiel. Er täuschte sich. Auch die beiden dort saßen wie starr da, während sie die Veränderung der Prager Stadtkulisse betrachteten. Nur hier und da deuteten sie auf etwas und flüsterten: „Hey." – „Schau mal." – „Guck da drüben." Oder: „Da hinten."

Erst als sie auf die Pilsener Autobahn fuhren, die Tachometernadel sich auf hundertzwanzig einpendelte und die Landschaft an ihnen vorbeirauschte, blieb die Beklommenheit allmählich mit den langsameren Wagen hinter ihnen zurück – als hätte die Geschwindigkeit sie verdrängt –, bis sie vollends den Bus verlassen hatte.

Leon spürte diesen Stimmungswandel nahezu physisch, er hörte, wie die Mädchen zu plaudern anfingen, dann und wann erklang sogar ein schallendes Gelächter. Der Bus erschien ihm plötzlich nicht mehr wie ein Reisebus, sondern wie ein altertümliches Schiff, das sie mit vollen Segeln irgendeinem Abenteuer entgegentrug.

Er drehte sich zu Galina um.

„Wozu hast du die Gitarre dabei? Lass sie nicht verschimmeln. Spiel mal was."

„Stimmt, das könnte ich tun." Sie griff nach dem Instrument und zog es aus dem Futteral. „Wie ist es so in Amsterdam?"

An der Art, wie sie die Frage stellte, begriff er den Grund für die gedrückte Stimmung von vorher.

„Ich weiß nicht. Bin noch nie dort gewesen. Ich lebe in Prag."

„Und wie ist Prag?"

„Prag? Toll. Nur muss man da tough sein. Verdammt tough."

„Ich bin verdammt tough", verkündete sie. „Ich heiße Galina, aber ich bin Stalina. Das Mädchen aus Stahl. Maggie Thatcher lässt sich die eiserne Lady nennen, dabei weiß sie einen Scheißdreck vom Leben. Ich bin eine eiserne Lady, weil ich weiß, was Leben bedeutet."

Sie lachte ein trockenes Lachen und fuhr mit den Fingern über die Gitarrensaiten.

Dann kniff sie die Augen zusammen und begann zu singen – mit einer leicht heiseren Stimme, was die marzipansüße Rührseligkeit des Lieds vom fröhlichen Seemann noch unterstrich:

„Was ist mit den Mädchen im Dorf nur los?
Was treibt sie so früh aus den Federn raus?
Wer ist es, der sie in Unruh versetzt?
Der junge Seemann kommt auf Besuch nach Haus.
Auf seiner Brust blitzen Orden riesengroß
und sein Halstuch ist mit Ankern besetzt.

Auf dem Hügel am Fluss stehen die Mädchen bereit
und rufen im Chor schon von ferne:
‚Du Held vom Schwarzen Meer, wir grüßen dich!‘
Jede Hand nimmt der Seemann gerne,
und jeder blickt er auch ins Gesicht.
Eine aber lacht laut auf:
‚Küssen darf man ihn wohl nicht.‘

Der Seemann ruht sich aus von der Reise,
drinnen bei seinen Eltern im Haus.
Die Mädchen draußen seufzen leise:
‚Wir gefallen ihm nicht, er lässt uns schmoren.
Trotz unserer festlichen Tracht
gibt er gar nicht auf uns Acht.
Nicht an eine Einzige von uns
Hat er sein Herz verloren.‘

Der Seemann ist ein freundlicher Mann
und redet gerne in Scherzen.
Doch sagt er offen: ‚Ich trage das Meer
und das Wellenrauschen im Herzen.
Der endlosen Weite bin ich verfallen.
Dort unter der südlichen Sonne
erwartet mich die Liebste von allen.'"

Die anderen Mädchen fielen nach einer Weile mit ein, und als Galina *Cipljonka, gebratenes Huhn, gebackenes Huhn* anstimmte, musste sich Leon im Stillen von seiner Vorstellung verabschieden, der Bus sei ein altes Schiff auf Abenteuerkurs, und schlicht feststellen, dass das ein singender Reisebus war.

Der Große Chef hatte es richtig prophezeit. An der Grenze hielten sie sich zwar fast zwei Stunden auf, aber nur weil sie im Stau standen. Schwierigkeiten beim Passieren gab es keine. Die Tschechen wollten die Ausweise nicht einmal sehen, die Deutschen setzten ohne Probleme ihren Stempel hinein. Der Grenzpolizist hätte allerdings auch die Vorstellungskraft eines Sherlock Holmes besitzen müssen, um in diesem singenden Mädchenchor das zu sehen, was er tatsächlich war: ausgesuchtes weißes Fleisch für ein Amsterdamer Freudenhaus.

Die lange Strecke und die Eintönigkeit der deutschen Autobahnen machten sie alle müde. Inzwischen hatten sie aufgehört zu singen und zu reden, saßen nur ergeben da und nahmen das Brummen des Motors wahr, das Vibrieren der Reifen und das sanfte Schaukeln der Karosserie.

Auch Leon saß passiv auf seinem Platz und beobachtete durch die Windschutzscheibe, wie im Scheinwerferkegel Straßenschilder aufleuchteten und verschwanden. Galina hatte schon fast alles über seinen Afghanistan-Feldzug aus ihm herausgekitzelt, und er hatte keine Lust mehr, weiter dazusitzen, da ihm alles, womit man sitzt, müde geworden war. Die Fahrer hatten sich zwei- oder dreimal abgewechselt, es fuhr wieder der Ältere, und der Jüngere machte vermutlich auf den hintersten Sitzen im Dämmerlicht mit einem der Mädchen rum. Falls er es da nicht sogar richtig mit ihr tat.

Da bog der Fahrer unerwartet von der Autobahn auf einen Rastplatz. Dort befanden sich eine kleine Raststätte und große, erleuchtete öffentliche Toiletten. Hinter dem Rastplatz stieg sanft ein bewaldeter Hang an.

Der Fahrer drehte sich zu den Mitreisenden um und teilte ihnen auf Tschechisch mit: „Pause. Einstündiger Stopp. Die Toiletten sind hier kostenlos. Vertretet euch die Beine. In einer Stunde fahren wir weiter."

Leon wiederholte mehr oder weniger dasselbe auf Russisch.

Es wurde mit Begeisterung aufgenommen, und alle stürmten nach draußen. Direkt auf die Toiletten zu. Auf der Damenseite hatten sich schnell vier kleine Schlangen gebildet.

Leon kehrte mit langen Schritten zum Bus zurück und zündete sich dabei eine Zigarette an. Die katzenartigen Bewegungen, mit denen er sich dehnte und streckte, taten ihm gut.

Die beiden Fahrer standen schon wieder beim Wagen. Sie rauchten ebenfalls. Der Jüngere zog sich nach einer Weile mit einem Mädchen ins Innere zurück, wo sie es sich auf den Rücksitzen gemütlich machten. Der Ältere verschwand mit einer anderen im Wald.

Am Rand der asphaltierten Einfahrt fand Leon einen großen Stein, auf dem er sich niederließ – die Härte fand er zur Abwechslung angenehm –, und rauchte seine Zigarette fertig.

Ohne dass er es richtig mitgekriegt hatte, war eines der Mädchen ihm nachgegangen, das er bisher unter den anderen noch nicht einmal wahrgenommen hatte. Sie setzte sich neben ihn und fragte fast kleinlaut: „Magst du ein bisschen mit mir spazieren gehen?“

„Warum?“

„Du gefällst mir ... Und ich würd gern noch mal mit einem zusammen sein, der mir gefällt ...“

Leon schüttelte den Kopf.

„Nee ... Sei mir nicht böse ... Das geht nicht ...“

„Schade“, murmelte das Mädchen, und so schnell wie sie aufgetaucht war, gesellte sie sich wieder zu den anderen.

Er stand auf und ging zum Bus hinüber. Die Türen waren jedoch verschlossen. Er zündete sich eine weitere Zigarette an und schlenderte mit diesen langen Schritten an der Wagenseite entlang, die jetzt so guttaten.

„Da ist ja unser afghanischer Held“, ertönte es aus dem Schatten. Galina stand dort etwas abseits von den anderen, halb vom Bus verborgen.

„Ja, da bin ich“, antwortete er unpassenderweise, wie er selbst bemerkte.

„Und genau nach ihm suche ich.“

„Du suchst mich?“

„Ich will mit dir ein paar hübsche Dinge machen gehen.“

„So plötzlich?“

„So plötzlich. Wir haben nicht viel Zeit. Und auf längere Sicht ist das wahrscheinlich die letzte Gelegenheit, dass ich mir einen Typen selbst auswählen kann.“

Bevor er auch nur irgendetwas sagen konnte, nahm sie ihn bei der Hand und steuerte auf das Wäldchen zu. „Komm.“

Er blieb stehen und versuchte seine Hand aus ihrem Griff zu befreien. „Galina, das geht nicht.“

„Warum nicht?“

„Ich liebe eine andere Frau.“

„Und was kratzt mich das?", lachte sie auf. „Was gehen mich deine Liebesgeschichten an? Fragt mich morgen etwa jemand, ob ich 'nen anderen liebe? Ich werd für jeden die Schenkel spreizen müssen, der zahlt. Aber heute will ich dich, und da ist es mir schnuppe, ob du jemand liebst oder nicht."

„Es geht nicht ... Ehrlich ... Ich kann wirklich nicht."

„So, es geht nicht", zischte sie und warf ihm einen bösen, wilden Blick zu. „Du Memme ... Du bist ja eine totale Memme ... Liebst eine andere, und was ist mit mir? Ich bin ein Stück Vieh, ein Tier, eine Matratze für jeden, was? Hör mal, ich bin keine von diesen Dummerchen dort, die nicht wissen, worauf sie sich einlassen. Ich weiß es sehr gut. Ich hab schon in Kiew Nutte gemacht. Ich weiß, was das bedeutet."

Sie hatte sich in Rage geredet. Wütend sprang sie ins Licht, zeigte mit dem Finger auf ihn und schrie aus Leibeskräften: „Schaut ihn euch an! ... Guckt ihn euch nur gut an! ... Er ist verliebt! ... Er hat 'ne Romanze am Laufen! ... So'n Scheiß, *verliebt*! Impotent ist er! ... Der erste impotente Zuhälter, dem ich begegnet bin!"

Die Mädchen, die um den Bus geschlendert waren, blieben stehen, manche kamen auch ein Stück näher und verfolgten mit Interesse die Szene, die ihnen dort unverhofft dargeboten wurde.

„Ich bin kein Zuhälter", versuchte Leon sich zu verteidigen.

„Du bist kein Zuhälter?", schrie sie erneut los. „Was denn sonst, Zuckerpüppchen? Ein verliebter Grünschnabel? Mamis Milchbubi? Ach was! ... Ein Zuhälter bist du! ... Du transportierst Huren, du zählst Huren, damit dir ja keine fehlt, also was bist du? Ein Zuhälter! ... Ein impotenter Zuhälter bist du, du widerliches afghanisches Großmaul!"

Sie wollte wohl noch fortfahren, doch die Wut schnürte ihr die Kehle zu. Sie schluckte, atmete heftig, feuerte weiter ihre zornigen Blicke auf ihn ab.

Leon stand da, lächelte entschuldigend, vielleicht auch etwas dämlich und wagte sich nicht zu rühren, um sie nicht weiter zu provozieren.

Sie richtete sich gerade auf, spuckte ihm ins Gesicht, drehte sich um und ging durch das Spalier der anderen davon wie die Königin des Zorns.

Leon wischte sich mit dem Ärmel den Speichel aus dem Gesicht und wusste nun, weshalb der Ukrainer von Galina als Teufelin gesprochen hatte. Er hätte das alles vermeiden können, hätte er das englische Sprichwort gekannt, nach dem sich die Hölle samt all ihren Teufeln nicht mit jener Hölle vergleichen lässt, die in der Seele einer abgewiesenen Frau entflammt.

Nach Ablauf der Stunde waren alle an Ort und Stelle, nur Galina fehlte. Sie hupten und riefen fast eine weitere Stunde nach ihr. Erst dann tauchte sie auf, mit zerzaustem Haar und wildem Blick. Sie kam gar nicht auf die Idee, sich dafür zu entschuldigen, dass sie alle hatte warten lassen.

„Du Scheißkerl", flüsterte sie Leon ins Ohr, als der Bus anfuhr, „ich wäre hiergeblieben, damit dir deine Bosse ordentlich das Fell über die Ohren ziehen, weil du eine verloren hast. Du hast Glück, dass du meinen Pass hast. Ohne Pass würden mich die Deutschen doch wieder nur zurückschicken. Aber ich denk mir noch was für dich aus."

17.

Die Stadt an der Amstel

Kurz vor Mitternacht erreichten sie Amsterdam. Dort wurden sie schon erwartet. Als der Fahrer den Bus am hinteren Trakt eines hohen, früher wohl kaufmännischen Gebäudes in einer schmalen Gasse zu parken versuchte, kamen vier Männer und eine Frau aus dem Haus gelaufen.

„Was ist denn passiert, dass ihr so spät kommt?“, wollte der Mann wissen, der als Erster bei ihnen anlangte und sich Leon gegenüber als Solowjow vorstellte. „Wir haben euch schon vor zwei Stunden erwartet.“

„Nichts Besonderes, eine lange Schlange an der Grenze und vor Frankfurt ein Stau“, erklärte Leon leichthin. Den Zwischenfall mit Galina verschwieg er.

„Also, meine Damen, wir sind angekommen. Endstation. Alles aussteigen“, rief der Fahrer die Insassen auf und stellte den Motor aus. Doch die Insassinnen blieben wie festgenagelt sitzen, nur Leon sprang leichtfüßig mit dem Passköfferchen aus dem Bus.

Keine zwei Minuten zuvor hatten die Mädchen einen Schock erlebt, von dem sie sich nicht so schnell erholten. Später überlegte Leon, ob der Busfahrer wohl absichtlich den Weg durch das Amsterdamer Rotlichtviertel gewählt hatte und ob man nicht auch anderswo hätte entlangfahren können. Aber wie auch immer, es war geschehen.

Der Bus war jäh von einer der Hauptadern in eine kleine Straße abgebogen, die an einer der vielen Amsterdamer Grachten entlangführte. Während sich die Stadtteile, durch die sie zuvor gefahren waren, allmählich schlafen legten und nur hier und da ein nächtlicher Passant zu sehen gewesen war, wimmelte es hier auf dem Trottoir von bummelnden Menschen, und Schaufenster leuchteten in die Nacht. Manche dieser Schaufenster verbarg ein Vorhang, in anderen stand nur ein leeres Sofa mit einem darübergeworfenen Handtuch, doch in den meisten Fenstern saß eine halb nackte Frau auf der Couch, lediglich mit einem Schlafrock bekleidet, der womöglich etwas verbergen sollte, aber auf raffinierte Weise alles entblößte.

„Jesus, Mädels, guckt euch das an!", erklang aus der Tiefe des Busses der Aufschrei, der die anderen auf die Sehenswürdigkeit hinter den Scheiben aufmerksam machte. Alle stürzten zu der Seite hin, auf der sich die leuchtenden Schaufenster befanden.

„Heilige Jungfrau Maria."

„Das ist ja entsetzlich!"

Der Chauffeur musste langsam fahren, weil die Fußgänger keinen großen Unterschied zwischen dem Bürgersteig und der Fahrspur machten – sie waren so davon beansprucht, die ausgestellte Ware zu besichtigen, dass sie einem buchstäblich vor die Räder und die vordere Stoßstange liefen. Weshalb man ausführlich alles betrachten konnte. Frauen aller Ethnien und Hautfarben wurden dort präsentiert, mit den unterschiedlichsten Figuren und Körpermaßen. Schwarze, Weiße, Chinesinnen, Japanerinnen, Vietnamesinnen, Mulattinnen und andere Mischlinge. Einige hatten lediglich eine aufreizende Position eingenommen und saßen fast gleichgültig da, andere kommunizierten gestenreich mit potenziellen Kunden hinter der Scheibe.

Auch Leon, der so etwas zum ersten Mal sah, starrte völlig fasziniert auf diese Zurschaustellung weiblichen Fleisches und achtete kaum auf die Aufschreie und Überraschungsbekundungen der Mädchen im Bus, die auf sein Trommelfell einprasselten.

„Bevor ich so was mache, sterbe ich lieber!"

„Was für eine Schande, was für eine Schande!"

„Jesus Maria, das darf wohl nicht wahr sein!"

„Dazu kriegt mich keiner!"

„O Gott, o Gott!"

„Einfach so auf der Straße!"

„Ich würde auf der Stelle im Erdboden versinken."

Erst als ihm Anastasia beinahe ins Ohr schrie: „Das da mach ich nicht!", und er mitkriegte, wie Galina sie trocken abfertigte: „Du gewöhnst dich dran. Und vielleicht gefällt es dir noch", riss er sich von dem seltsamen Anblick los und widmete seine Aufmerksamkeit den ihm anvertrauten Schützlingen.

„Nie und nimmer so auf dem Tablett", stöhnte Anastasia hinter ihm und hielt sich die Augen zu. Ein paar bekreuzigten sich, andere starrten nur mit tennisballgroßen Augen und angsterfülltem Gesicht nach draußen. Bloß Galina verfolgte alles mit harter, unerschütterlicher Miene. Ein Mädchen, das ihre Hände wie zum Gebet gefaltet hatte, hörte er noch laut flüstern: „Mami, Mami, keiner kann mich zwingen, da so zu sitzen."

Und mit einem Mal war es vorbei.

Der Bus bog aus der erleuchteten Grachtengasse in eine dunkle Straße ab und hielt kurze Zeit später an. Die vom Fahrer gebrauchte Anrede „Meine Damen" klang in dem Zusammenhang schrecklich unangemessen. Keine von ihnen rührte sich vom Fleck.

Solowjow sprang die Stufen des Reisebusses hinauf.

„Verdammt, Mädchen, was sitzt ihr hier noch rum?", rief er. „Aussteigen! Aber dalli! Hier darf man nicht parken, das ist eine Einbahnstraße, und bald staut sich hinter uns ein Haufen Autos. Also bewegt euch, bewegt euch!"

Und er hatte recht; noch bevor alle ausgestiegen waren und einen Raum im Erdgeschoss jenes Hauses betraten, vor dem der Bus gehalten hatte, standen hinter ihnen mindestens fünf Autos, die in der engen Gasse nicht überholen konnten, und ihre Fahrer drückten ungeduldig auf die Hupen.

Der Raum war modern eingerichtet und erinnerte irgendwie an ein großes Reisebüro. Möglich, dass er tagsüber diesem Zweck diente. Hinter einem der Computer saß jetzt die Frau von vorher, Leon bekam ein eigenes Tischchen für seinen Haufen Pässe, und Solowjow setzte sich hinter ein weiteres Tischchen. Auch die übrigen drei Männer hatten sich ihm inzwischen vorgestellt, doch Leon versuchte sich gar nicht erst ihre Namen zu merken. Einen von ihnen, der die anderen fast einen Kopf überragte und so breite Schultern besaß, dass er Waggons auf sie heben könnte, taufte er insgeheim Rambo. Er konnte nicht wissen, dass er in seinem Umkreis Yeti oder Gorilla genannt wurde, und dies weniger seiner Muskeln halber als wegen der groben Gesichtszüge und der etwas langen Leitung.

Leons Vermutung nach war Solowjow hier so etwas wie der Große Chef und die drei anderen eine Art Kleine Chefs, oder aber Solowjow war eine Art Kleiner Chef und die drei anderen so jemand wie Sascha Klopper, Oskar und Kostja. Es konnte auch ganz anders sein, schließlich erforderten andere örtliche Bedingungen auch eine andere örtliche Organisation. Alle vier trugen teure Kleidung von ausgesuchter Eleganz.

Die Mädchen scharten sich in der Mitte des Raums zusammen; bestürzt über das vorangegangene Erlebnis, drängten sie sich aneinander wie eine Schar Küken aus einer Brutstation. Jede klammerte ihr kleines Gepäckstück fest, als handelte es sich nicht einfach um ein Besitzstück, sondern um einen Rettungsring.

Solowjow sprang auf seinen Stuhl und begann sie durchzuzählen. Er musste zweimal von vorne anfangen, aber schließlich kam er doch noch auf zweiunddreißig und bestätigte Leon, dass die Zahl stimme.

„Hört mal“, wandte er sich darauf an die zweiunddreißig Augenpaare, die ihn aufgeschreckt ansahen, „wir haben keine Zeit für eine Willkommensrede. Ihr seid spät dran, deswegen verteilen wir euch jetzt so schnell wie möglich auf die verschiedenen Arbeitsplätze.“

Vielleicht wollte er noch etwas sagen, aber Rambo alias der Yeti oder Gorilla kam ihm zuvor.

„Am besten ist es, ihr verteilt euch selbst“, sagte er. „Vielleicht gibt es Freundinnen unter euch, die gerne zusammenbleiben würden ... Also Mädels, welche mag mit mir arbeiten? Ich muss wohl nicht erwähnen, dass ihr wie ein Augapfel gehütet werdet. Bei mir verdient ihr gut. Ich garantiere euch, dass euch niemand auch nur ein Haar krümmen wird ... Jedenfalls nicht ohne mein Wissen“, fügte er hinzu und lachte heiser auf.

Er sah so brutal aus, dass die Mädchenschar noch enger zusammenrückte.

„Keine zu mir?“

Es herrschte Stille. Keines der Mädchen rührte sich. Bis sich auf einmal Galina nach vorne drängte, mit einem Grinsen erst Leon und dann Rambo ansah.

„Ich würde gehen“, verkündete sie mit fester Stimme.

Die Sekretärin fragte nach ihrem Namen.

„Galina Nikolajewna Drapkina.“

Die Sekretärin trug sie in die Datei ein, und Leon brauchte eine Weile, bis er ihren Pass gefunden hatte.

„Also, wer ist die Nächste?“, fragte Rambo.

Durch die Ansammlung ging eine Welle, bis Anastasia aus ihr heraustrat, die neben Galina im Bus gesessen hatte. Sie schloss sich ihr auch jetzt an und sagte gleich von selbst ihren Namen: „Anastasia Antonowna Frejlich."

Das Weitere war schon Routine.

Die Mädchen wurden in drei Gruppen aufgeteilt, die Pässe in drei Häufchen. Kurz nach ein Uhr nachts waren sie fertig. Ein Kleinbus brachte die drei Fuhren Mädchen ihrem Schicksal entgegen, und Solowjow begleitete Leon und die beiden Fahrer ins Hotel.

Die Rückfahrt des fast leeren Busses nach Prag verlief ohne Zwischenfälle.

18.

Die Kunst des Möglichen

Nach seiner Rückkehr von der Amsterdam-Reise wurde die Beziehung zwischen Lucie und Leon nur noch enger, und sie verbrachten zusammen ein paar wunderschöne Wochen. Es passierte also etwas ganz anderes, als der Kleine Chef und möglicherweise auch der Große Chef erwartet hatten.

Zunächst hatte Lucie Leon noch einem gründlichen Verhör unterzogen. Sie lud ihn zu sich ein, und bevor er sie auch nur anrühren durfte, musterte sie lange sein Gesicht, als wäre eine etwaige Untreue in seiner Miene eingeschrieben.

„Du hast mich nicht betrogen?“, fragte sie scheinbar beiläufig.

„Nein.“

„Lüg nicht. Dieses eine Mädchen da war sehr hübsch. Die Rotblonde mit der Gitarre. Ludwa hat sie auch gefallen.“

„Galina?“

„Aha, Galina. Woher weißt du, wie sie heißt?“

„Sie hat es mir gesagt.“

„Sie hat es dir gesagt? In welchem Zusammenhang hat sie es dir gesagt? Ich bin Galina, komm mit mir Liebe machen? Die Mädchen sollen ja ganz versessen darauf sein.“

„Das sind arme Hascherl. Sie wollen es zum letzten Mal freiwillig tun.“

„Na eben, arme Hascherl. Wollen sich auch mal vergnügen. Also raus damit, wie hat sie es dir gesagt? Ich bin Galina, komm Liebe machen? Ich mach es dir wie keine andere?“

Jetzt wurde Leon sauer.

„Irgendwie so etwas hat sie gesagt. Und ich bin nicht darauf eingegangen. Das ist alles."

„Du hast ihr einen Korb gegeben?"

„Könnte man so sagen …"

„Was hat sie darauf gesagt?"

„Dass ich der erste impotente Zuhälter bin, dem sie begegnet ist."

Lucie betrachtete forschend sein Gesicht.

„Impotenter Zuhälter? Du bist doch gar kein Zuhälter."

„Das hab ich ihr auch gesagt."

„Und du bist nicht impotent."

„Das hab ich ihr nicht gesagt."

„Lüg mich nicht an. Sprich mir nach: Ich schwöre dir bei meiner Seele, dass ich dich nicht betrogen habe. Sag es."

„Ich schwöre dir bei meiner Seele, dass ich dir treu geblieben bin wie ein Bernhardiner", sagte Leon entnervt.

Schließlich versuchte sie, das ernst gemeinte Verhör ins Scherzhafte zu ziehen.

„Also muss ich ihn dir nicht abschneiden?"

„Nee. Wär doch zu schade … Für mich … Und vielleicht auch ein bisschen für dich."

Sie legte ihm ihre Finger auf den Mund. „Psst … Sag so etwas nicht zu einer anständigen Frau …"

Er fuhr mit den Lippen in die Mitte ihrer Handfläche, küsste sie dort und murmelte: „Lucie, Lucie, du hast ja keine Ahnung, wie sehr ich dich liebe …"

Entspannt lachte sie auf. „Und ich dich, du Idiot!"

Die folgenden Tage und Wochen vergingen für die beiden wie im Flug. Aber es hat keinen Sinn, die Erlebnisse Verliebter zu erzählen. Sie gleichen sich aufs Haar, sind alle gleich albern und von gleich kurzer Dauer.

Leon ging seiner Arbeit nach, schrieb zweimal an Sascha in Moskau, dass er an ihn denke und hier den Boden für ihn bereite, denn sein Kontostand war aus dem Minusbereich erfreulich ins Plus geklettert. Seine Zukunft sah gesichert und rosig aus. Das verlieh ihm den Mut, Lucie Ende August zum Abendessen ins *Nebozízek* auf dem Petřín einzuladen. Sie nahmen am selben Tisch Platz wie an jenem Frühlingstag, als Leon in Prag angekommen war.

Er hatte den Ort aus symbolischen Gründen gewählt, denn er hegte große Absichten.

Es ist kein Geheimnis, dass Männer in manchen Dingen so töricht wie Kleinkinder sein können, als wären sie nie erwachsen geworden. Bei Leon war das der Fall. Und die Wahl des *Nebozízek* gehörte zu diesen Torheiten.

Der Hügel war von der Sommersonne gelb verdorrt, und auch jetzt brannte die Sonne auf den Abhang. Die Restaurantgäste schwitzten vor sich hin, obwohl sie unter aufgespannten Sonnenschirmen saßen. Die Frauen trugen Sommerkleider, die nur andeutungsweise ihre Formen verbargen, und die Männer hatten ihre Sakkos über die Stuhllehnen gehängt und saßen hemdsärmelig da. Auch die Kellner und Kellnerinnen liefen nur leicht gekleidet zwischen den Gästen umher.

Sie aßen zu Mittag. Lucie musste Leon nicht mehr beibringen, dass man ein Beefsteak bissgerecht in kleine Stücke schneidet. Und auch der Rotwein in den Gläsern brach das Licht anders als damals, als sie das erste Mal hier gesessen hatten, irgendwie selbstverständlicher, vertrauter.

„Weißt du, warum ich dich hierher eingeladen habe?“, fragte Leon unvermittelt und hörte zu essen auf.

„Weil es schön ist hier“, antwortete sie unbekümmert.

„Nein. Weil ich dir was Wichtiges sagen will.“

„Dann sag es.“

„Ich habe mir Folgendes überlegt. Wir kennen uns jetzt schon fünf Monate. Seit über drei Monaten sind wir zusammen." Er führte die Zahlen an seinen Fingern vor. „Wie wäre es, wenn wir heiraten würden?"

Sein Vorschlag überrumpelte Lucie. Sie starrte ihn mit unbewegter Miene an, als hätte sie den Sinn seiner Worte nicht verstanden.

Es dauerte ziemlich lange, bis sie fragte: „Wie stellst du dir das vor?"

„Na, wie eine normale Ehe."

Sie schwieg. Es war ihr anzusehen, dass dies ausführlich alle Schaltstellen ihres Gehirns durchlief. „Natürlich bin ich froh, dass du so etwas zu mir sagst", wählte sie vorsichtig ihre Worte. „Jede Frau ist von so einem Antrag geschmeichelt. Aber ich fürchte, dass das erst mal nicht geht. In der Firma käme es nicht gut an. Und noch etwas. Ich bin älter als du. Hast du das bedacht?"

„Ich habe alles bedacht und es mir gut überlegt", beteuerte Leon leidenschaftlich. „Ich habe hunderttausend auf dem Konto. Ich könnte sie abheben und mich nach etwas anderem umsehen."

„Du Quatschkopf. Man geht von der Firma nicht einfach so weg", sagte sie mit nachsichtigem Lächeln. „Was sind schon hunderttausend? Wenn du zehn Millionen hättest, könntest du möglicherweise von der Firma loskommen. Aber du müsstest dir was verdammt Schlaues einfallen lassen und dich sehr geschickt anstellen. Und was mich betrifft – ich kann überhaupt nicht weggehen."

„Warum nicht?"

„Ich weiß zu viel."

„Und wenn wir irgendwohin ins Ausland verschwänden?", schlug Leon vor, der verzweifelt an seiner Idee festhielt.

„Wohin denn? In welches Land? Nach Australien? Brasilien? Wohin möchtest du verschwinden, ich bitte dich. Was willst du dort tun, wenn du die Sprache nicht kannst? Und selbst wenn du sie könntest. Sie haben überall ihre Leute. Die Welt ist heutzutage sehr klein, mein Lieber. Schlag dir das aus dem Kopf."

Leon schwieg. Er blickte drein wie ein Imker, dem die Bienen davongeflogen waren.

„Ich wollte nur, dass wir immer zusammen sein können", flüsterte er.

„Sei nicht traurig." Sie streichelte seine Hand auf dem Tisch. „Wir müssen noch zwei oder drei Jahre durchhalten. Wenn ich den Chef richtig verstehe, dann rechnen sie sowieso damit, dass die Firma sich nach einiger Zeit auflöst und in etwas völlig anderes umwandelt. Bei dieser Gelegenheit wird es dann gehen. Vorher nicht. Wir müssen Geduld haben."

„Du liebst mich nicht mehr." Leon konnte seine Enttäuschung nicht verbergen und strickte sie in einen dummen Vorwurf um.

„Meine Güte", rief Lucie hysterisch, „kapierst du es denn nicht? Weißt du nicht, wo du lebst? Ich liebe dich. Ich liebe dich sehr. Aber ich will dich lebendig. Und ich möchte selbst am Leben bleiben! Verstehst du denn nicht, dass man als Toter nichts mehr von der Liebe hat?"

Sie schrie beinahe so wie damals Galina auf dem Rastplatz. Und langsam, ganz langsam dämmerte es ihm.

Ganz allmählich begann er zu begreifen, dass sie nicht allein auf der Welt waren, sondern in ein dichtes Geflecht von Beziehungen eingesponnen waren.

19.

Der Boss

Das Fax, das aus dem Gerät geschlüpft war und von Lucie an den Großen Chef weitergereicht wurde, war von Hand verfasst worden und klang seiner Kürze wegen ziemlich geheimnisvoll.

Ich lande morgen um 14.20h. Warte am Flughafen auf mich.
K.

Der Große Chef kannte die Handschrift. Doch selbst wenn sie ihm unbekannt gewesen wäre, hätte er an der Nummer des Sendegeräts feststellen können, dass das Fax in Zürich abgeschickt worden war. Dort befand sich die Zentrale von Argopag. Und das schwungvolle K. stand für Karpow.

Der Große Chef betrachtete das Blatt Papier, dessen Text sich auf der leeren Fläche fast verlor, und zerbrach sich vergeblich den Kopf darüber, weshalb Karpow, bei Argopag der Boss der Bosse, so unerwartet anreisen wollte und weshalb er es ihm faxte, wo er doch einfach eine Nummer wählen und es ihm telefonisch mitteilen konnte. Natürlich, ein Fax war billiger. Aber das war sicher nicht der Grund, weshalb Karpow faxte, statt anzurufen. Es musste einen anderen Grund geben. Am Telefon hätte der Große Chef seine Verwunderung über den plötzlichen Besuch äußern können. Darauf wollte Karpow aber offensichtlich nicht reagieren müssen. Bis zu diesem Punkt seiner Erwägungen war der Große Chef ruhig geblieben. Nun wurde er auf einmal nervös. Verdammt, sagte er sich, worüber will Karpow so plötzlich mit mir reden, dass er mich nicht vorher deswegen anrufen kann? Ich halte doch alles in bester Ordnung, was Finanzen und Leute betrifft. Die Zentrale kann sich nicht beschweren, wir verdienen ordentlich, die vereinbarte Gewinnmenge führen wir ab …

Er brachte die Überlegung nicht zu Ende, denn seine Gedanken sprangen in eine andere Richtung, und das Papier in seiner Hand begann zu zittern.

Könnte es mit Aschajew zu tun haben? Sollte Ludwa, das Aas, ausgeschnüffelt haben, dass ich mich vor einiger Zeit heimlich mit ihm getroffen habe? Er kam damals zu mir, behauptete, Lucie würde mit Leon ins Bett gehen … Er benahm sich seltsam, und seinen Worten war zu entnehmen, dass er sie observieren lässt … Schon damals habe ich gedacht, ob er wohl auch mich beobachten lässt? … Als ich eine Anspielung in diese Richtung machte, hat er sich fast in die Hosen gemacht … Aber selbst wenn er es herausbekommen und gemeldet hätte – es wissen doch alle, dass Aschajew und ich Freunde waren … Und alle wissen, dass ich nie etwas gegen die Interessen der Firma unternehmen würde …

„Was ist los?", fragte Lucie, der nicht entgangen war, dass der Chef sich auf einmal unbehaglich fühlte.

„Morgen kommt Karpow angereist. Wir holen ihn am Flughafen ab."

„Was will er?"

„Das weiß ich nicht. Werden wir morgen erfahren."

„Falls sie mehr Geld wollen, das können sie vergessen. Wir wirtschaften jetzt schon fast ohne Reserven, und wir brauchen Reserven. Das sollte das Gremium kapieren."

„Ruhig, Lucie, bleib ganz ruhig. Du regst dich voreilig auf, vielleicht geht es gar nicht um Geld", sagte der Große Chef und dachte bei sich: Vielleicht geht es um meinen Kopf.

Obwohl er sich mit logischen Argumenten einzureden versuchte, dass seine Befürchtungen lächerlich seien und er sich ganz überflüssigerweise Horrorszenarien ausmalte, die nichts mit der Realität, sondern seiner erregten Fantasie zu tun hatten, konnte er sich dennoch nicht beruhigen. Er versuchte sich fieberhaft an die Details von damals zu erinnern. Jede Kleinigkeit tauchte wieder vor ihm auf, und so war er sich fast sicher, dass niemand ihn zusammen mit Aschajew im *U Tří Pštrosů* gesehen haben konnte. Allerdings vermochte er keinen anderen Grund für den überraschenden Besuch und seine merkwürdige Ankündigung zu finden. Weshalb er seine innere Unruhe nicht loswurde.

Es brachte auch nichts, dass er sich selbst zynisch sagte: Junge, spiel nicht verrückt, diese Sorgen, diese Angst vor dem Ungewissen gehören schließlich zum Geschäft. Die Firma könnte gar nicht existieren, wenn diese Ängste nicht von oben nach unten und von unten nach oben wirkten. Du züchtest sie doch selber bei denen, die von dir abhängen. Angst ist der Klebstoff, der die Organisation zusammenhält. Die Sorge um ein Dach über dem Kopf, die Sorge um Aufstiegschancen, Sorge ums Leben. Also finde dich damit ab, steh da drüber, bewahre deine Ruhe, deine Würde und die Nerven.

Das war leichter gesagt als getan.

Er schlief miserabel, war den ganzen nächsten Vormittag über zerstreut, und zum Flughafen brachen sie so zeitig auf, dass sie eine Dreiviertelstunde zu früh waren.

Er ließ Lucie und den Schweigsamen bei einer verkümmerten Palme stehen, die vom Personal sichtlich vernachlässigt wurde, und tigerte alleine ziellos durch die Flughafenhalle. Vergeblich marterte er seine grauen Zellen, immer noch auf der Suche nach einer Antwort auf die Frage, die ihn den vorigen Abend und die ganze Nacht über umgetrieben hatte, was dieser vermaledeite Karpow, der Boss der Bosse, so plötzlich von ihm wollen könnte.

Schließlich verkündete eine melodische Frauenstimme aus dem Lautsprecher, dass die Maschine der Gesellschaft Swissair auf der Linie Zürich–Prag, planmäßige Ankunft 14.20 Uhr, im Landen begriffen sei. Gemeinsam mit anderen Wartenden bewegte er sich hinüber zum Passagierausgang. Seltsamerweise war er auf einmal völlig ruhig. Und er blieb es auch, als er unter den eintrudelnden Reisenden Karpow erspähte. Er machte mit erhobener Hand auf sich aufmerksam, Karpow lächelte ihm zu, der Große Chef konnte gerade noch registrieren, dass der Boss der Bosse gut aussah, und schon drückten sie einander zur Begrüßung die Hand.

„Der Wagen wartet", sagte der Große Chef.

Karpow schüttelte den Kopf. „Ich fahre gar nicht in die Stadt", sagte er, „ich fliege mit der gleichen Maschine in zweieinhalb Stunden zurück. Wir werden hier miteinander sprechen."

Das kam überraschend, doch der Große Chef ließ sich nichts anmerken und reagierte schnell: „Gut, setzen wir uns dort auf die Terrasse."

„Wir werden uns nicht setzen", sagte Karpow und hakte sich beim Großen Chef ein. Er machte eine Kopfbewegung hinüber zu Lucie und dem Schweigsamen, die sich näherten.

„Sind das deine Leute?"

„Ja."

„Sie sollen warten."

Der Große Chef machte den beiden ein Zeichen, dass sie bleiben sollten, wo sie waren. Sie verstanden, blieben stehen und beobachten aus einiger Entfernung, wie sich Karpow vertraulich auf den Arm des Großen Chefs stützte und beide zusammen wie Flaneure quer durch die Halle schlenderten. Als sie an deren Ende angekommen waren, machten sie kehrt und wanderten langsam zurück. Zwischendurch blieben sie stehen, dann setzten sie ihren Gang und ihr Gespräch wieder fort. Es sah so aus, als würden sich zwei Herren die Wartezeit vor einem Abflug verkürzen, indem sie gemächlich herumspazierten und sich unverbindlich unterhielten.

„Das Gremium hat beschlossen, dass Aschajew wegmuss", eröffnete Karpow trocken die Unterredung.

„Das Gremium?", fragte der Große Chef verwundert und blieb stehen. „Ich wusste nicht, dass das Gremium zusammengekommen ist. Niemand hat mich eingeladen."

Es klang beleidigt.

Karpow setzte seinen Gang fort, wodurch er den Großen Chef zwang, ihm zu folgen.

„Ein paar der Herren waren der Auffassung, dass wir dich diesmal ausnahmsweise nicht einladen sollten. Wegen deiner früheren Beziehungen zu Aschajew. Es ist aber ein einstimmiger Beschluss, deshalb gilt er. Dafür, dass wir dich nicht eingeladen haben, entschuldige ich mich."

Der Große Chef war völlig aus der Fassung. Der unerwartete Beschluss des Gremiums gefiel ihm ganz und gar nicht. Er protestierte jedoch nicht dagegen, sondern fragte nur: „Warum so plötzlich?"

„Er macht sich zu breit. Solange er nur in Berlin saß, konnten wir ihn noch dulden. Jetzt funkt er uns in Amsterdam dazwischen und drängt sich auch in München und Bern hinein. Deshalb muss er gestoppt werden."

„Ich verstehe", brachte der Große Chef dumpf hervor, aber es war ihm anzusehen, dass er sich weder mit der Tatsache abgefunden hatte, dass er nicht zum Gremium eingeladen worden war, noch damit, dass sie ohne ihn beschlossen hatten, Aschajew zu liquidieren.

„Sag nicht, du verstehst, wenn du es nicht verstehst. Vor einem Monat ist das Fass übergelaufen. Seine Leute haben in Amsterdam den Gorilla um die Ecke gebracht. Und weißt du, warum? Wegen einem Weibsbild. Der Gorilla wollte sie ihm nicht verkaufen, also hat er ihn kaltmachen lassen. Jetzt hat er die Trulla bei sich in Berlin, und angeblich hat sie ihn völlig unter ihrer Fuchtel."

„Der Gorilla war nur mittlerer Kader", sagte der Große Chef, nicht um zu widersprechen, eher weil er laut nachdachte. Karpow brachte es dennoch auf.

„Willst du denn ewig das gleiche Spiel mit ihm spielen: Auge um Auge, Zahn um Zahn? Deinerseits einen seiner mittleren Kader beseitigen und abwarten, dass er wieder einen von uns umlegt? Und immer so weiter? Nein! Nein! Nein! Das muss einmal aufhören. Definitiv. Ich sage dir – und die anderen Herren sind meiner Ansicht –, solange Aschajew lebt, ist keiner von uns seines Lebens sicher. Keiner. Weder ich noch du, da könnt ihr noch so dicke Kumpels gewesen sein."

„Vermutlich hast du recht", lenkte der Große Chef ein, aber in Karpows Ohren klang es wenig überzeugend.

„Vermutlich? Hundert Prozent! Er ist ein Abtrünniger. Was hat ihm bei uns gefehlt? Nichts. Nur weil er eine Verräterseele hat, hat er sich abgesondert. Im alten Russland galt der Grundsatz: Abtrünnige vernichten. Abtrünnige vernichten", wiederholte Karpow und ließ sich den Satz auf der Zunge zergehen. „Und das war ein gutes Prinzip. Wer einmal einen abweichlerischen Weg einschlägt, der wird nicht wieder zurückfinden. Je weiter er sich auf der Spur des Verrats bewegt, desto mehr entfernt er sich vom rechten Weg. Deshalb stellten unsere weisen Väter den Grundsatz auf: Abtrünnige vernichten."

„Guter Grundsatz", pflichtete der Große Chef ihm bei.

Karpow ging weiter, als habe er seine Zustimmung überhört.

„Berlin kann es nicht allein ausrichten. Berlin wird zwar alles vorbereiten, aber die eigentliche Aktion muss jemand anders durchführen. Du wirst einen Mann dorthin schicken, und der wird es tun. Berlin gibt dir genaue Instruktionen. Sehr wahrscheinlich wird es an einem Mittwoch stattfinden, wenn er zum Schachspielen geht. Ihr beide habt auch zusammen Schach gespielt, nicht? Hast du gewonnen oder verloren? Na ja, jetzt setzt du ihn matt. Ist es nicht schön, bei seinem geliebten Spiel zu sterben? Das ist fast so wie in den Armen einer süßen Geliebten."

„Ich werde es einrichten", sagte der Große Chef klar und deutlich. „Macht euch keine Sorgen. Ich verstehe schon, warum die Sache mir zufällt."

„Ich bin froh, dass du so verständig bist", kicherte Karpow trocken. „Von wegen Intelligenz verdirbt das Geschäft. Im Gegenteil, sie ist nützlich."

Und wieder lachte er, doch gleich darauf fügte er ernst hinzu: „Glaube mir, solange er lebt, ist keiner von uns seines Lebens sicher. Vor allem jetzt, wo er diese Frau bei sich hat. Sie heißt Galina, lässt sich aber Stalina nennen. Du verstehst? Stalina. Das stinkt schon von Weitem nach Leichen."

Karpow blieb stehen und sah sich in der Halle um.

„Wo sind deine Leute? Wir hatten unsere Besprechung und können jetzt auf die Terrasse gehen. Ein Weinchen trinken, einen kleinen Toast knabbern, übers Leben plaudern."

Der Große Chef winkte Lucie und den Schweigsamen herbei.

Sie gingen zusammen auf die Terrasse. Tranken ein Weinchen, knabberten einen Toast und plauderten über das Leben.

Karpow flog mit derselben Maschine zurück nach Zürich.

20.

Schachmatt durch den Bauern – der Plan

Als alles vorbei war und Leon über die Ereignisse der vergangenen zwei Wochen nachdachte, kam es ihm beinahe unwirklich vor. Wie ein Traum oder ein Fantasyfilm. Als wäre er in Ruzyně nicht in ein Flugzeug gestiegen, sondern in irgendeine Zeitmaschine. Von dem Augenblick an hatte er aufgehört, er selbst zu sein, andere bewegten ihn nach einem bestimmten Plan, die ebenfalls nicht sie selbst waren und lediglich nach einem bestimmten Plan bewegt wurden, und er konnte seine menschliche Gestalt erst zurückgewinnen, als er wieder auf dem Prager Flughafen Ruzyně landete.

Oder er fühlte sich wie das mechanische Männchen aus irgendeinem Museum, das er einmal im Fernsehen gesehen hatte. Das Männchen wurde durch eine Feder angetrieben, die man mit einem kleinen Schlüssel aufzog, und wenn man einen Sperrstift entfernte, ertönte eine Tanzmelodie, das Männchen trat vor, ging zu dem Dämchen, verbeugte sich vor ihr und beide tanzten ein wenig. Dann endete die Melodie, das Männchen verneigte sich wieder und kehrte auf seinen Platz zurück.

So kam er sich vor, nur die Melodie fehlte, oder es gab deren zu viele.

Es hatte unspektakulär begonnen.

Der Große Chef kam eines Nachmittags ins *Zlatý beránek* und ließ Kostja, Leon und Sascha Klopper rufen. Er setzte sie in sein Auto und fuhr mit ihnen an den Prager Stadtrand. In einem Wäldchen, oder vielleicht war es eher ein Park, befand sich ein halb verborgener Schießplatz, der dem Sicherheitsdienst Severin gehörte. Ob dieser ein Teil Argopags oder eine eigenständige Firma war, konnte Leon nicht durchschauen. Herr Severin war Tscheche und schien den Großen Chef gut zu kennen. Er bot ihnen verschiedene Pistolen zur Auswahl an. Eine russische Armeepistole, wie Leon sie gewöhnt war, gab es darunter nicht. Also suchte er sich eine tschechische vom Kaliber 9 mm aus, denn er hatte gehört, das sei eine ordentliche Waffe. Kostja nahm sich die gleiche, nur Sascha Klopper wählte eine amerikanische Wumme vom Kaliber 12 mm. Da war Leon schon klar, dass der Große Chef ihre Schießfertigkeiten überprüfen wollte. Und er war sich seines Sieges fast sicher. Dass Sascha Klopper nicht viel vom Schießen verstand, verriet er schon dadurch, dass er sich diese amerikanische Ballerbüchse ausgesucht hatte. Je größer das Kaliber, desto schlechter ließ sich die Pistole halten. Ein kleines Kaliber hatte wiederum eine kurze Reichweite und geringe Durchschlagskraft, weswegen das Neunerkaliber für eine Pistole sicher das Beste war. Kostja wollte er zwar nicht unterschätzen, aber nach einem Scharfschützen sah er nicht gerade aus.

Und es kam genauso, wie er vermutet hatte.

Sie schossen mit drei Schuss aus zwanzig Meter Entfernung auf drei aufgerichtete Pappkameraden. Sascha Klopper traf keinen einzigen von ihnen. Kostja einen irgendwo an der Schulter. Leon traf alle drei Figuren in den Kopf. Als Herr Severin die Löcher vorzeigte, pfiff der Große Chef anerkennend.

„Wenn Sie wollen", sagte Leon, „kann ich das gerne noch mal."

„Dann führ es vor", forderte ihn der Große Chef auf.

Beim zweiten Mal gelang es jedoch nicht so gut. Zwei Kugeln landeten zwar wieder in den Köpfen, aber die dritte Kugel verfehlte ihr Ziel.

Leon errötete vor Verlegenheit.

„Ich bin nicht an die Waffe gewöhnt", sagte er. „Beim dritten Mal schaffe ich es bestimmt."

Im Unterschied zu Lipinski sparte der Große Chef nicht an der Munition, weshalb Leon seine Schießfertigkeiten nicht nur ein drittes, sondern auch ein viertes, fünftes und sechstes Mal beweisen durfte. Nur zwei Schüsse davon gingen daneben. Sie hatten schon alle Ohrensausen, als sie aufhörten.

Trotz des augenscheinlichen Erfolgs konnte Leon sich nicht die stolze Frage verkneifen: „Glauben Sie mir also, dass das kein Gewäsch ist, wenn ich sage, dass ich der beste Schütze der Division war?"

Alle, auch Herr Severin, dem das völlig wurscht sein konnte, versicherten ihm, dass sie ihm glaubten.

Abends gab er auch vor Lucie mit seinem Erfolg an. Sie sagte nichts dazu, kniff nur die Lippen zusammen und machte ein etwas düsteres Gesicht.

„Was hast du denn?", fragte er.

„Ich weiß nicht. Der Chef und der Schweigsame bereiten irgendetwas vor und weihen mich nicht ein. Offensichtlich brauchen sie dich dazu. Offensichtlich brauchen sie einen, der gut schießen kann." Und nach einer Pause fügte sie hinzu, vielleicht mehr zu sich selbst als zu ihm: „Ich bin ja auch eine blöde Gans. Ich hätte es ahnen sollen, dass das einmal kommt." Dann verscheuchte sie die Wolke aus ihrem Gesicht und umarmte ihn zärtlich.

Bald darauf lud der Große Chef Leon zu sich ein. Nicht in sein Büro, sondern zu sich nach Hause. Leon sollte auf der rechten Seite der vom Zentrum herkommenden Straße hinter der Metrostation Hradčanská auf ihn warten. Dort las er ihn auf und fuhr mit ihm in eine Gegend, die Leon nicht kannte. Er wohnte in einer großen, von einem Garten umgebenen Villa. Dort führte er ihn in einen

Raum, den Leon für sich als Arbeitszimmer definierte. Die eine Raumseite wurde gänzlich von einer Bücherwand ausgefüllt, und auf den Buchrücken waren sowohl kyrillische als auch lateinische Schriftzeichen zu sehen. Ferner gab es einen Schreibtisch mit Computer, ein paar Stühle und einen kleinen Besprechungstisch. Doch Leon blieb stehen und starrte nur die Bücherwand an. So etwas hatte er sein Lebtag noch nicht gesehen.

„Das ist meine Sicherheit", sagte der Große Chef, dem sein Erstaunen nicht entgangen war. „Wenn jemand hinter mir her sein sollte, laufe ich durch dieses Zimmer und springe aus dem Fenster. Während sich die Verfolger dafür interessieren werden, was ich da für Bücher habe, bin ich längst über alle Berge."

Er lachte über seinen guten Witz.

„Dschingis Khan wurde so von seinem Harem gerettet. Man überfiel ihn, und bis die Angreifer seine drei Frauen vergewaltigt hatten, war er ihnen entflohen. Da ich keinen Harem habe, hoffe ich, dass mir die Bücher den gleichen Dienst erweisen. Aber bleib da nicht stehen, setz dich doch. Was kann ich dir anbieten? Wodka oder einen Whisky?"

„Wodka", flüsterte Leon und setzte sich scheu mit halber Pobacke auf einen Stuhl. Er fühlte sich unbehaglich und fragte sich, mit was der Große Chef ihm kommen würde. Der ließ sich Zeit. Erst einmal goss er behutsam Wodka in zwei Gläser, stellte sie vor Leon hin, dann setzte er sich ihm gegenüber.

„Also, worauf trinken wir?"

„Einfach aufs Wohl."

„Gut. Auf unser Wohl und das Gelingen unseres Tuns."

Sie stießen miteinander an und tranken beide auf ex. Der Große Chef goss, ohne zu fragen, ein zweites Mal ein, wieder stießen sie an und wieder tranken sie auf ex. Erst dann nahm er aus einer

Schublade seines Schreibtischs eine lilafarbene Mappe und reichte sie Leon.

„Schau dir das mal an."

In der Mappe befanden sich lauter Fotografien. Und auf allen war ein einziger Mann abgelichtet, um die fünfzig, mit langer Nase und einem Schnurrbart. Auf manchen Aufnahmen war er ohne Kopfbedeckung zu sehen, auf anderen trug er einen Hut oder eine Mütze. Man hatte ihn von vorne und von hinten aufgenommen, im Profil, im Halbprofil, im Dreiviertelprofil, lächelnd, mit gerunzelter Stirn oder dumpf vor sich hinstarrend. Es mochten an die fünfzig Fotos sein, vielleicht noch mehr. Und auf allen immer nur derselbe schnauzbärtige Mann, jedes Mal ein wenig anders.

Leon sah sich die Fotografien interessiert durch und ahnte allmählich, weshalb er eingeladen worden war.

„Dieser Mann", verkündete der Große Chef feierlich, „fügt unserer Firma großen Schaden zu. Deshalb hat die Firmenspitze in der Schweiz beschlossen, dass er liquidiert werden muss. Ich bin mit der Organisation der Sache betraut worden. Und du wirst es durchführen. Einen besseren Schützen finde ich nicht. Dass das Ganze außerordentlich gut honoriert werden wird, muss ich dir wohl nicht sagen, du kennst die Verhältnisse der Firma zur Genüge, um dir das selbst zusammenzureimen."

Es blieb recht lange still, Leon sah sich weiter die Fotos mit dem Schnurrbärtigen an, als wollte er sich jedes denkbare Erscheinungsbild von ihm genau einprägen.

„Und wo … ich meine, wo soll ich diesen Aschajew wegpusten?", fragte er plötzlich.

Den großen Chef brachte seine Frage außer Fassung.

„Aschajew? Wie kommst du darauf, dass es sich um Aschajew handelt?"

„Ich denke es mir. Wer sonst schadet der Firma? Schließlich hat er Andrej erschießen lassen, oder?"

„Es soll in Berlin passieren", sagte der Große Chef, ohne Aschajews Identität zu bestätigen. „Aber glaube nicht, dass es da um irgendeine Verfolgungsjagd durch Berliner Straßen geht. So etwas können wir nicht gebrauchen. Es muss eine saubere Arbeit sein. Und so ist es auch vorbereitet. Von dir wird nur erwartet, dass du schießt und triffst. Um alles Übrige kümmern sich andere. Deine Sicherheit ist voll gewährleistet. Du fliegst mit deinem Pass nach Amsterdam. Dort erwartet dich unser Mann. Der kennt dich. Er wird dich ansprechen, du gibst ihm deinen Pass und das Flugticket und bekommst von ihm im Gegenzug das Ticket nach Berlin und einen finnischen Pass. Du wirst Ujho Pekkala heißen, merk dir das."

„Ich kann aber kein Finnisch", unterbrach Leon ihn.

Der Große Chef winkte ab und versetzte etwas empfindlich: „Niemand in Europa kann Finnisch. Wenn irgendetwas sein sollte, reicht dein Russisch aus."

„Gut, ich werde Ujho Pekkala sein."

„Eine Stunde später startet dein Flieger nach Berlin. Dort wartet ebenfalls einer von unseren Männern auf dich. Ihr werdet gemeinsam in einen Flughafenimbiss gehen. Dort hast du drei Stunden Zeit. Wenn die anvisierte Person – nennen wir sie von mir aus Aschajew – zum Schachspielen geht, bekommt ihr per Handy ein Signal. Du wirst so tun, als sei dir schlecht, und die Toilette aufsuchen. Dort nimmt sich ein anderer Mann deiner an und bringt dich zu einem Auto. Du steigst ein. Im Wagen findest du eine Pistole, eine Brille, einen Hut und einen Mantel vor. Du ziehst ihn dir an, setzt dir Brille und Hut auf. Das Auto fährt dich bis vor das Center, in dem sich der Schachklub befindet. Du steigst aus, es ist im ersten Stock. Du gehst zügig durch. Die Zielperson pflegt am dritten Tisch zu sitzen. Seine Leibwächter am zweiten oder am vierten. Du musst sie überraschen. Anschließend kehrst du zum Auto zurück. Es wird mit dir um die nächste Ecke verschwinden. Währenddessen ziehst du den Mantel aus, nimmst Brille und Hut ab und legst die Pistole ab. Alles lässt du im Wagen. In der Seitenstraße steigst du aus, dort wartet ein Taxi auf dich, das dich zum Flughafen bringt. Du kehrst in den Imbiss zurück und sagst dem Typ, der dort immer noch am Tisch sitzt, dass du dich übergeben musstest, und zwar so, dass die Bedienung es hören kann. Das alles dauert genau sechsundvierzig Minuten. Weitere anderthalb Stunden später geht dein Flug nach Prag, wo ich dich abholen werde. Inzwischen hast du deinen eigenen Pass wieder, und niemand wird dir je nachweisen können, dass du in Berlin gewesen bist, wo du doch nach Amsterdam geflogen und noch am selben Tag zurückgekehrt bist. Das ist alles."

„Könnte ich mir diesen Schachklub nicht vorher ansehen?"

„Du meinst vor Ort?"

„Ja, in Berlin."

„Das ist nicht nötig", sagte der Große Chef und drehte sich auf seinem Stuhl zu einem Fernseher herum. Er schob eine schon bereitliegende Kassette in den Videorekorder und nickte Leon zu. „Komm, setz dich hierher."

Der Bildschirm flackerte auf, dann erschien auf ihm der Eingang zu einer Passage eines Berliner Einkaufszentrums.

„Hier vor dieser Passage haltet ihr an. Du steigst aus dem Wagen und gehst schnell hinein."

„Was ist, wenn er dort nicht parken kann?", gab Leon zu bedenken.

„Es ist alles so organisiert, dass er dort parken kann."

Auf dem Bildschirm fuhr die Kamera zügig in die Passage und schwenkte dort ausführlich herum. Der Große Chef kommentierte die Bewegung: „Links hast du einen Kosmetiksalon, dann den Eingang zu einem Kino. An alldem gehst du vorbei. Du läufst weiter durch die Passage, bis du – wieder auf der Linken – einen weiteren Eingang mit einem Marmorportal vor dir hast. Dort gehst du hinein."

Entsprechend fuhr die Kamera in das Gebäude und zeigte ein mit Marmor verkleidetes Treppenhaus.

„Du siehst vor dir eine Marmortreppe mit Spiegeln", fuhr der Große Chef fort, „und steigst sie hoch bis in den ersten Stock. Dort gibt es eine Pforte. Der Job des Pförtners ist es, sicherzustellen, dass nur Mitglieder in den Club kommen. Darum kümmerst du dich nicht. Falls er dich aufhalten will, muss er erst durch zwei Türen hindurch. Du wirst viel schneller sein. Du öffnest die Tür zum Spielsaal, und am dritten Tisch wird Aschajew sitzen."

Auf dem Bildschirm fuhr die Kamera jäh auf einen leeren Stuhl am dritten Tisch.

„Du hältst dich nicht weiter auf. Feuerst ab. Am besten dreimal hintereinander. Und machst dich davon."

Die Kamera auf dem Bildschirm begleitete seine Worte mit einer rasanten Kehrtwende und einer holperigen Fahrt die Treppe hinunter und durch die Passage bis zur offenen Autotür.

„Guck dir das so oft an, wie du willst", sagte der Große Chef. „Das ist besser, als wenn du vor Ort wärst. Du kannst nichts falsch machen. Vom Aussteigen bis zum Einsteigen dauert die Aktion vier Minuten. Die einzige Verzögerung könnte eintreten, wenn der Wagen bei starkem Verkehr nicht sofort von dem Gebäude loskommt. Aber der Fahrer kennt sich aus, weshalb auch hier die Gefahr minimal ist."

„Und was ist, wenn die Zielperson ausnahmsweise nicht zum Schachspielen geht?", fragte Leon.

„Das würdest du im Flughafenimbiss erfahren. Wenn er zufällig nicht auftauchen sollte, wartest du einfach auf deinen Flug nach

Prag und kommst zurück. Die Aktion wird dann eine Woche später durchgeführt."

Der Große Chef spulte den Film zurück, und Leon setzte sich näher vor den Fernseher, um sich alles genau ansehen zu können. Er ließ die Kassette mehrmals durchlaufen. So auf dem Bildschirm sah tatsächlich alles einfach aus, fast wie in irgendeinem Spielfilm.

Bevor der Große Chef Leon wieder in der Stadt absetzte, sagte er ihm noch: „Ich verlasse mich darauf – und das erwähne ich nur deshalb, weil du noch nicht lange in der Firma bist –, dass du über das, was wir miteinander besprochen haben, mit niemandem reden wirst. Weder mit den Jungs, mit denen du das Zimmer teilst, noch mit Lucie noch mit Ludwik Abramowitsch, kurz, mit niemandem."

Leon fragte sich, was der Große Chef wohl über sein Verhältnis zu Lucie wusste, da er sie unter jenen genannt hatte, mit denen er über seinen Auftrag nicht reden durfte.

21.

Schachmatt durch den Bauern – die Durchführung

Das merkwürdige Gefühl, das Leon an jenem Mittwoch beschlich, machte sich zum ersten Mal am Amsterdamer Flughafen bemerkbar. Der Mann, der ihn dort erwartete, war Solowjow. Er schüttelte ihm die Hand und führte ihn ohne große Umschweife aus der Wartehalle zum Parkplatz. Er hatte den Wagen weit entfernt geparkt, und es nieselte leicht.

„Warte hier", sagte er, spannte einen Schirm auf, joggte zum Auto und verschwand dann mitsamt dem Wagen. Es dauerte eine Weile, bis er von der anderen Seite her auftauchte, vor Leon hielt und befahl: „Steig ein."

Sie umfuhren langsam den Parkplatz und blieben an einer Stelle für einen Moment stehen. Dort tauschten sie die Pässe aus. Leon gab ihm seinen Ausweis und das Rückflugticket nach Prag. Er erhielt von ihm den finnischen Pass auf den Namen Ujho Pekkala und das Flugticket nach Berlin. In dem Pass war ein Foto von ihm, das er nicht kannte.

„Kann sein, dass ich es etwas kompliziert mache", sagte Solowjow. „Aber ich wollte die Pässe nicht in der Halle tauschen. Da sind so viele Kameras, manche mit Daueraufzeichnung. Wegen der peruanischen Taschendiebe. Die landen morgens hier, fliegen dann weiter nach Frankfurt, Paris oder Rom, wo sie überall die Passagiere ausnehmen, und abends wieder nach Hause. Anscheinend lohnt es sich für sie. Und die Holländer haben hier eine Kamera neben die andere gepflanzt. Bringen tut es ihnen nicht viel. Es wäre aber nicht so nett, wenn sie irgendwo auf der Aufzeichnung sähen, wie wir Pässe austauschen."

Darauf setzte er Leon wieder am Eingang zur Flughafenhalle ab und kümmerte sich nicht mehr um ihn.

In Berlin trat am Übergang zur Wartehalle ein langhaariger junger Mann mit Ohrring auf Leon zu, den er nie im Leben gesehen hatte.

„Herr Ujho Pekkala?", fragte er zunächst auf Deutsch, dann auf Russisch.

„Ja."

„Ich erwarte Sie bereits, Herr Pekkala. Ich habe die Anweisung bekommen, Sie auf einen kleinen Imbiss einzuladen."

Und er geleitete ihn durch die Halle und dann über eine Treppe, bis sie etwas entdeckten, das überhaupt nicht wie eine Imbissbude aussah, eher wie ein kleines Restaurant oder Bistro. Sie hatten die Möglichkeit, sich an die Bar zu setzen oder an einen der Tische. Der Langhaarige wählte einen Tisch gleich neben der Bar. Leon bemerkte, dass er dabei eine unauffällige Geste in Richtung eines Mannes in Lederjacke machte, der an einem anderen Tisch saß und die gleiche Geste wiederholte.

Sie bestellten sich beide Schinken in Aspik, Leon ließ sich dazu ein Mineralwasser bringen und sein Begleiter einen doppelten Whisky.

Was dann folgte, war die schlimmste halbe Stunde. Leon wusste, dass er sich mit dem Typ am besten ein bisschen unterhalten sollte, um kein Lampenfieber zu bekommen, aber ihm fiel auf die Schnelle nichts ein. Außerdem störten ihn die langen Haare und der Ohrring. Kerle, die so einer Mode folgten, mochte er nicht besonders. Er fand sie verweichlicht. Allerdings war auch sein Begleiter nicht allzu gesprächig. Und so aßen sie mit beharrlichem

Schweigen ihren Schinken, der junge Mann trank seinen Whisky und Leon nippte an seinem Mineralwasser.

Es rettete sie die Kellnerin, die sie bediente.

„Steiler Zahn", bemerkte Leon.

„Stimmt. Obenrum ist sie zwar ein bisschen flach, aber einen hübsch geformten Po hat sie."

„Die Beine sind auch nicht schlecht."

Und so ging es weiter; sie erörterten ihr Äußeres wie zwei geifernde Greise, die nur noch große Töne spucken können. Die Kellnerin bemerkte ihre Blicke, spürte, dass sie über sie redeten, und ging wie auf glühenden Kohlen. Trotzdem schien ihr das Interesse an ihr nicht ganz unangenehm zu sein.

Das Klingeln des Handys befreite alle drei aus der Situation.

Der junge Mann holte es aus seiner Tasche, horchte erst einmal und wiederholte dann: „Ja, ich verstehe, Karlchen ist in die Schule gekommen."

Er klappte das Gerät zusammen und wandte sich an Leon: „Sie müssen nicht zufällig auf die Toilette, Herr Pekkala?"

„Und ob", sagte Leon, „wo ist das denn hier?"

Sein Gegenüber zeigte ihm die Richtung an. In dem Augenblick, in dem Leon sich erhob, um aufs Klo zu gehen, stand am anderen Tisch der Mann in der Lederjacke auf.

Im WC machte Leon tatsächlich an der Pissoirschüssel halt, um sich zu erleichtern. Der Mann in der Lederjacke stellte sich neben ihn und sagte: „Sobald Sie hiermit fertig sind, bringe ich Sie zum Auto, Herr Pekkala."

Sie verließen die Toilette durch eine andere Tür, die nicht in das Bistro von eben, sondern in ein größeres Restaurant führte. Rasch durchquerten sie Restaurant und Halle. Draußen hob der Mann in der Lederjacke die Hand, um dem Fahrer eines Autos ein Zeichen zu geben, das langsam an sie heranfuhr.

„Ihr Wagen", sagte er noch und fügte dann hinzu: „Hier an dieser Stelle werde ich Sie in einer Dreiviertelstunde wieder abholen."

Leon stieg ein. Er grüßte, doch der Fahrer antwortete nicht. Das Auto fuhr los und beschleunigte.

Auf dem Rücksitz fand Leon den Mantel, den Hut, eine dunkle Brille und die Pistole. Es war eine CZ 9 mm, wie er sie schon in Prag ausprobiert hatte. Er vergewisserte sich, dass das Magazin voll war, steckte Munition in den Lauf und sicherte die Waffe. Er zog sich den Mantel über, der ihm genau passte, setzte den Hut und die Brille auf. Das Lampenfieber, das ihn befallen hatte, als er mit dem Langhaarigen die Reize der Kellnerin durchnahm, hatte ihn wieder verlassen. Er wusste auf einmal, dass er Teil eines exakt funktionierenden Apparats war und ebenso exakt auch selbst funktionieren würde.

Als sie sich dem Einkaufscenter näherten, das er vom Bildschirm kannte, registrierte er, dass just an der Stelle, wo die Kamera zu filmen begonnen hatte, ein Auto aus der Reihe der parkenden Wagen ausscherte und ihnen so einen Platz freimachte. Er stieg aus, in der rechten Manteltasche hatte er die Pistole in der Hand. Im selben Augenblick, in dem er die Passage betrat, entsicherte er die Waffe in der Tasche. Es sah alles genauso aus wie auf dem Video. Es kam ihm vor, als sei er schon x-mal hier gewesen.

Er ging an der Tür des Kosmetiksalons vorüber, dann am Kinoeingang, vor dem ein Häufchen Jugendlicher herumlungerte. Er lief weiter durch die Passage und blieb kurz darauf vor dem marmorverkleideten Portal stehen. Alles war ihm auf unglaubliche Weise vertraut. Er trat ungestört hindurch. Sah sich in den Spiegeln. Mit dem Hut und der dunklen Brille war er sich beinahe fremd. Er sah aus wie ein Agent aus dem Fernsehen. Er stieg die Treppe hinauf, erreichte den Absatz und sah bereits die Bude des Pförtners. Noch ein paar Stufen, und auf der rechten Seite befand sich die Tür zum

Spielsaal. Er stieß sie auf und blieb auf der Schwelle stehen. Flüchtig nahm er wahr, dass der Pförtner ihm aus seiner Loge zuwinkte und etwas sagte oder vielleicht auch rief.

Er schenkte ihm keine Beachtung. Mit einem einzigen Blick erfasste er den Raum. Am dritten Tisch saß tatsächlich der Mann mit dem Schnurrbart, den er von den Fotos kannte. Er registrierte noch, dass der Mann den Kopf hob, zur Tür sah und dabei in der rechten Hand einen Läufer hielt, mit dem er seinen Zug machen wollte. In dem Augenblick zog Leon die Hand mit der Pistole aus der Manteltasche und drückte rasch dreimal hintereinander ab. Er hatte den Eindruck, aber vielleicht war es nur Einbildung, dass er zwischen den Schüssen die Schachfiguren fallen hörte und das Geräusch, wie sie über den Boden rollten.

Aschajew sackte in sich zusammen, in den Kopf getroffen. Leon sah noch einmal in die Richtung, um sicherzugehen, dass er auch wirklich gut geschossen hatte, und plötzlich traf sein Blick den der Frau, die neben den Schachspielern saß. Es war Galina. Er war sich ganz sicher, auch wenn sie ein teures Kleid aus einem schimmernden Stoff trug. In der Sekunde, in der sich ihre Blicke trafen, machte sie eine überraschte Bewegung mit der Hand, als habe auch sie ihn erkannt.

Er wartete nicht ab. Flüchtete die Treppe hinunter. Er bemerkte nicht einmal, dass hinter ihm zwei von Aschajews Bodyguards losgelaufen waren.

Er rannte durch die Passage, kam am Kinoeingang vorbei, stieß mit ein paar Leuten zusammen und sprang dann in die offene Autotür. Der Wagen fuhr augenblicklich los und reihte sich in den Strom des Verkehrs.

Leon hatte die Brille, den Mantel, den Hut und die Pistole gerade rechtzeitig abgelegt, als der Fahrer den Wagen an die Seite eines parkenden Taxis lenkte.

„Lassen Sie alles hier", richtete er in gebrochenem Russisch zum ersten Mal das Wort an ihn, seit Leon am Flughafen eingestiegen war, „und wechseln Sie in das Taxi hinüber."

Kaum war Leon ausgestiegen, fuhr der Wagen mit den Requisiten davon, und gleich darauf brachte ihn das Taxi an den Flughafen.

Dort wurde er schon von dem Mann in Lederjacke erwartet, der ihn durch das Restaurant zu den Toiletten geleitete, und von dort kehrte er allein in das Bistro an den Tisch zurück, an dem sich der langhaarige junge Mann langweilte.

„Ich weiß nicht, was die mir auf dem Flug serviert haben", entschuldigte sich Leon ganz überflüssigerweise für seine lange Abwesenheit, denn mit größter Wahrscheinlichkeit war sein Fernbleiben von niemandem bemerkt worden. „Mir ist ganz übel, ich musste reihern und reihern."

„Das schreit nach einem Whisky", sinnierte der junge Mann wie einstudiert. „Der reinigt die Eingeweide."

Er winkte der Kellnerin zu und bestellte laut vernehmlich: „Zwei Whiskys, meine Schöne. Und zur Sicherheit doppelte. Der Kollege hier fühlt sich nicht gut."

Dann beugte er sich zu Leon vor und fragte leise: „Alles in Ordnung?"

„In bester Ordnung", bestätigte Leon.

Der junge Mann tippte eine Nummer in sein Handy und sprach dann hinein: „Guten Tag, Herr Hammerschmied. Ich wollte Ihnen nur mitteilen, dass wir die Ware heute fast nach Bestellung abgeliefert haben … Das wissen Sie schon? … Gut … Richte ich aus."

„Sie wissen es bereits. Und bedanken sich. Anscheinend war es perfekt."

Die Kellnerin stellte den georderten Whisky vor ihnen ab. Sie lächelte kokett und sagte: „Wohl bekomm's."

Sie konnte nicht wissen, dass sie es nicht mehr nötig hatten, sich über ihre körperlichen Reize zu unterhalten.

„Ich finde“, schlug Leon vor, „wir sollten auf die Firma anstoßen.“

„Gut, wenn Sie meinen auf die Firma, dann auf die Firma“, stimmte der Langhaarige zu und sie stießen an.

Bis es Zeit wurde, dass Herr Pekkala in die Maschine nach Amsterdam stieg, hatten sie noch zwei weitere Doppelte gekippt. Deshalb war Leon immer noch etwas benebelt, als er nach seinem Anschlussflug in Ruzyně aus dem Flugzeug stieg. Durch die Passkontrolle kam er dennoch ohne Probleme.

Der Große Chef selbst erwartete ihn. Nicht einmal der Schweigsame begleitete ihn.

Er fragte nur: „Hat alles geklappt?“

„Ja.“

„Wie ist es gelaufen?“

„Genau nach Plan.“

Der Große Chef fuhr ihn fast bis zum *Zlatý beránek*. Unterwegs erkundigte er sich nach Einzelheiten, doch Leon wusste ihm nicht viel mehr zu sagen, als was er bereits mit seinem Eingangssatz gesagt hatte – dass sich alles genau nach Plan abgespielt hatte. Eine Straße vom *Zlatý beránek* entfernt hielten sie an. Der Große Chef nahm von Leon den finnischen Pass auf den Namen Ujho Pekkala entgegen. Er zerriss ihn sofort in zwei Hälften, zog die Fotografie heraus und schenkte sie Leon.

„Voilà, Ujho Pekkala starb ebenso schnell, wie er geboren wurde. Diese Reste hier werde ich zu Hause verbrennen. Und was dich betrifft, du warst heute in Amsterdam und bist noch am selben Nachmittag zurückgekehrt. In Berlin bist du nie gewesen. Höchstens mal mit dem Finger auf der Landkarte.“

Lucie hatte gleich am Morgen das Gefühl gehabt, in diesem Mittwoch sei der Wurm drin. Es kam ihr vor, als sei nichts, wie es sein sollte. Vielleicht deshalb, weil der Große Chef den ganzen Vormittag lang nichts von ihr wollte und sich überhaupt sonderbar verhielt. Er hatte hinter seinem Tisch gesessen, das Kinn aufgestützt und wortlos vor sich hingestarrt. Bald nach dem Mittagessen war er verschwunden und hatte ihr nicht einmal gesagt, wohin er ging.

Der Schweigsame wiederum trieb sich den ganzen Vormittag über irgendwo herum, und als er auftauchte, ließ er sich nur in den Sessel fallen und schwieg ganz nach seiner Gewohnheit. Von all dem Schweigen platzte ihr fast der Kopf. Um es nicht so weit kommen zu lassen, schaltete sie den Computer aus, schloss die Tischschublade ab, nahm ihre Handtasche und eilte mit der Bemerkung, sie müsse etwas erledigen, aus dem Büro.

Als sie dann am Maltézské náměstí ihr Auto geparkt hatte, stellte sie fest, dass sie gar nicht nach Hause wollte. Stattdessen überquerte sie die Brücke und ließ sich durch die Straßen treiben. Auch dort regte sie alles auf. Die Leute, die Standverkäufer, die Touristenmassen, die Hundehaufen auf den Gehsteigen, die Autos und die von zwei Pferden gezogenen Sightseeing-Kutschen, all dies war für sie nur Ausdruck der Absurdität des Lebens.

Normalerweise machte es ihr Spaß, durch Geschäfte und kleine Boutiquen zu ziehen und die ausgestellten Waren anzugucken. Besonders Antiquitäten hatten es ihr angetan, und sie konnte Stunden damit zubringen, solche Läden zu betreten und die niedlichen, wenn auch fürs Leben entbehrlichen kleinen Sächelchen zu bestaunen, die dort verkauft wurden. Doch diesmal konnten nicht einmal die ihre Aufmerksamkeit fesseln.

In der Nähe der Havelská kehrte sie in ein kleines Bistro ein. Sie suchte sich einen freien Platz, bestellte sich ein Glas Weißwein und versuchte ihre Gedanken und Gefühle zu ordnen, während sie langsam daran nippte.

Der Große Chef hat nichts von dir gewollt, überlegte sie, der Schweigsame hat geschwiegen, und plötzlich hattest du nichts zu tun. Bist aus dem sonstigen Trubel herausgefallen, was ein Gefühl von Leere in dir verursacht hat. Deshalb bist du so hundsnervös und streunst ziellos durch die Stadt.

Du solltest ein bisschen klüger sein, spann sie ihre Überlegungen weiter, und statt rastlos durch die Straßen zu hetzen, wo dich doch nur alles nervt, froh sein über ein paar freie Stunden, sie genießen und in einen Augenblick des Glücks verwandeln. Mach dich nicht grundlos verrückt, liebe Lucie, das hat überhaupt keinen Sinn, nimm deinen Verstand zusammen und überleg dir, was dir jetzt gerade guttun würde.

Und als sie mit ihren Reflexionen so weit gekommen war, beschloss sie, am besten würde ihr jetzt tun, wenn sie nach Hause ginge und ein heißes Bad nähme.

Und tatsächlich hatte das Bad eine wohltuende Wirkung.

Es war nach vier, als ihr einfiel, dass Leon um die Zeit schon im Restaurant sein musste und sie ihn dort anrufen könnte.

Sie wählte die Nummer.

Oskar meldete sich.

„Leon ist nicht hier. Ich vertrete ihn heute."

„Wieso das?"

„Der Große Chef hat ihn doch gebraucht. Jedenfalls hat das der Kleine Chef erzählt."

Nun war es wieder vorbei mit der Ruhe. Die Fragen schwirrten ihr nur so durch den Kopf: Wohin der Große Chef nach dem Essen eigentlich gegangen war, wofür er Leon brauchte und weshalb sie davon nichts wusste. Schon seit Karpows Besuch hatte sie das Gefühl, dass er ihr etwas verschwieg. Sie hatte sich mit Gleichgültigkeit dagegen gewappnet. Doch jetzt, da sie wusste, dass auch Leon damit zu tun hatte, war ihr Schutzmechanismus nichts mehr wert. Die Demonstration seiner Schießkünste hatte sicher nicht nur stattgefunden, um den Großen Chef davon zu überzeugen, dass Leon nicht geschwindelt hatte, als er behauptete, er sei der beste Schütze seiner Division gewesen.

Nur mit dem Bademantel bekleidet, lief sie durch die Wohnung, nahm einzelne Gegenstände in die Hand und legte sie wieder ab, bis ihr in den Sinn kam, dass dieses Herumwandern nichts brachte und sie sich lieber anziehen und ins Büro zurückkehren sollte, wo sie am ehesten erfahren würde, was da eigentlich vor sich ging.

Gerade als sie sich fertig angezogen hatte und mit dem Schminken begann, kratzte ein Schlüssel im Schloss der Wohnungstür.

„Hallo, Liebling", dröhnte Leons Stimme von der Tür her.

„Gott sei Dank", rief sie aus und stürzte auf ihn zu, „wo bist du nur gewesen?"

„Wo soll ich gewesen sein?", entgegnete er ruhig. „In Amsterdam."

„In Amsterdam?"

„Ja, in Amsterdam."

Sie sah ihn an, als wäre er gerade einem Ufo entstiegen.

„Warum in Amsterdam? Was hast du da gemacht? So plötzlich. In Amsterdam …"

„Der Chef hat mich dorthin geschickt. Mit einem Umschlag für Solowjow. Ich bin hingeflogen und direkt wieder zurück."

„Für Solowjow?" Auf ihrer Stirn bildeten sich Falten, während sie angestrengt überlegte, was das gewesen sein könnte. Ihr fiel nichts ein, trotzdem fügte sie etwas ruhiger hinzu: „Du hättest mich anrufen sollen, dass du dort hinfliegst. Ich hatte fast einen

Herzkasper, als ich hörte, dass Oskar an deiner Stelle Dienst macht, und ich nicht wusste, wo du bist.“

„Es ging nicht. Es war eine kurzfristige Aktion. Außerdem dachte ich, dass der Große Chef es dir erzählt.“

Und damit war für ihn die Sache erledigt. Es war ihm gelungen, den Schwarzen Peter dem Großen Chef zuzuschieben, er wurde nicht mehr weiter verhört und konnte wieder der schmachtende Liebhaber sein.

„Warte, warte“, wehrte sie ihn ab, „ich habe von der ganzen Aufregung Hunger bekommen. Wir müssen erst einmal etwas essen.“

Und während sie zu Abend aßen, gaben sie sich dem belanglosen Geplapper von Turteltäubchen hin.

Später, nach dem Liebemachen, als Lucie eingeschlafen war und Leon ihrem regelmäßigen Atem lauschte, begann vor seinem geistigen Auge der Film des zurückliegenden Tages abzulaufen. Und plötzlich, während Lucie so friedlich neben ihm schlief, ging ihm zum ersten Mal auf, dass das, was er heute getan hatte, ein Mord war.

Aschajew war nicht der erste Mensch, den er umgebracht hatte. Aber die vorigen hatte er im Kampf getötet. Wenn man das so sagen konnte. Diesen hier aber hatte er fast wie auf dem Schießübungsplatz abgeknallt. Als gelte es nicht einen Menschen, sondern eine sitzende Pappfigur zu treffen. Und er hatte gut getroffen.

Mord.

Er wendete das Wort hin und her, und es wollte ihm nicht schmecken. Er nahm es als farb-, geschmack- und geruchlos wahr. Er war weder entsetzt noch verärgert, noch war er zufrieden. Er wusste gut, dass er bei der ganzen Sache keine bedeutendere Rolle gespielt hatte als der Schlagbolzen der Pistole, der auf die Zündkapsel der Patrone traf. Er war nur ein kleines Rädchen in einer perfekt geölten Maschine. Wie das Männchen, das sich vor dem Dämchen verbeugte und mit ihm tanzte. Den Schlüssel aufgezogen, die Feder gespannt und losgelassen hatte jemand anders.

Eine merkwürdige Empfindung beschlich ihn, die ihn ratlos machte. Karl Marx hatte es Entfremdung genannt.

22.

Die Tage danach

Am nächsten Tag, kurz nach zehn, klingelte im Büro von Argopag an der Libeňer Brücke das Telefon.

Lucie nahm ab.

„Guten Tag, hier Argopag", flötete sie freundlich wie immer.

„Hier Karpow. Hast du den Chef da?", bellte es ihr aus dem Hörer entgegen.

„Ich reiche weiter", sagte sie, übergab dem Großen Chef das Gerät, wobei sie noch kurz die Sprechmuschel zuhielt und flüsterte: „Es ist Karpow."

„Tschernjew", meldete sich der Große Chef.

„Grüß dich, Boris Nikolajewitsch", dröhnte Karpow irgendwo in Zürich. „Du weißt gar nicht, wie es mich freut, deine Stimme zu hören. Da du mich ja nicht anrufst, muss ich es wohl selbst tun. Hier ist ein herrlicher Tag, seit heute Morgen scheint die Sonne. Sie haben im Fernsehen zwar Bewölkung angekündigt, aber die Wolken haben sich aufgelöst, und jetzt ist es hier so schön, dass wir den Nachmittagstee sicher im Garten trinken. Und wie ist es bei euch? Kann man da auch mit dem Tee in den Garten?"

„So schön ist es hier nicht", meinte der Große Chef bedächtig, „aber ich kann mich nicht beschweren, das Wetter entspricht im Großen und Ganzen der Jahreszeit. Im Übrigen haben wir den Nachmittagstee hier noch nicht eingeführt."

„Das ist ein Fehler, lieber Freund", dröhnte Karpow jovial weiter, „Tee am Nachmittag tut sehr gut, kann ich dir heiß empfehlen. Ich muss dir noch was erzählen, was dich interessieren wird. Gestern habe ich mich durch alle möglichen Satellitenkanäle gezappt, und dabei bin ich doch zufällig in einer Sendung gelandet – schade, dass ich nicht mehr weiß, auf welchem Kanal –, wo so ein Prager Sänger aufgetreten ist, ich weiß nicht mehr, ob in Berlin oder anderswo in Deutschland. Hat mir sehr gefallen. Die ganze Familie ist zusammengekommen, und alle fanden es toll. Und vor lauter Begeisterung konnte sich keiner von uns mehr erinnern, wie dieser Sänger heißt. Du weißt es nicht zufällig? Na, wie sollst du es wissen, wenn ich mich noch nicht mal an den Kanal erinnere. Aber falls du es weißt, würde ich ihm gern ausrichten lassen, dass es uns allen sehr gefallen hat. Aber wenn du es nicht weißt, dann halt nicht."

„Leider nicht. Ich kriege nur vier der hiesigen Programme, von den Satellitensendern bekomme ich nichts mit", antwortete der Chef. „Außerdem kenne ich mich mit der Prager Popmusik nicht besonders gut aus."

„Na ja, macht nichts. Aber eine Satellitenschüssel solltest du dir anschaffen. Manchmal gibt es da wirklich ausgezeichnete Sachen", fuhr Karpow in seinem jovialen Tonfall fort. „Aber entschuldige, dass ich dich mit so blödem Geschwätz übers Fernsehen aufhalte. Das ist einfach nur, weil wir es wirklich unheimlich gut fanden. Weshalb ich dich eigentlich anrufe? Ich habe ein blödes Gefühl dir gegenüber. Schlechtes Gewissen. Weißt du, weil wir dich nicht zum letzten Gremium eingeladen hatten."

„Schon gut", unterbrach ihn der Große Chef, „dafür hast du dich doch längst entschuldigt."

„Ich weiß, habe ich, habe ich, aber es wurmt mich dennoch. Und du sollst wissen, dass es mich wurmt. Und jetzt noch mehr. Heute Morgen bin ich aufgestanden, hab mir diesen schönen blauen Himmel über Zürich angeguckt und mir sofort gesagt, du treuloser Kerl, du musst gleich heute Boris Nikolajewitsch anrufen und dich wegen dem letzten Gremium entschuldigen. Das war ein furchtbares Missverständnis. Eine Fehleinschätzung! Ich entschuldige mich, ich entschuldige mich und streue mir Asche aufs Haupt. Verzeih mir, Boris Nikolajewitsch. Bitte, verzeih mir!"

„Ich habe es längst verziehen und vergessen."

„Da bin ich froh, das macht mich glücklich, denn jetzt können auch mein Herz und meine Seele so rein und wolkenlos sein wie dieser Himmel über Zürich. Wenn du es wirklich vergessen hast, dann danke ich dir sehr, ich grüße dich und wünsche dir einen schönen Tag."

„Was wollte er?", fragte Lucie, als der Große Chef den Hörer aufgelegt hatte und sich das Ohr rieb.

„Er hat mir erzählt, dass in Zürich schönes Wetter ist und dass er im Kabelfernsehen irgendeinen Prager Sänger gesehen hat, der ihm gefallen hat, aber offensichtlich hat er vor allem angerufen, um sich dafür zu entschuldigen, dass sie mich letztens nicht zum Gremium eingeladen haben", antwortete der Große Chef und grinste zufrieden.

Er hatte guten Grund, zufrieden zu sein. Er kam zwar nicht gerade auf die Idee, sofort Leon aufzusuchen und ihm zu gratulieren, wie schön er in Berlin gesungen hatte. Aber er wusste, dass die ganze Familie seine Aktion mit Genugtuung aufgenommen hatte und das alte Misstrauen ausgeräumt war.

Lucie fragte nicht weiter nach, aber die Sache kam ihr spanisch vor. Sie konnte nicht glauben, dass der Boss der Bosse sich wegen solcher Kinkerlitzchen so lange mit dem Großen Chef unterhielt. Doch sie war lange genug bei der Firma, um zu begreifen, dass der Inhalt des Telefonats sie ganz offenkundig nichts anging.

Das war am Donnerstag.

Am Freitagmorgen erschien sie verspätet zur Arbeit. Normalerweise kam sie als Erste und schloss das Büro auf. Diesmal war sie die Letzte, und der Große Chef zeigte dem Schweigsamen gerade etwas auf dem Prager Stadtplan, als sie mit den Armen voller Zeitungen in der Tür erschien.

„Aschajew ist tot", verkündete sie anstelle eines Guten Morgen. „Er ist vorgestern in Berlin erschossen worden."

Der Große Chef sah zu ihr auf und sagte trocken: „Ich weiß."

„Woher weißt du es?"

„Ich lese ebenfalls Zeitung und vor allem: Ich höre die Morgennachrichten im Radio."

„Dann entschuldige, ich dachte, ich bereite euch wer weiß was für eine Überraschung. Ich habe sämtliche Zeitungen gekauft, aber nur in dreien steht etwas darüber. Am meisten im *Blesk*, die *Lidové Noviny* haben nur eine kleine Notiz gebracht und die *Mladá Fronta* eine Kurznachricht."

Sie hatte den Tisch erreicht, legte den Packen Zeitungen darauf ab und behielt nur das Boulevardblatt *Blesk* in der Hand.

„Die haben es als Sensationsmeldung gebracht, unten auf der ersten Seite", sagte sie und reichte das Blatt dem Großen Chef.

Der Artikel über Aschajews Tod wurde von einer fetten Schlagzeile eröffnet und nahm fast die ganze untere Hälfte der Frontseite ein. Auf einer begleitenden Fotografie war ein Schachtisch mit einem umgeworfenen Stuhl zu sehen. Der Große Chef setzte sich auf den Tisch, ließ die Beine baumeln und begann zu lesen.

In dem Artikel stand:

Chef russischer Mafia in Berlin ermordet

BERLIN (hrs/ČTK/rsk) – Vergangenen Mittwochnachmittag ist in einem Schachklub in der Berliner Konrad-Adenauer-Straße der Hotelier und Restaurantbetreiber Sergej M. Aschajew erschossen worden, der von der Polizei als Kopf eines der russischen Mafiazweige gesehen wird. Ein Mann mit dunkler Brille war unvermittelt in den Club eingedrungen und streckte Aschajew mit drei Schüssen am Ort nieder. Der Mann flüchtete und verschwand in einem blauen Ford, nach dem die Polizei derzeit intensiv fahndet. Nach vertraulichen Informationen, die unser Berliner Korrespondent aus BND-nahen Kreisen erhielt (BND – Bundesnachrichtendienst, Anm. d. Red.), sei Aschajew lediglich ein Deckname des ermordeten Mafioso gewesen. Mit großer Wahrscheinlichkeit verberge sich hinter diesem Namen Wasilij A. Owsejewskij, ehemals hoher KGB-Funktionär, der für die Koordination aller osteuropäischen Geheimdienstaktivitäten im Westen zuständig war. Owsejewskij soll auch eine von drei Personen gewesen sein, die Zugang zu dem Konto hatten, über das diese Tätigkeiten finanziert wurden. Demnach hätte er über beträchtliche Geldmittel verfügt.

Die Berliner Polizei geht hingegen davon aus, dass mit der Ermordung Aschajews offene Rechnungen zwischen einzelnen russischen Mafia-Clans beglichen werden sollten, bei denen es vor allem um eine Neuaufteilung der Territorien gehe. Außer drei leeren Patronenhülsen hat der Täter keine Spuren am Tatort hinterlassen. Die Lebensgefährtin des Ermordeten, Galina N. D., gibt an, sie habe nicht die geringste Vorstellung, weshalb ihr Partner umgebracht worden sei. Aus der professionellen Durchführung der Tat schließt die Berliner Polizei, dass der Täter sich nicht mehr auf bundesrepublikanischem Boden aufhalte. Möglicherweise wird etwas mehr Licht in diese finstere Angelegenheit kommen, wenn die Vermögensverhältnisse des Ermordeten geklärt werden. Vorausgesetzt, dass sich hinter dem Namen Aschajew tatsächlich Wasilij A. Owsejewskij verbergen sollte, der Herrscher über die riesigen Konten des ehemaligen KGB.

Für den tschechischen Leser ist der Fall insofern von Interesse, als Aschajew vermutlich drei Jahre lang in Prag gewirkt hat, bevor er nach Berlin umsiedelte. Laut unbestätigten Informationen aus unabhängigen Quellen war der Ermordete schon während des kommunistischen Regimes in Prag aktiv. Das würde den Verdacht des BND hinsichtlich der Identität mit W. A. Owsejewskij bestärken.

Nach Auffassung unserer Zeitung lässt sich auch ein Zusammenhang mit dem jüngsten Schusswechsel auf dem Wenzelsplatz nicht ausschließen. Der Sprecher der tschechischen Polizei wies jedoch auf unsere telefonische Anfrage jeglichen Zusammenhang zwischen diesen beiden Begebenheiten kategorisch zurück.

Als der Große Chef zu Ende gelesen hatte, warf er die Zeitung mit verächtlicher Geste beiseite.

„Was passt dir denn nicht?“, fragte Lucie.

„Außer der Tatsache seiner Ermordung, die wohl stimmt, ist alles Übrige nur Hirngespinst und Geschwätz. Ich bitte dich, so ein Unsinn, dass Aschajew Owsejewskij gewesen sein soll. Ich weiß nicht, wie die beim BND auf so was kommen. Entweder sind das dort totale Idioten, oder sie setzen es als gezielte Desinformation in die Welt. Aber dann verstehe ich wiederum nicht, weshalb. Owsejewskij wird doch nicht so blöd sein, sich wie ein braver Schüler zu melden und zu rufen: Aber das ist ein Irrtum, meine Herren, Aschajew war nicht Owsejewskij, Owsejewskij bin ich! Als Desinformation ergibt es also keinen Sinn, und als Information ist es Humbug. Und dann die Sache mit der Schießerei auf dem Wenzelsplatz. Jeder, der sich auch nur ein bisschen dafür interessiert, weiß, dass sich da Albaner und Tschetschenen gegenseitig bekriegen und kein einziger Russe damit zu tun hat. – Aber lassen wir das“, er winkte mit der Hand ab, „ich rege mich sonst nur auf.“

„Für uns ist es jetzt doch eine Erleichterung, wenn Aschajew tot ist“, meinte Lucie.

„Ja und nein …“, erwiderte er mit skeptischer Miene. „Seine Gespielin, diese Galina, ist ein rechtes Aas, wie ich gehört habe. Sie könnte uns am Ende mehr einheizen als er. Ihn kannten wir, und wir wussten, was wir von ihm zu erwarten hatten. Sie können wir nicht einschätzen.“

„Mich würde wirklich interessieren, wer hinter der Sache steckt.“

„Mich auch, aber das werden wir hier nicht herauskriegen, wenn schon die Berliner Polizei ratlos ist. Mit drei leeren Patronenhülsen findet man keinen Mörder. Es sei denn, es war so ein Dummkopf, der seine Fingerabdrücke drauf hinterlassen hat. Aber das war er allem Anschein nach nicht.“

Der Große Chef hatte es auf eine Art gesagt, die Lucie aufhorchen ließ. Als wisse er, dass der Mörder keine Fingerabdrücke auf den Patronen hinterlassen hatte. Oder als sei er froh, dass er dort keine Fingerabdrücke hinterlassen hatte.

Sie nahm wieder den *Blesk* in die Hand, betrachtete den Artikel und ihr Blick fiel zufällig auf eine Zeile, die sie bisher nicht weiter interessiert hatte: *Vergangenen Mittwochnachmittag …*

Vergangenen Mittwochnachmittag, wiederholte sie im Stillen für sich. Am Mittwochnachmittag war der Große Chef wer weiß wo, am Mittwochnachmittag war Leon in Amsterdam, am Mittwochnachmittag bin ich hier durch die Straßen geirrt, und am Mittwochnachmittag hat jemand in Berlin Aschajew erschossen.

Sie setzte sich auf ihren Bürostuhl und schaltete wortlos den Computer ein.

„Ist irgendetwas?“, fragte der Große Chef.

„Nein“, antwortete sie, „aber du hast recht. Wir werden hier nicht herauskriegen, wer dahintersteckt. Das ist auch nicht unsere Aufgabe.“

„Denkst du nicht, dass er sich das mit seinem Verhalten selbst eingebrockt hat?“

„Vielleicht hat er das. Aber woher nimmst du die Gewissheit, dass nicht morgen oder übermorgen, wenn du unten aus dem Gebäude kommst und zu deinem parkenden Wagen gehst, irgendeiner auf dich schießt und, ehe es noch jemand wahrgenommen hat, mit dem Auto davonbraust? Und dass es dann nicht heißt: Das hat er sich selbst eingebrockt.“

„Diese Gewissheit habe ich natürlich nicht“, räumte der Große Chef ein. „Theoretisch ist es möglich. Praktisch beinahe ausgeschlossen.“

„Glaubst du?“

„Ich weiß es.“

„Woher weißt du das? Du kannst es dir vielleicht einreden, aber du kannst es nicht wissen, denn so eine Gewissheit gibt es nicht. Sie ist ziemlich fragil.“

„Ich sage dir, ich weiß es. Gib mir ein Jahr und einen Tag, und du wirst sehen, dass ich es dir beweise.“

„Ein Jahr und einen Tag?“ Sie zog die Augenbrauen hoch. „Das klingt ja fast wie Kozinas ‚Lomikar, Lomikar, binnen Jahr und Tag‘ …“

„Das kenne ich nicht. Aber in einem Jahr und einem Tag werden wir uns darüber unterhalten können. Falls es dich dann noch interessiert.“

Und damit beendeten sie das Thema Aschajew.

Trotzdem schwirrten weiterhin die Worte *vergangenen Mittwochnachmittag …* in Lucies Kopf.

Sie konnte diese Zeile nicht loswerden. Sie verfolgte sie noch auf dem Heimweg. Und abermals wiederholte sie für sich: Der Große Chef ist irgendwohin verschwunden, der Schweigsame saß wie eine Statue im Sessel. Leon war in Amsterdam, ich bin durch die Stadt getigert, in Berlin hat jemand Aschajew erschossen ... Sie konnte keinen direkten Zusammenhang sehen, und doch flüsterte ihre Intuition oder das Unterbewusstsein oder der sechste Sinn oder was immer es ist, was der Mensch da besitzt, ohne es genauer zu kennen, flüsterte dieses Etwas ihr zu, dass es sehr wohl einen Zusammenhang gebe.

Am Ende hielt sie es nicht mehr aus und tat etwas, was sie gewöhnlich nicht tat und was sie sonst als groben Schnitzer betrachtet hätte, da sie ihre Liebe immer noch geheim hielten. Sie fuhr zum *Zlatý beránek*, setzte sich ins Restaurant und bestellte sich ein Abendessen.

Sie aß bereits, als Leon endlich herbeigeschlendert kam und neben ihrem Tisch stehen blieb.

„Aschajew ist ermordet worden“, sagte sie leise.

„Ich weiß, die Jungs haben auf dem Zimmer davon gesprochen. Sie haben sich gefreut. Mir ist das piepe, ich kannte ihn ja nicht.“

Es war gleichgültig dahingesagt, und auch Leons Gesicht blieb ausdruckslos.

„Leon, sag mir die Wahrheit“, bat sie drängend, „bist du am Mittwoch wirklich nur in Amsterdam gewesen?“

„Wo soll ich sonst gewesen sein? Wenn du mir nicht glaubst, kann ich dir den Ausweis zeigen. Ich habe vier Stempel bekommen.“

„Gott sei Dank, Gott sei Dank“, stieß sie aus. „Leon, du weißt ja nicht, was für eine Angst ich hatte. Etwas hat mir gesagt, du könntest da hineinverwickelt sein. Leon, ich möchte dich nicht verlieren ... Weißt du was, geh jetzt ... Geh jetzt schnell weg, und dann, heute Nacht, komm ... Ich habe mir so schreckliche Sorgen gemacht ...“

Er schaukelte im professionellen Gang des Rausschmeißers davon, den er sich schon länger abgeguckt hatte.

Sie machte sich bewusst, dass ihre Wangen nass waren. Holte ein Taschentuch aus ihrer Handtasche und gab vor, sich die Nase zu putzen, während sie sich die Tränen der Erleichterung aus dem Gesicht wischte.

23.

Verbündete duzen sich

Das Haus Nr. 26 in der Ročovská-Straße des Stadtteils Vinohrady, auch bekannt als Hotel *Zlatý beránek*, war zu Beginn des 20. Jahrhunderts von dem Prager Hotelier Václav Řezníček errichtet worden. Schon sein Erbauer hatte es als Freudenhaus geplant. Nach sechs erfolgreichen Betriebsjahren geriet der Eigentümer allerdings in finanzielle Schwierigkeiten. Er verkaufte das *Zlatý beránek* an den jüdischen Unternehmer Otto Steiner, der sich mit dem Kauf mächtig verschuldete. Anders als Herr Řezníček hatte er jedoch Glück. Hatte Řezníček die Wirtschaftsrezession in den Ruin getrieben, half Steiner der Erste Weltkrieg. Das *Zlatý beránek* – oder auch *Goldenes Lamm* – mit seinen ausgesuchten Damen wurde zu einem Treffpunkt, an dem sich die österreichischen Offiziere die letzten Tage vor dem Abmarsch an die Front versüßten. Der Wert des Geldes fiel, und nach zwei Jahren war Otto Steiner schuldenfrei.

Irgendwann während des Krieges übertrug er den Betrieb auf seine Tochter Hana, verheiratete Kleinová. Nach Entstehen der Republik wurde die institutionalisierte Prostitution, mithin das Betreiben von Bordellen gesetzlich verboten, doch gelang es Hana Kleinová geschickt, das Gesetz zu umgehen. Das Unternehmen fungierte weiterhin als Doppelinstitution, in der Art kommunizierender Röhren. Das Hotel wurde von Ehemann Hugo Klein geleitet, die Weinstube und die Bar samt weiblicher Betreuung von Hana. Beide Betriebe waren unabhängig voneinander, arbeiteten jedoch eng zusammen.

Leider unterlief den Betreibern im Jahr 1938 in Unternehmensführung und Privatleben ein dummer Fehler. Die Familie Steiner-Klein, die einschließlich der Kinder neun Personen zählte, emigrierte nicht rechtzeitig, und anschließend war es nicht mehr möglich. Der alte Otto Steiner, der das politische Geschehen verfolgte, vermutete, dass die Nationalsozialisten in Böhmen, ähnlich wie in Österreich, zuallererst den reichen Juden zusetzen würden. Aus dieser Erkenntnis entstand eine Idee, die schicksalhaft für die Familie werden sollte. Die Steiners und Kleins bekamen die Post üblicherweise von einem jungen Briefträger namens Václav Šust gebracht. Der alte Herr pflegte schon seit Längerem einen freundschaftlichen Umgang mit ihm. Weswegen Otto Steiner eines Tages, als Václav Šust wieder Briefe und Zeitungen ablieferte, ihn beiseitenahm und zu ihm sagte: „Hören Sie mal, Herr Šust, was würden Sie dazu sagen, wenn meine Tochter und mein Schwiegersohn Ihnen das *Zlatý beránek* verkauften?"

„Herr Steiner, machen Sie keine Witze mit mir", antwortete ihm der Briefträger, „woher soll denn ein einfacher Postler wie ich das Geld dafür nehmen?"

„Sie brauchen kein Geld", sagte Otto Steiner. „Sie bekommen es umsonst. Es reicht, wenn Sie mir unterschreiben, dass Sie das Hotel nach dem Krieg, wenn diese deutsche Saubande weg ist, Hana und ihrem Mann zurückgeben oder – falls ihnen etwas zustoßen sollte – gegebenenfalls ihren Kindern. Was Sie während dieser Zeit erwirtschaften, verbleibt Ihnen. Ich denke, das ist ein recht gutes Geschäft, was ich Ihnen da anbiete."

Der alte Steiner hatte sich zuvor wochenlang mit Doktor Levy beraten, dem gewieftesten Anwalt, den er kannte. Václav Šust erbat sich zwei kurze Tage Bedenkzeit. Dann wurden sie sich einig.

Doktor Levy setzte den Vertrag auf. Auf dessen Grundlage wurde vereinbart, dass der Briefträger Šust den Eheleuten Hana und

Hugo Klein das Hotel *Zlatý beránek* inklusive Grundstück für fünfzehn Millionen abkaufte. Die Transaktion wurde beurkundet und ins Grundbuch eingetragen.

Auf ähnliche Weise stieß die Familie ihre Villa im Hanspaulka-Viertel ab und bereitete sich darauf vor, die schlechten Zeiten in einer kleinen Baracke in Kobylisy zu überdauern, wo der junge Steiner einst seine Prager Geschäfte begonnen hatte.

Doktor Levy hatte alles ziemlich perfekt durchdacht. Nur blickte er nicht in die Seele des Briefträgers, nunmehr Hotelier Šust. Dieser sprach zwar nicht besonders gut Deutsch, doch immerhin so viel, dass er die Gestapo auf die jüdische Familie Steiner-Klein aufmerksam machen konnte, die ein großes Vermögen auf Schweizer Banken zu transferieren versuche und noch andere antideutsche Aktivitäten betreibe. So kam es, dass die ganze Familie gleich mit dem ersten Transport von Prag abreiste.

Der ehemalige Briefträger erwies sich als tüchtiger Unternehmer. Er hatte ein Gespür dafür, dass sich Notzeiten näherten und es schade sein würde, die üppigen Vorräte aus den Kellern des *Zlatý beránek* an irgendwelches Gesindel zu verschwenden. Seiner Meinung nach sollte man sie für bessere Kunden aufheben. Wie im Ersten Weltkrieg wurde das *Zlatý beránek* also auch im zweiten zu einem Zufluchtsort für Offiziere vor dem Abmarsch an die Front. Für Offiziere der Wehrmacht dabei ebenso wie der Waffen-SS.

Václav Šust hatte ebenfalls ein wenig Glück. Bis die Heeresgruppen Stalingrad erreicht hatten, waren die Getränkevorräte aus den Vorkriegszeiten aufgebraucht. Nach Stalingrad gab es nichts mehr auszuschenken. Womöglich hätte der Hotelier Šust dank seiner Beziehungen spezielle Zuteilungen für sein Hotel erbitten können. Doch da er einen guten Riecher besaß, dachte er gar nicht daran. Er hatte eine gute Klientel verloren und verlor das Interesse an ihr. Ebenso wenig Interesse hatte er daran, dass sich auf seinem Konto die Protektoratskronen vermehrten. Ihn interessierte, was nach dem Krieg kam. Die Vorstellung, erneut Briefe auszutragen, begeisterte ihn nicht besonders. In der Zwischenzeit hatte er nämlich geheiratet und mit seiner Frau Eliška einen Sohn bekommen, Jaromír. Er dachte darüber nach, wie er seinen Besitz, an dem er Gefallen gefunden hatte, behalten und mit der Zeit an Jaromír übergeben könnte. Während des Prager Aufstands ließ er sich einige Male unter den Barrikadenkämpfern blicken, wenngleich er sich nie in den Vordergrund drängte.

Nach dem Ende des Kriegs lebte er ein halbes Jahr lang in nervöser Anspannung und wartete darauf, dass sich die Tür öffnen würde und einer von den Steiners oder Kleins sagte: „Šust, rück das Hotel heraus."

Doch sie kamen nicht. Unauffällig holte er Informationen über sie ein und erfuhr, dass sich ihre Spur wahrscheinlich in Auschwitz verloren hatte. Irgendwann gegen Ende des denkwürdigen Jahres 1945 begegnete er am Moldau-Ufer dem ausgemergelten Doktor Levy, der sich mit einem Stock vorwärtsschleppte.

Šust hätte ihn nicht erkannt, wenn ihm der Doktor nicht mit dem Stock gewunken hätte.

„Sie sind dortgeblieben. Allesamt. Tja, wo kein Kläger, da kein Richter. Ich könnte in diesem Prozess bloß als Zeuge auftreten. Als schlechter Zeuge. Nicht glaubwürdig. Ich kann nur vermuten, dass du deine Finger mit im Spiel hattest, als sie unter den Ersten deportiert wurden. Mach das mit deinem Gewissen aus", sagte er und schleppte sich weiter, hob nicht einmal mehr den Arm mit seiner tätowierten Nummer.

Um sich auch zur anderen Seite hin abzusichern, schloss Václav Šust sich den Kommunisten an. Er stellte ihnen das Hotel für ihre Versammlungen zur Verfügung wie auch für die Tête-à-Têtes ihrer Häuptlinge. Nun war er „unser Genosse Hotelier".

Deswegen wurde sein Betrieb auch als einer der letzten in Prag verstaatlicht. Und das mit zahlreichen Bekundungen des Bedauerns. Und er durfte das Hotel noch bis ins Rentenalter leiten. Der kleine Jaromír war unterdessen zu einem großen Jaromír herangewachsen. Er wurde weder Hotelier noch Kellner, sondern Maler – avantgardistisch genug, um die Alten im Vorstand des Künstlerverbands aufzubringen, und gefällig genug, damit die Gattinnen der Parteibonzen für ihre Wohnung und das Büro ihrer Männer Gemälde von ihm kauften.

In den über dreißig Jahren, in denen niemand in das Hotel investierte, verkam das *Zlatý beránek* zusehends und erinnerte irgendwann mehr an eine Kaschemme als an ein Luxushotel. Bis es Anfang der Siebzigerjahre einen neuen Aufschwung erlebte. Das Innenministerium benötigte ein Hotel, in dem es seine Auslandsagenten bei ihren Pragbesuchen sowie prominente Gäste und solche, von deren Aufenthalt niemand wissen durfte, bequem unterbringen konnte. Nach außen sollte das Ganze wie ein normaler Hotelbetrieb aussehen. Zwei Experten des Ministeriums prüften alle kleineren Prager Hotels, und ihre Wahl fiel auf das *Zlatý beránek*. Ausschlaggebend dabei war die Tatsache, dass es ursprünglich als Bordell gedient hatte – die zuständigen Herren befanden, dass so eine Einrichtung dem Hotel zum Vorteil gereichen würde, da sowohl Agenten als auch prominente oder spezielle Gäste gelegentlich sexuelle Bedürfnisse haben mochten und es nicht im Interesse der dahinterstehenden Institution lag, dass diese in irgendwelchen dunklen Straßenecken befriedigt wurden.

Das *Zlatý beránek* wurde kostspielig renoviert, und sobald es den Betrieb aufgenommen hatte, fand es allmählich wieder zu seiner ursprünglichen Bestimmung zurück. In einer ersten Phase wurden die Mädchen per Telefon gebucht. Mit der Zeit erforderte das Ausmaß der Dienstleistungen, dass das Ministerium hier ein kleines, aber funktionstüchtiges Bordell einrichtete. Es versteht sich von selbst, dass die Kunden sich nicht nur aus den drei Gruppen rekrutierten, für die es ursprünglich vorgesehen war. Schließlich hatten auch die Funktionäre aus Regierung und Partei gelegentlich sexuelle Bedürfnisse, und es lag nicht im Interesse der dahinterstehenden Institution, dass sie ihnen unbeaufsichtigt in dunklen Straßenecken nachgingen.

Der Wendenovember der Samtenen Revolution veränderte dies alles von Grund auf. Und den Gipfel der Verwirrung stellte das Restitutionsgesetz dar. Die Mädchen zerstreuten sich in alle Himmelsrichtungen, jede wollte schleunigst den Stempel der StB-Mitarbeiterin loswerden. Weder Agenten noch Prominente noch die etwas heiklen Gäste kamen auf einmal mehr. Und über das Hotel legte sich der Schatten des ehemaligen Eigentümers Jaromír Šust. Von den zurückgebliebenen Angestellten ließ jeder mitgehen, was er konnte, und die Verluste steigerten sich mit jedem Tag. Der Maler Jaromír, der nicht den Unternehmergeist seines Vaters geerbt hatte, wurde plötzlich mit der erschreckenden Aussicht konfrontiert, dass, noch ehe alle Formalitäten des Restitutionsverfahrens erledigt wären, die Schuldenlast des Hotels dessen Wert überstieg. In diesem Moment erschien Argopag auf der Bühne, in Gestalt von Sergej M. Aschajew. Er bot Jaromír Šust achtzehn Millionen für das *Zlatý beránek* an, und versprach dazu, dass Argopag sich um alle bürokratischen Angelegenheiten kümmern werde, die mit der Restitution und dem Verkauf verbunden seien. Nach einigen Tagen Bedenkzeit willigte Jaromír ein. Er konnte nicht wissen, dass das modernisierte Hotel mindestens den vierfachen, wenn nicht fünffachen Wert besaß, und ebenso wenig ahnte er, dass der bisherige Leiter für das Vorweisen anwachsender Verluste gut von Argopag bezahlt wurde. Die Summe von achtzehn Millionen ließ dessen ungeachtet seine Augen flackern.

Jaromír erhielt das Seine und war aus dem Spiel.

Das *Zlatý beránek* konnte nun vollständig und ganz offen wieder seinem ursprünglichen Zweck zugeführt werden.

War es ein bloßes Spiel des Zufalls? Ein Zusammentreffen verschiedener, voneinander unabhängiger Umstände? Oder hatte der Geist des Hauses es erzwungen und die erste Gelegenheit genutzt, das Gebäude wieder zu dem zu machen, was es in seinen Anfängen gewesen war? Schließlich hatte nur wenig gefehlt, damit Jaromír Šust seinen ersten, verrückten Einfall realisierte, das Hotel, das ihm unerwartet in den Schoß gefallen war, in ein Altersheim für verarmte Künstler umzuwandeln. Das war ein edler Gedanke gewesen. Was hätten die Wände des *Zlatý beránek* da zu hören bekommen, die an Liebesseufzer gewöhnt waren, an Schnaufen, Keuchen, Stöhnen und Gelächter, an Lust- oder Schmerzensschreie und all die anderen Geräusche, die das Haus zu dem machten, was es war? Wäre damit nicht etwas von den Gepflogenheiten, dem Brauch und der Tradition verloren gegangen? Diese Frage kann wohl nie beantwortet werden.

Wenn wir von käuflichem Sex reden, tun wir es oft scheinheilig oder geben uns dabei schelmisch oder weltmännisch. Dabei hat das alles etwas Unehrliches. Denn auch der käufliche Sex besitzt bei all seinem Schmutz und manchmal der Brutalität sein Mysterium. Nicht umsonst nennt man Prostituierte im Tschechischen auch Priesterinnen der Liebe. Die Leute mögen lügen, die Sprache lügt nicht. Die Sprache weiß: Wo es Priesterinnen gibt, gibt es auch ein Mysterium.

Dies wusste auch jene Frau sehr gut, die an einem der letzten Septembertage vor dem Gebäude des *Zlatý beránek* aus einem silberfarbenen Mercedes stieg. Der Wagen war kurz zuvor sachte an den Bürgersteig gerollt, und ein Chauffeur mit weißen Handschuhen war herausgeeilt, um die Fondtür zu öffnen.

Die aussteigende Dame trug ein tief dunkelblaues, fast schwarzes Kostüm englischen Zuschnitts, in der Linken hielt sie eine Handtasche aus Krokodilleder, an den Füßen trug sie Pumps aus dem gleichen Material. Brillantringe an beiden Händen.

„Warte hier", sagte sie an den Chauffeur gewandt, dann betrat sie den Haupteingang des Hotels.

Sie durchquerte die Halle, blieb kurz stehen, um sich umzusehen, und nahm dann die Treppe in Angriff, die zum Büro des Kleinen Chefs hinaufführte. Es machte fast den Eindruck, als würde sie sich hier auskennen.

Wie es seine Gewohnheit war, hatte der Kleine Chef die Tür offen stehen lassen. Die hochgewachsene Sonja saß am Schreibtisch und tippte in den Computer. Der Kleine Chef fläzte sich in seinem eigenen Schreibtischsessel und hielt gerade zwei Mädchen aus dem Stab des *Zlatý beránek* eine gesalzene Standpauke.

Die Dame, die vor der Tür stehen geblieben war, bekam unwillkürlich einen Teil des Gesprächs mit.

„Ihr braucht mir nichts zu erklären", wetterte der Kleine Chef und gestikulierte heftig mit den Händen. „Ihr kriegt eine Geldstrafe! Der Kunde muss unser Haus zufrieden verlassen. Zufrieden! Versteht ihr? In jeder Hinsicht zufrieden!"

„Aber Ludwik Abramowitsch, wenn Sie wüssten, was das Schwein von mir wollte …", wagte eines der Mädchen einzuwerfen.

Es war Nadja, die mit ihm jene merkwürdige eine Nacht verbracht hatte, was ihr wohl den Mut verlieh.

„Was für ein Schwein denn?", unterbrach er sie. „Der Kunde ist kein Schwein. Der Kunde ist König! Und ihr seid dazu da, um …"

Da bemerkte der Kleine Chef die in der Tür stehende fremde Frau. Er unterbrach sich mitten im Satz, beugte sich vor, um sie besser zu sehen, und fragte: „Sie wünschen?"

„Ein Gespräch mit Ihnen", antwortete sie, betrat den Raum und ging zu seinem Tisch, wo sie zwischen den beiden Mädchen stehen blieb.

Der Kleine Chef musterte sie, irgendwie kam sie ihm bekannt vor, doch er konnte sie so schnell nicht einordnen. Immerhin hatte ihn die Autorität ihres Auftretens beeindruckt.

„Ihr könnt gehen“, nickte er den Mädchen zu, die sogleich davoneilten.

„Schicken Sie die auch weg“, sagte die Unbekannte mit einer Kopfbewegung in Richtung Sonja.

„Das ist meine Sekretärin“, protestierte er.

„Ich weiß. Sie soll rausgehen. Was wir zu besprechen haben, ist nicht für ihre Ohren bestimmt.“

Der Kleine Chef starrte die Fremde verblüfft an. Ihre selbstsichere Miene sagte ihm, dass sie es ernst meinte. Kurz führte er innerlich noch einen Kampf um sein Prestige, dann gab er ihn auf.

„Bitte, Sonja, gehen Sie eine Weile nach unten.“

Sonja erhob sich unwillig und lief erbost an der Fremden vorbei, die zu ihrer äußersten Erbitterung noch bemerkte: „Sie soll die Tür hinter sich zumachen.“

„Sonjitschka, schließen Sie die Tür“, wiederholte er wie hypnotisiert. Und nachdem Sonja sie tatsächlich zugemacht hatte, zog er sicherheitshalber ein klein wenig seine Schreibtischschublade auf, in der er seine Pistole verwahrte.

Die Fremde registrierte seine Bewegung und begriff, was sie bedeutete.

„Es ist zwecklos, eine Waffe parat zu halten“, bemerkte sie, „genauso, wie es zwecklos war, Aschajew umzubringen.“

„Ich verstehe Sie nicht“, sagte der Kleine Chef, der wirklich verwirrt war.

Die Fremde ging zu einem Sessel hinüber und lehnte sich an dessen Rücken.

„Sie haben doch den Burschen geschickt, der ihn erschossen hat."

Er war sich nicht sicher, ob der Satz als Frage oder Feststellung gemeint war, in jedem Fall versetzte er ihn in höchste Alarmbereitschaft.

„Davon weiß ich nichts", verkündete er resolut, und so, wie er es sagte, glaubte sie ihm beinahe. Deshalb ging sie die Sache von einer anderen Seite an.

„Wir kennen uns ja bereits."

„Sie kommen mir durchaus bekannt vor", erwiderte der Kleine Chef, vorsichtig seine Worte abwägend. „Nur weiß ich auf die Schnelle nicht, wo ich Sie hintun soll."

„Der Busausflug ukrainischer Lehrerinnen nach Amsterdam", half sie seinem Gedächtnis auf die Sprünge.

Plötzlich ging ihm ein Licht auf.

„Ah, das rothaarige Mädchen mit der Gitarre."

„Ganz richtig. Das rothaarige Mädchen mit der Gitarre. Oder auch Galina. Aber möglicherweise haben Sie von mir unter einem anderen Namen gehört. In Berlin nennen sie mich Stalina." Und wieder fiel bei ihm der Groschen.

Jetzt sagte er vorsichtshalber nichts mehr, wartete nur wachsam ab, was kommen würde.

„Es war eine Dummheit, Aschajew zu ermorden", sagte sie. „Ihr wart zu spät dran. Er hatte schon beschlossen, zu Kreuze zu kriechen und reumütig in die Firma zurückzukehren."

„Davon weiß ich nichts", beeilte er sich zu sagen. „Ich habe nur in der Zeitung gelesen, dass jemand Aschajew erschossen hat."

„Natürlich wissen Sie was. Sie wissen es sehr gut. Es war der Typ, der uns damals nach Amsterdam begleitet hat."

Der Kleine Chef zuckte nicht mit der Wimper. Er gab sich alle Mühe, die Fassung zu bewahren, denn das war eine neue Nachricht für ihn. Eine überraschende Nachricht. Und möglicherweise eine Nachricht, die ihm gelegen kam.

„Leon!“ Sie bellte es fast heraus. „Der gehört doch zu Ihnen.“

„Leon“, sprach er ihr nach, und in seinem Kopf arbeitete es fieberhaft. Er versuchte sich alles zusammenzureimen. Aber vielleicht war es besser, wenn er gar nicht alles wusste? Und wenn er es wusste, dann sollte er auch wissen, wie er das Wissen für sich nutzen konnte.

Sie musterte ihn, als schätzte sie seine Möglichkeiten, seine Wichtigkeit und seine Stärke ab.

„Die Berliner Gruppe wird jetzt von mir geleitet“, sagte sie sachlich. „Und ich bin entschlossen zu vollenden, was Aschajew sich vor seinem Tod gewünscht hat. In die Firma zurückzukehren und in ihrem Sinne zu arbeiten. Es hat keinen Zweck, sich gegenseitig zu bekriegen, das schadet nur dem Geschäft. Es schadet beiden Seiten. Erschöpft und schwächt beide. Aber aufgepasst! Wir sind nicht irgendwer. Wie haben eine achtstellige DM-Summe auf dem Konto. Einen Teil davon hatte Aschajew von der Firma unterschlagen, ein Teil ist als Gewinn der Berliner Gruppe zu verzeichnen. Wie wollen alles zusammen zurück in die Firma überführen. Und jetzt ein zweites Mal aufgepasst! Ich habe eine einzige Bedingung. Ich will den Kopf von dem Burschen, der ihn umgebracht hat.“

Stille.

Galina lehnte weiterhin mit ihrem hübschen Hinterteil an dem Sessel und beobachtete ihn konzentriert. Der Kleine Chef schwieg, starrte vor sich hin und trommelte ein paarmal nachdenklich mit den Fingerspitzen auf die Tischplatte, als schätzte er ab, wie weit er ihr entgegenkommen konnte.

In diesem Moment sprang vom zweiten Sessel Dempsi, der schwarze Kater, der die ganze Zeit dort geschlafen hatte. Er streckte sich, lief zu Galina hinüber und strich ihr um die Beine.

Sie beugte sich hinunter und nahm ihn auf die Arme.

„Und? Ich habe ein klares Angebot gemacht und möchte gerne eine klare Antwort hören."

„Wenn es nach mir ginge, könnten Sie ihn haben", murmelte der Kleine Chef mit ernster Miene, „diesen Leon. Aber ich bin nicht der Chef."

Sie streichelte den Kater und kniff ein wenig das linke Auge zusammen.

„Dann besprich es mit deinem Chef."

„Duzen wir uns?"

„Verbündete duzen sich."

„Sind wir Verbündete?"

„Wir können es sein, wenn du es willst. Ich zeige mich Verbündeten gegenüber erkenntlich."

Ihr Lächeln war so vieldeutig und verheißungsvoll, dass sich der Kleine Chef überrascht aufrichtete. Sie setzte den Kater auf der Sessellehne ab, ging zum Tisch hinüber und hielt ihm mit der Geste einer Grande Dame die Hand hin.

Er war von allem so durcheinander – was bei kleinen Souveränen vorkommt, wenn sie auf etwas Unvorhergesehenes, Großes stoßen –, dass er etwas tat, was er noch nie in seinem Leben getan hatte. Er sprang geschmeidig auf, bückte sich leicht, nahm die ausgestreckte Hand von unten in die seine, hob sie an und küsste sie schmatzend.

Vor Zufriedenheit machte sie ganz schmale Augen.

„Überlege dir gut, ob du willst, dass wir Verbündete werden, oder nicht", sagte sie und lächelte abermals vielsagend.

Dann drehte sie sich in der Tür noch einmal um: „Ich melde mich."

Ein schwacher Hauch Parfüm blieb im Büro des Kleinen Chefs zurück.

24.

Der Kleine Chef handelt

Nachdem Galina fort war, befiel den Kleinen Chef Panik, sofern man mit diesem Begriff auch sämtliche positiven Empfindungen bezeichnen kann, die uns so überrumpeln, dass wir nicht mehr mit klarem Verstand handeln können.

Er lief in seinem Büro auf und ab und sprach halblaut mit sich selbst. „Was für eine Frau … Was für ein Prachtstück … Was für eine Dame … Was für ein Angebot … Was für eine Gelegenheit … Was für eine fantastische Chance …“ Und wieder von vorne: „Was für eine Frau … Was für ein Prachtstück … Was für ein Angebot …“

Nachdem er mit dieser Beschwörungsformel mindestens vier Mal wie ein Derwisch durchs Büro rotiert war, machte er vor dem Barschränkchen halt. Zwei schnell hintereinander geleerte Wodkas schenkten ihm die Fähigkeit zur Reflexion zurück.

Plötzlich wurde ihm klar, dass Leon – falls die Frau recht gehabt und er tatsächlich Aschajew erschossen hatte – dies gewiss nicht auf eigene Faust unternommen hatte, nur weil ihm mal eben die Idee kam, nach Berlin zu fliegen und dort aus einer Laune heraus auf Aschajew zu feuern.

Wenn Leon ihn also umgebracht hatte, dann in jemandes Auftrag, überlegte er weiter. Mindestens mal im Auftrag des Großen Chefs, wenn nicht von noch höherer Stelle. Was bedeuten würde, dass man an höchster Stelle Aschajews Liquidierung gewünscht hatte. Und ob diese höchste Stelle Interesse daran haben würde, dass Aschajews Leute in die Firma zurückkehrten? Ein achtstelliger Betrag in D-Mark. Das war schon ein Sümmchen, das einen Kompromiss wert war. Nur … Was sollte er tun?

Noch vor wenigen Minuten hatte er vor sich einen direkten Weg zum Erfolg und eine Möglichkeit gesehen, sich um die Firma verdient zu machen. Und nun fiel ihm auf, dass dieser Weg über ziemlich dünnes Eis führte, selbst wenn die Prämie an seinem Ende verlockend war: diese faszinierende Frau und darüber hinaus mindestens ein Prozent, das auf sein persönliches Konto übergehen würde, wenn er es richtig anstellte. Und er würde Leon los sein. Er würde diesen verfluchten Bastard los sein.

Nach dem dritten Wodka gestand er sich ein, dass ihn an alledem am meisten die Möglichkeit reizte, sich an Leon zu rächen. Der Dichter, der geschrieben hatte, dass auf dem tiefsten Grund des Herzens der Hass liege, hatte zweifellos recht gehabt. Und der Kleine Chef hatte sich nun bis zu diesem Grund vorgearbeitet.

Er stürzte zur Tür und brüllte durch Gang und Treppenhaus: „Sonja, Sonja!"

Dann ließ er sich, wieder ruhig geworden, hinter seinem Cheftisch nieder.

„Sonjitschka, seien Sie so lieb und schauen Sie für mich im Computer nach, wann Leon abwesend war", trug er ihr auf, nachdem sie herbeigeeilt war und sich schon entschuldigen wollte, dass sie sich in der Küche aufgehalten und nicht bemerkt hatte, dass der Besuch fort war. „Ich meine diese kurzfristige Reise nach Amsterdam."

Gleich darauf erfuhr er, dass Leon am Mittwoch, den 16. September in Amsterdam gewesen war.

Dann bat er Sonja, in der Redaktion des *Blesk* anzurufen und dort zu erfragen, wann sie auf der Frontseite den Artikel über die Ermordung des Mafiachefs Aschajew gebracht hatten. Das dauerte etwas länger. Ein unwilliger Redakteur nach dem anderen verband Sonja weiter, bis einer von ihnen auf die Idee kam, sie mit der Archivarin zu verbinden. Auch diese hatte es nicht eilig, doch schließlich teilte sie Sonja mit, dass der Artikel am 18. September in der Freitagsausgabe erschienen sei.

„Das ist ja merkwürdig", meinte Sonja, als sie beide Daten auf einen Zettel notiert hatte und diesen dem Kleinen Chef reichte.

„Daran ist nichts Merkwürdiges", belehrte er sie. „Es ist völlig normal, dass Leute durch die Welt reisen und sich gleichzeitig irgendwo anders auf der Welt Leute in die Köpfe ballern."

Sie begriff, dass sie die Sache zu vergessen hatte, und vergaß sie augenblicklich, wie sie schon Dutzende anderer Dinge vergessen hatte. Für ihre Begabung zu vergessen schätzte der Kleine Chef sie ganz besonders.

Sicherheitshalber telefonierte er trotzdem nicht in ihrem Beisein, sondern durchquerte das halbe Haus und rief den Großen Chef von dem Apparat im Restaurant aus an.

„Ich muss dringend mit dir reden, alleine unter vier Augen."

„Eine neue Liebe?", fragte der Große Chef so ironisch, dass der Kleine Chef gekränkt hätte sein können, doch in manchen Dingen besaß er ein dickes Fell.

„Nein. Es betrifft die ganze Firma", sagte er pathetisch.

„Morgen."

„Lieber heute. Ich bin mir selbst nicht sicher, wie dringlich es ist, deshalb würde ich gern so schnell wie möglich deine Meinung erfahren."

„Also gut. Wo?"

„Wenn es dir nichts ausmacht, dann wie letztes Mal. In der kleinen Weinstube."

„In Ordnung. Ich bin in einer Stunde dort. Aber wenn du mir mit so einem Quatsch wie letztes Mal kommst, zerreiße ich dich in der Luft."

Eine Stunde später trafen sie sich in der Weinstube unweit des Náměstí Republiky. Es war nicht sehr voll, und die Wirtin grüßte sie wie alte Bekannte.

Sie suchten sich einen Tisch in einem hinteren Winkel des Raums, wo sie mit dem Rücken zur restlichen Gaststube saßen und ungestört reden konnten. Außer der Wirtin interessierte sich niemand für sie.

Der Kleine Chef berichtete weitgehend tatsachengetreu von dem Überraschungsbesuch. Er schilderte auch, wie die Unbekannte Sonja weggeschickt hatte. Nur das Ende seiner Unterhaltung mit Galina gab er ein wenig frisiert wieder. Er erzählte weder, dass er zu ihr gesagt hatte, von ihm aus könne sie Leon haben, noch dass sie ihn von dem Moment an geduzt und ihren Verbündeten genannt hatte.

Der Große Chef hörte ihm mit höchster Aufmerksamkeit zu. Als der Kleine Chef zu der Stelle kam, an der Galina erklärte, dass Leon Aschajew erschossen habe, gefroren dem Großen Chef die Züge. Und mit dieser erstarrten Miene hörte er sich den Rest des Berichts an.

„Hör mal, Junge", sagte er nach längerem Nachdenken, „das ist ein starkes Stück von diesem Teufelsweib. Sie versucht herauszukriegen, ob wir zufällig etwas über Aschajews Tod wissen. Der Einzige, den sie mit Namen kennt, ist Leon. Also hat sie dir gegenüber seinen Namen aus dem Hut gezaubert. Leon kann ja nicht Aschajew in Berlin erschossen haben, weil er in Amsterdam war."

„Da hast du recht", räumte der Kleine Chef ein, „das könnte ein Trick sein. Aber was ihren Vorschlag betrifft, in die Firma zurückzukommen, wirkte sie glaubwürdig. Ich bin überzeugt, dass sie es ernst meint. Sie behauptet, auch Aschajew habe das gewollt."

„Es ist müßig, darüber zu rätseln, was Aschajew gewollt oder nicht gewollt hat. Was *sie* will, das müssen wir genau wissen. Und falls sie wirklich in die Firma zurückwill, dann können weder du noch ich eine Entscheidung darüber treffen, sondern nur das Gremium. Sie soll ein klares Angebot machen, sagen, wie sie sich das im Detail vorstellt, dann können wir weitersehen. So was lässt sich nicht von einem Tag auf den anderen übers Knie brechen."

Der Große Chef betrachtete das Gespräch als beendet, trank seine Kaffeetasse aus, denn Wein hatte er diesmal nicht bestellt, und wollte schon aufbrechen.

„Warte mal, und was ist mit diesem Leon?", hielt ihn der Kleine Chef zurück.

„Was soll mit ihm sein? Nichts."

„Sie will seinen Kopf."

„Ich bitte dich, red keinen Unsinn und lass dich nicht verblöden. Was soll das für ein Mumpitz sein? Will sie einen auf Salome machen? Erwartet sie vielleicht, dass wir ihr Leons Kopf auf dem Tablett servieren und sie uns dafür was vortanzt?"

„Du weißt genau, dass es so nicht gemeint ist."

„Das weiß ich. Aber es ist trotzdem Unsinn. Leon hat mit Aschajews Tod nichts zu tun. Wenn sie herausfinden will, wer ihn umgebracht hat, soll sie woanders suchen. Das richte ihr aus. Über alles andere werden wir gern mit ihr verhandeln. Sogar sehr gerne! Das kannst du ihr auch ausrichten."

Mit anderen Worten, der Große Chef bluffte selbst vor dem Kleinen Chef. Er deckte nicht nur Leon, auch sich selber, den Beschluss des Gremiums und die ganze Organisation. Allerdings freute es ihn nicht zu hören, dass Galina überzeugt war, Leon habe Aschajew getötet. Er wusste, dass sie im Schachklub neben Aschajew gesessen hatte, und hatte bereits in Betracht gezogen, dass sie Leon erkannt haben könnte. Jetzt hatte sich diese Möglichkeit in Gewissheit verwandelt. Ihre Forderung, ihr Leon auszuliefern, erschien ihm völlig naiv und absurd. Wie aus einem Märchen. Auf so eine Idee konnte sie bloß kommen, weil sie nur kurze Zeit mit Aschajew zusammen gewesen war und nicht wusste, wie es in der Firma lief und wofür die Firma stand. Dass die Organisation nicht einen Mann ans Messer liefern konnte, der einen Auftrag perfekt ausgeführt hatte. Sonst würde sie innerhalb kürzester Zeit im Innern zerfallen. Es blieb ihm nichts anderes übrig, als so lange zu bluffen, bis Galina begriff, dass sie zwar vielleicht recht hatte, aber schon aus Prinzip niemand in der Firma es zugeben konnte.

Für den Kleinen Chef hatte sich der Verdacht erhärtet, dass Leon tatsächlich Aschajew getötet hatte. Er war genug Ganove, um zu verstehen, dass der Große Chef es abstreiten musste. Und dass er es dauerhaft abstreiten würde. Gleichzeitig konnte er sich aber ausrechnen, dass sich Umstände ergeben mochten, unter denen er schließlich doch bereit sein würde, Leon zu opfern. Und sei es nur, um weiter bluffen zu können und seinen Bluff glaubwürdig erscheinen zu lassen.

Er beschloss, die von Galina angebotene Komplizenschaft anzunehmen. Zumindest vorerst. Falls sich die Dinge verkomplizierten, würde er da schon irgendwie herauskommen.

Das Eis war zwar weiterhin dünn, doch die Belohnung, die am Ende winkte – die Frau, das Konto, die Rache – war es wert.

Er bedauerte nur, dass er darauf warten musste, bis sie sich meldete. Er wusste nicht einmal, ob sie sich noch in Prag befand oder nach Berlin zurückgekehrt war.

25.

Liebe und Intrigen

„Wissen Sie, Sonja …“, verkündete der Kleine Chef tags darauf unvermittelt, „als ich jung war, damals als Komsomolze, war die Welt noch übersichtlich. Ich wusste, was Gut und Böse ist, was Wahrheit und Lüge, und fand mich zurecht. Ich war sogar so selbstsicher, dass ich dachte, mit der Zeit würde ich vollends alles begreifen und beherrschen. Und je älter ich jetzt werde, desto mehr komme ich mir vor wie ein Kanute inmitten von Stromschnellen. Und Gut und Böse, Wahrheit und Lüge, danach kräht schon lange kein Hahn mehr.“

Sonja drehte sich überrascht zu ihm um, derartige Ergüsse war sie nicht von ihm gewohnt.

„Das Leben ist jetzt wirklich kompliziert“, erwiderte sie dann. „Gerade habe ich Probleme mit meiner Aneta. Sie wissen ja, dass sie Fotomodell ist. Groß und schlank wie ich. Sie hat ein ziemlich gutes Angebot von einem Unternehmen erhalten für einen Dauervertrag in deren Team. Das ist verlockend. Aber auf der anderen Seite – als ich mir das mal angeguckt habe, die Männer da sind entweder warme Brüder oder Aufreißer. Und stecken Sie dazwischen mal ein dummes Mädel von neunzehn Jahren. Das kann sie fürs Leben zeichnen.“

Der Kleine Chef hatte nach dem Gespräch mit dem Großen Chef das Bedürfnis verspürt, sich jemandem mitzuteilen. Er wünschte sich einen Vertrauten, einen Freund, den er um Rat fragen konnte, ob seine Entscheidung, sich mit Galina einzulassen, richtig war.

Doch waren weder sein Beruf noch die Zeit, in der er lebte, für enge Freundschaftsbande gemacht. Der allgemeine Lebensstil erforderte, dass man sich Beziehungen und nützliche Leute warmhielt, machte es jedoch unmöglich, Freundschaften zu knüpfen. Freundschaft setzte Opferbereitschaft voraus, aber wie konnte man Opfer in einer Gesellschaft erwarten, in der alle mit allen konkurrierten? Wer würde denn so verrückt sein, sich für seinen Konkurrenten zu opfern?

Mitte der Neunzigerjahre war die Freundschaft quasi ausgestorben, so wie die Pandabären und die Auerhähne. Die Leute sprachen zwar noch von Freundschaft, doch verstanden sie unter dem Wort Interessengemeinschaft. Dem Partner in einer Interessenkoalition konnte man sich nicht anvertrauen. Man konnte sich mit ihm lediglich in Fragen von gemeinsamem Interesse austauschen. Und auch das musste man noch so tun, dass das Gegenüber keine unserer Schwächen bemerkte, weil es die irgendwann einmal gegen uns verwenden konnte.

Ludwik Abramowitsch wusste also gut, dass Vertrauensseligkeit dumm war. Doch sein Bedürfnis war so stark, dass er diese saft- und kraftlose Konversation begonnen hatte. Sobald aber Sonjas Rede auf Aneta kam – sie bildete sich enorm viel darauf ein, dass ihre Tochter Fotomodell war –, versuchte er sich schnell wieder aus der Affäre zu ziehen.

„So dramatisch würde ich es nicht sehen", sagte er. „Die Schwulen werden Aneta nichts tun, und Aufreißer gibt's überall. Selbst unter Straßenkehrern. Wirklich überall. Sie soll den Vertrag ruhig unterschreiben. Sie schaffen das schon, sie im Auge zu behalten."

„Glauben Sie?"

„Natürlich. Schließlich kenne ich Sie. Wir kämpfen ja schon ein Weilchen miteinander."

Nach diesem missratenen Versuch würde er beim Weiterverhandeln mit Galina ganz auf seinen eigenen Verstand und seine Urteilskraft angewiesen sein.

Er hörte noch am selben Tag nach dem Mittagessen von ihr. Per Telefon.

„Ludwik Abramowitsch bitte“, verlangte sie.

Und als er sich zu erkennen gab, kam sie gleich zur Sache: „Also, wie haben Sie entschieden, mein Lieber? Sind wir Verbündete oder nicht?“

„Sind wir.“

„Hast du mit deinem Chef gesprochen?“, begann sie ihn gleich wieder zu duzen.

„Jawohl.“

„Und?“

„Im Prinzip ja, nur bei der einen Sache nein.“

„Verstehe. Das ist aber dumm. Denn mein Angebot gibt es nur im Paket.“

„Mir ist das klar. Nur würde ich es nicht zu sehr forcieren.“

„Wie soll ich das verstehen?“

„Was heute ein Nein ist, kann übermorgen ein Ja sein.“

„Da bin ich mir nicht sicher.“

„Ich gehe fest davon aus, dass es so sein wird.“

„Hör mal, darüber müssen wir ausführlicher reden. Es ist jetzt halb drei. Ich wohne im Hotel *U Tří Pštrosů* am Ende der Karlsbrücke. In einer Stunde schaffst du es bequem hierher. Also um halb vier unten im Restaurant.“

Sie legte auf, noch bevor er einwenden konnte, dass das *Zlatý beránek* sich nicht von selbst verwalte und er nicht auf Kommando angelaufen komme. Also blieben ihm nur zwei Möglichkeiten: entweder das soeben geknüpfte Bündnis aufzulösen oder hinzufahren.

Er parkte seinen Wagen am Malostránské náměstí. Als er durch die Mostecká Richtung Moldau lief, ging ihm durch den Kopf, dass dies alles auch eine Falle sein konnte, in die er hineinrannte wie eine Maus, die hinter einem Stück Käse her war. Dort irgendwo am Ende der Straße oder am Brückenkopf konnte ein Schütze stehen, der nur darauf wartete, dass er ihm vor die Mündung lief.

Kurz überlegte er, einen Moment vor dem Schaufenster einer Buchhandlung haltzumachen machen und unauffällig zum Brückenturm hinüberzulinsen. Doch als er sich die Situation vorstellte, wurde ihm klar, dass es Unsinn war. Kein Gangster mit einiger Erfahrung würde an dieser Stelle einen Scharfschützen postieren. Die Fluchtmöglichkeiten von dort waren miserabel, und der Schütze könnte seinerseits in einen Hinterhalt geraten.

Sie erwartete ihn bereits. Sie saß allein an einem Tisch, vor sich ein Gläschen Cognac.

Er ließ seinen Blick flüchtig durchs Lokal wandern und vermutete, dass die beiden Blondköpfe, die an einem der nahen Tische saßen, zu ihr gehörten. Und wohl auch ein weiterer Gast, der gleich am Eingang alleine saß.

Sie hatte den Kleinen Chef schon von Weitem angelächelt, und als er an ihren Tisch kam, stand sie auf und reichte ihm die Hand.

„Sei nicht böse, dass ich dich hierherbemüht habe. Sergej Michailowitsch hat mir erzählt, dass er jedes Mal, wenn er nach Prag fuhr, in diesem kleinen Hotel abstieg. Ich wollte der Tradition treu bleiben."

Damit hatte sie es sich erst einmal gründlich bei ihm verdorben.

Dafür, dass du kaum drei Monate lang mit ihm geschlafen hast, spielst du etwas allzu eifrig die Witwe, dachte er bei sich. Wenn sie bei allem Übrigen auch nur annähernd so eifrig war, dann halleluja.

„Ich bin gerne gekommen", sagte er laut.

„Was magst du trinken?" Sie hob die Hand, um den Kellner herbeizuwinken.

„Nur einen Kaffee. Ich muss noch fahren."

„Ein Schnäpschen hat noch keinem geschadet."

„Ich möchte wirklich nur einen Kaffee."

Sie bestellte einen Kaffee und einen Whisky für ihn.

„Damit du dich etwas mehr entspannst", sagte sie lachend. „Also, was ist mit eurem Boris Nikolajewitsch? Das Geld will er haben, aber Leon nicht hergeben?"

„Er meinte, du seist nicht Salome, dass wir dir seinen Kopf auf dem Tablett servieren. Und er hat auch gesagt, dass Leon es nicht war. Dass er es nicht gewesen sein kann, weil er zu dem Zeitpunkt, an dem es passierte, nicht in Berlin war, sondern in Amsterdam."

„Klar. Er war in Amsterdam. Und hat mindestens zwanzig Zeugen dafür und fünfundzwanzig Stempel. Eine ordentliche Organisation weiß, wie man ein perfektes Alibi beschafft, und Argopag ist eine ordentliche Organisation. Aber die Sache hat zwei Haken. Ich bin weder die Polizei noch das Gericht. Weshalb mich das Alibi nicht interessiert. Das ist das Erste. Der zweite Haken ist schwerwiegender. Ich war dabei. Ich saß neben Sergej Michailowitsch. Und ich habe seinen Mörder gesehen. Mit diesen Augen hier. Und ich habe ihn erkannt, auch wenn er eine Sonnenbrille und einen Hut aufhatte. Ihr wärt ja auch blöd gewesen, einen anderen zu schicken. Der beste Schütze der Division. Er hat sich damit gebrüstet wie noch was … Anscheinend hat er nichts anderes, womit er großtun kann. Anscheinend kann der nichts anderes. Also habt ihr diesen besten Schützen geschickt."

Er hörte ihr zu und spürte, mit welcher Leidenschaft sie sprach. Mit welch verbissenem Hass. Fast erschrak er vor dieser Leidenschaft.

„Du hast gesagt", begann er nach einer Weile, „dass Argopag eine ordentliche Organisation sei. Brich es nicht übers Knie. Ich bin überzeugt, dass sie ihn dir mit der Zeit geben. Aber nicht jetzt sofort. Mach ihnen keinen Druck, sonst sträuben sie sich. Wenn du die Berliner Gruppe in die Firma zurückführst, wirst du hier Einfluss haben. Und dann brauchst du nur noch einen geeigneten Moment abzupassen und einmal so zu pusten", der Kleine Chef spitzte die Lippen und stieß die Luft aus, „und du kriegst, was du willst. Sein Köpfchen mitsamt Tablett. Und vielleicht werde ja ich es sein, der es dir genussvoll serviert."

„Würdest du das fertigbringen?"

„Was?"

„Ihn kaltzumachen."

Sie sah ihm mit durchdringendem Blick in die Augen, und dabei stellte er fest, dass ihre Iris nicht blau war, wie er geglaubt hatte, sondern bei näherer Betrachtung ins Blaugrün spielte und kleine gelbe Fleckchen in sich trug.

„Für dich", sagte er entschlossen, „könnte ich auch noch eine größere Dummheit begehen."

„Moment", sie hob den Zeigefinger, „ich mache hier keine Scherze. Ich meine es todernst."

„Ich auch."

„Gut. Dann richte deinem Boris Nikolajewitsch, diesem Großen Chef, aus, dass ich nicht auf meiner Bedingung bestehe, aber …" Sie sprach den Satz nicht fertig, sondern verstummte und sah auf das leere Whiskyglas, das vor dem Kleinen Chef stand.

„Vergiss, was ich gerade gesagt habe", korrigierte sie sich einen Moment später. „So nicht. Da würde er zu billig wegkommen. Richte ihm aus, dass ich auf eine Rückkehr tatsächlich viel Wert lege, aber meine Bedingung nicht zurückziehen kann. Ich bin bereit, über das Wann und Wie zu verhandeln, aber nicht über das Wesentliche. Der Mörder von Sergej Michailowitsch darf nicht ungestraft davonkommen."

„Der Chef entscheidet es aber sowieso nicht allein. Das Gremium entscheidet."

„Ich weiß. Und deshalb muss ich hart bleiben. Die Herren sollen von Anfang an lernen, mich ernst zu nehmen. Als Partner auf Augenhöhe."

„Ich bewundere dich, Galina", brach es mit einem Mal aus dem Kleinen Chef hervor. „Du bist nicht nur eine schöne Frau. Du bist wunderbar. Toll. Mit einem verehrungswürdigen Geist begabt. Ich habe in meinem Leben noch nie so eine Frau getroffen."

Sie lächelte geschmeichelt.

„Danke. Das ist nett von dir, dass du mir das sagst. Solche Sachen hört jede Frau gern."

„Ich meinte es nicht als Schmeichelei. Du weißt sehr gut, dass du zu diesen Ausnahmefrauen gehörst, vor denen jeder Mann gerne auf die Knie fällt."

Sie kniff das linke Auge zusammen.

„Dann tu's."

Er sah sich verlegen im Restaurant um. „Hier?"

„Hier!"

„Das ist hier vielleicht etwas unpassend."

„Da siehst du, dass du nur laberst. Es passt hier genauso wie anderswo auch."

„Gut", sagte er, „wenn es dir nichts ausmacht – mir macht es nichts aus."

Er erhob sich schneidig, ging um den Tisch herum und schob einen Stuhl beiseite, damit er sich vor ihr hinknien konnte. Im letzten Augenblick hielt sie ihn zurück.

„Das passt hier wirklich nicht. Aber ich danke dir trotzdem. Du kannst oben im Zimmer vor mir auf die Knie fallen."

Langsam erschloss sich ihm der Sinn ihrer Aussage. Sie lud ihn auf ihr Zimmer ein, was bedeutete, dass sie ihn wollte. Ein erwartungsfrohes Lächeln erhellte seine Miene. Auch sie lächelte leicht.

Auf einmal wurden ihre Augen ganz klein, sie verfinsterte sich und machte eine wegwerfende Armbewegung.

„Ach nein, das ist Blödsinn, was ich gesagt habe. Ich will noch gar nicht mit dir ins Bett. Nur ein Narr gewährt Vorschuss auf eine Ware, die noch völlig ungewiss ist. Du musst mir noch deutlicher beweisen, dass dir an mir liegt. Im Gasthaus niederknien, das kriegt jeder pubertierende Jüngling hin. Ich will aber keinen pubertierenden Jüngling, ich will einen Mann. Verstehst du? Einen Mann!"

Sie reichte ihm ihre Hand.

„Wir sind uns also einig. Du teilst es deinem Chef mit, und der übermittelt es dem Gremium. Je nachdem, was sie mir darauf ausrichten lassen, werden wir weiterverhandeln. Mach ihnen klar, dass wir keine Almosen benötigen. Wir sind keine Bettler. Wir ergeben uns nicht aus Notwendigkeit, sondern aus Vernunft."

Sie merkte, dass ihr Sinneswandel wie eine kalte Dusche auf ihn gewirkt hatte. Um ihn nicht in dieser Verfassung fortgehen zu lassen, beugte sie sich zu ihm und hielt ihm ihr Gesicht zum Kuss hin.

„Du warst lieb", flüsterte sie, „und ich bin froh, dass wir Verbündete sind. Denk daran, dass ich mich gegenüber Verbündeten erkenntlich zeige, und manchmal auch sehr großzügig."

Als Ludwik Abramowitsch durch die Mostecká zurück zu seinem Wagen ging, hatte er seine Liebe zu Lucie bereits vergessen. Er brannte vor Sehnsucht nach Galina. Er war ebenso schnell entflammt wie vor ihm der Gorilla und Aschajew. Es kam ihm gar nicht in den Sinn, dass er, wäre er weitblickender und aufmerksamer gewesen, vor weniger als fünf Monaten genau diese Frau hätte haben können, ohne ihr beweisen zu müssen, dass er ein Mann war und kein pubertierender Jüngling.

Vermutlich hegte auch er irgendwo in seinem tiefsten Inneren den Traum von einer Prinzessin, die nun deutlich Galina ähnelte.

26.

Der zwinkernde Brillant

Leon spürte, dass sich seit seinem Berliner Abenteuer, wie er die Angelegenheit insgeheim nannte, seine Stellung in der Firma gefestigt hatte. Zweimal hatte ihm der Große Chef persönlich seine Zufriedenheit ausgedrückt, und einmal war er sogar eigens gekommen, um ihm unter vier Augen mitzuteilen, dass das Gremium von Argopag von seiner Leistung begeistert sei. Leon wusste zwar nicht so genau, was das Gremium war, vermutete dahinter aber eine unsichtbare Menschengruppe, die sowohl dem Großen Chef als auch allen anderen vorstand. So etwas wie der Generalstab bei der Armee. Doch auch ohne diese Beifallsbekundungen hätte er es an seinem Kontostand gemerkt. Innerhalb einer Woche waren dort in drei Bewegungen insgesamt hundertfünfzigtausend bei ihm eingegangen. Zweimal sechzigtausend und dazwischen einmal dreißig. Der Betrag wurde jedes Mal mit dem Wort „Prämie" bezeichnet. Das konnte für nichts anderes als für Aschajew sein.

Auch Sascha Klopper, Kostja und Oskar, obwohl sie davon nichts wissen konnten – und er war sicher, dass sie nichts wussten –, behandelten ihn nicht mehr wie einen grünen Jungen, sondern wie jemanden, der sein eigenes Gewicht im Unternehmen besaß. Das hatte ihnen niemand aufgetragen, es lag einfach so in der Luft. Zwei, drei lobende Äußerungen des Großen Chefs genügten, und alle übernahmen die Vorstellung, dass Leon gut war.

Seine Genugtuung über diese Anerkennung behielt er für sich, selbst gegenüber Lucie brüstete er sich nicht damit. Doch als ein

Brief seines Bruders eintraf, voller Wehmut über das Elend des Moskauer Lebens, konnte er nicht widerstehen und schrieb ihm zurück:

Lieber Sascha,

ich danke dir für deinen Brief und grüße dich vielmals.
Es betrübt mich, dass deine Situation in Moskau sich nicht bessert. Aber ich habe eine erfreuliche Nachricht für dich. Ich stehe jetzt in der Firma sehr gut da. Ich glaube, wenn du jetzt hier auftauchen würdest, könnte ich dir eine Stelle beschaffen. Es ist eine günstige Situation, ich denke, dass wir nicht zögern sollten. Hör zu, verkaufe dort alles. Kümmere dich nicht um Lipinski. Du brauchst ihn nicht, ich werde dein Lipinski sein. Komm, sobald du kannst. Ich freue mich auf dich.
Zu zweit wird uns alles besser gelingen.
Es grüßt und küsst dich dein treuer Bruder

Leonid

Aber auch Lucie wollte er an seinem Erfolg teilhaben lassen.

Er besah sich die Auslagen der Juwelierläden. Am besten gefiel ihm eine Kette aus schwarzen Pazifikperlen. Aber so viel hatte er nicht, sie kostete zweihundertachtzigtausend. Er kehrte einige Male zu dem Schaufenster zurück, bis er sich endgültig klargemacht hatte, dass er schlicht nicht so viel Geld besaß und sich nur umsonst die Augen ausguckte und sich quälte. Aber es war doch zu etwas gut. Er verlor darüber die Illusion, er sei unversehens reich geworden. Er verstand, dass seine knapp zweihunderttausend auf dem Konto nichts waren, wenn er seiner Liebsten nicht einmal ein Collier aus echten Pazifikperlen kaufen konnte.

Er musste seine Ansprüche hinunterschrauben. Doch dann entdeckte er am Příkop einen Laden, der sich auf Weißgoldschmuck mit Brillanten spezialisiert hatte. Dort lag im Schaufenster eine Goldkette mit einem Anhänger, in dessen Mitte ein größerer Brillant saß, der ringsum von kleineren Brillanten umgeben war. Als er den Anhänger das erste Mal dort sah, schien er ihn anzufunkeln, als würde er ihm mit seinem Äuglein zuzwinkern. Er gefiel ihm sofort.

Gut, es waren keine dunklen Pazifikperlen, aber doch ebenfalls ein Schmuck, der seiner Liebe würdig war. Er kostete zweiundsiebzigtausend. Noch drei Mal ging er ihn sich dort ansehen, und je öfter er hinging, umso mehr gefiel ihm der Brillantanhänger. Nirgendwo sonst fand er etwas Schöneres. Und ihn beschlich die Sorge, er könnte die Kette nicht mehr kriegen.

Also hob er achtzigtausend von seinem Konto ab und begab sich mit dem Geldpäckchen, das er einfach so in der Brusttasche seines Sakkos trug, zum Příkop. Vor dem Schaufenster machte er noch einmal halt, und wieder schien der Brillant zu flackern und ihm zuzuzwinkern.

Das ist unglaublich, er möchte wirklich zu mir, dachte Leon, und so entschloss er sich hineinzugehen.

„Da bei Ihnen in der Vitrine ist ein Ding, das ich gerne kaufen will“, sagte er in seinem eigentümlichen Tschechisch zu der Verkäuferin.

Sie begriff nicht. „Was für ein Ding?“

Er führte sie zu der Auslage und deutete auf den zwinkernden Brillanten.

„O ja, der ist schön“, lobte sie ihre Ware. Sie nahm das Schmuckstück vorsichtig heraus, hielt die Kette zwischen den Fingern, sodass sich der Anhänger sanft drehte und nach allen Seiten funkelnde Blitze warf.

Sie hob ihn an und hielt ihn ins Licht.

„Schauen Sie, wie toll er das Tageslicht bricht. Er hat einen modernen Schliff. Ein wunderbares Geschenk. Damit erfreuen Sie jede Dame."

Er hatte den Eindruck, dass die Verkäuferin bei ihrem Schwärmen gleichzeitig die Frau beneidete, die ihn geschenkt bekommen würde. Das machte ihn verlegen. Noch eben war er stolz darauf gewesen, dass er seiner Geliebten ein solches Geschenk machte, und auf einmal hatte er das Gefühl, sich deswegen schämen zu müssen. Er wusste nicht, was er sagen sollte, stand nur da und schaute. Mal sah er die Verkäuferin an, dann wieder den Anhänger.

„Das ist natürlich nichts für den Alltag. Mehr für festliche Anlässe", fuhr sie mit dem Anpreisen des Schmucks fort. „Obwohl ich auch Damen kenne, die so etwas täglich tragen", fügte sie hinzu, und wieder glaubte Leon etwas Neid herauszuhören.

Sein Schweigen wurde von der zweiten Verkäuferin durchbrochen, die ungeduldig fragte: „Also soll ich die Kette aufschreiben oder nicht?"

Er nahm den Schmuck in die Hand und betrachtete ihn genauer, nur um etwas zu tun.

„Ja, ich nehme sie."

Nachdem er den Laden verlassen hatte, in der Brusttasche anstelle des Geldbündels ein Etui mit der Kette und einem Echtheitszertifikat, und bereits ein paar Schritte in Richtung Wenzelsplatz gegangen war, blieb er verblüfft stehen. Er glaubte seinen Augen nicht zu trauen: Gegenüber auf dem Prager Trottoir liefen Tolja, Kolja und Wolja. Auch wenn sie nun modische Kleidung trugen und weltmännisch aussahen, sie waren es ohne Zweifel. Die drei Kerle, die zusammen mit ihm bei Lipinski den Bodyguard-Test gemacht hatten.

Leon musste sich beherrschen, um seine Überraschung nicht herauszuschreien. „He, Jungs!"

Sie blieben stehen und riefen im nächsten Moment im Chor: „Lonja!"

„Was macht ihr denn hier, ihr verdammten Susdaler?"

„Was zum Geier hast du hier zu suchen, elender Kosak?"

Sie lachten, brüllten, umarmten sich, schubsten und knufften sich auf Schultern und Rücken, bis Leon sich umsah und auf das nächste Restaurant wies: „Mensch, darauf müssen wir einen trinken."

Irgendwo hatte er noch die fast achttausend, die von seinem Einkauf übrig geblieben waren, und er fühlte sich großartig.

Sie tranken jeder einen Wodka, aber es war ein italienisches Restaurant, wo es ihnen nicht gefiel, und deshalb zogen sie weiter. Auf die Weise besuchten sie noch zwei, drei Lokalitäten, bevor sie in der Celetná-Gasse auf die richtige Kneipe stießen, die nach ihrem Geschmack war.

Auf ihrem Tisch standen eine Flasche, eine Platte mit belegten Brötchen, geröstete Salzmandeln.

„Jetzt erzähl mal endlich, Mann, was du hier machst."

„Bodyguard natürlich", behauptete Leon. „Und ihr?"

„So was Ähnliches. Aber in Berlin. Wir sind hier nur mit der Leitung auf Betriebsausflug."

„Wie ist es denn so in Berlin?"

„Wie soll es sein? Das Übliche."

„Besser als in Moskau?"

„Zum Geldverdienen besser. Ansonsten ganz normal."

Zuerst stießen sie auf ihr Wiedersehen an. Dann auf die Freundschaft. Anschließend darauf, dass sie Afghanistan überlebt hatten. Und dann tranken sie einfach nur noch so. Leon wollte immer noch wissen, ob es in Berlin besser sei als in Moskau.

Bis Tolja das Wort ergriff.

„Hör mal zu, ich sag dir was. Es ist immer und überall dasselbe.

Mit Afghanistan hat es angefangen. Und seitdem sind wir in diesem Hamsterrad drin. Immer dienen wir irgendeinem Dreckschwein. Du machst die Arbeit, bekommst ein paar Heller, und das Dreckschwein nimmt den ganzen Packen. Immer dasselbe. Ob in Kabul, in Moskau, in Berlin oder hier. Da kommst du nicht raus. Wir sind da nun mal reingeraten und müssen so weitermachen. Nimm diese bescheuerten Afghanen. Zuerst haben sie uns bekriegt, weil sie keine Fremden im Land wollten. Das seh ich noch ein. Aber wir sind seit Langem weg, und sie machen weiter Krieg. Und weshalb? Wieder nur, weil da irgendein Dreckschwein ist, das sich den größten Packen unter den Nagel reißen will. Die hängen einfach drin und müssen so weitermachen. Und wir auch. Was hast du von so 'nem Leben? Nur das, was du dir zusammenfutterst, -trinkst und -vögelst. Und so wird's sein bis zum letzten Atemzug. Wenn ich ganz blöd sagen soll, ob es in Berlin besser ist als in Moskau, dann sag ich dir, dass man da besser spachteln kann. Saufen auch. Und die Weiber? – Die sind bei uns zu Hause besser. Einfach netter. Die haben eine Seele und ein Herz. Hier ist es herz- und seelenlos. Alles Business. Auch eine Möse ist hier nur Business. Und die Tusse, die die Möse besitzt, weiß, dass die nur fürs Business da ist. Nix mit ewigem Band der Liebe. Nix mit Treue. Business!"

„Du kriegst gesagt, schmeiß den Kerl da raus, also schmeißt du ihn raus", erzählte Kolja.

„Du kriegst gesagt, schlag den Kerl zusammen, also schlägst du ihn zusammen", fuhr Wolja fort.

„Du kriegst gesagt, knall den Kerl ab, also knallst du ihn ab", ergänzte Tolja grimassierend.

„Verdammt, Jungs, ihr tragt das hier vor, als hättet ihr's eingeübt", sagte Leon beeindruckt.

„Haben wir ja auch", sagte Tolja nickend, „wir sagen uns das jedes Mal, wenn wir uns volllaufen lassen."

„Aber nicht in nüchternem Zustand. Wenn wir nüchtern sind, passen wir auf.“

„In nüchternem Zustand sind wir froh und zufrieden.“

„Aber jetzt haben wir getrunken, jedenfalls ein bisschen, da können wir uns das sagen.“

Der Rest war nur noch Gebrabbel und Gefasel. Doch selbst dann noch fielen nicht die Namen Argopag oder Argoline. Die innere Alarmanlage funktionierte bei allen vieren ausgezeichnet.

Als sie auf die Straße hinaustaumelten, begann es gerade zu dämmern. Leon spürte, wie sich um ihn alles drehte. Er hatte etwas über dreitausend in der Kneipe gelassen. Sicher hatten die Tschechen ihn wieder übers Ohr gehauen. Tastend vergewisserte er sich, dass das Etui mit der Kette noch in seiner Brusttasche steckte. Sie verabschiedeten sich nicht einmal, sondern winkten sich nur zu, Leon wankte Richtung Altstädter Ring, die drei anderen verschwanden irgendwohin zum Pulverturm.

Er wusste nicht mehr, wie er dorthin gelangt war, als er in Lucies Wohnungstür stand und sich bemühte, das Gleichgewicht zu halten. Er atmete schwer, die Haare fielen ihm in die Stirn, er versuchte zu lächeln, musste es aber aufgeben und sich am Türrahmen festhalten.

„Liebling“, sagte er, „Liebling, ich habe dir etwas mitgebracht.“

„Gott, was ist mir dir los?“, rief sie aus.

„Was soll sein? Ich bin den drei Susdalern begegnet, und das haben wir ein bisschen gefeiert. Aber unwichtig. Wichtiger ist, dass ich dir ein Geschenk mitgebracht habe.“

Wieder schwankte er, machte ein paar eilige Schritte nach vorne, um nicht zu fallen, und stützte sich schließlich auf die Lehne eines Stuhls.

Sie schloss schnell die Tür, fasste ihn um die Schultern und drückte ihn in einen Sessel.

Ihm fiel der Kopf nach vorne, eine Weile saß er mit geschlossenen Augen da, dann raffte er sich hoch und wiederholte trotzig: „Ich hab dir ein Geschenk mitgebracht."

„Das sehe ich", sagte sie böse, „schönes Geschenk ... Du hast dich volllaufen lassen wie ein Fass."

„Das auch, das auch", gab er bereitwillig zu, „aber ich habe hier etwas für dich. Damit du weißt, dass ich dich liebe. Ich weiß, dass ich jetzt besoffen bin. Aber ich habe es gekauft, als ich noch nüchtern war."

Mit Mühe knöpfte er seinen Sakko auf und zog das Etui aus der Brusttasche, das er den ganzen schwankenden Weg durch die Prager Straßen konzentriert bewacht hatte.

„Ich hab mir die Auswahl nicht leicht gemacht, vielleicht gefällt es dir ja. Mich wurmt nur, dass ich nicht genug für diese Perlen hatte. Die hätten mir noch besser gefallen. Also wenigstens das hier."

Wieder sackte ihm der Kopf nach unten.

Sie hatte ihn noch nie betrunken erlebt. Als sie ihn so betrachtete, wusste sie nicht, ob sie lachen sollte oder ob er ihr leidtat.

„Ich hab's vermasselt", sprach er mit Mühe, als er sich wieder aufgerafft hatte, „aber ich habe halt die drei Jungs getroffen, Tolja, Wolja und Kolja, da mussten wir einen drauf kippen. Ich hatte mir es so vorgestellt, dass ich dir sage, du sollst die Augen zumachen, und dass ich sie dir dann umhänge und dir sage, du sollst die Augen wieder aufmachen und in den Spiegel gucken. Aber jetzt, wo ich so besoffen bin, kann ich's nicht. Also sei nicht mehr böse, Liebling."

Das Etui glitt ihm aus der Hand – beim Aufprall auf den Boden ging es auf und der Brillant reflektierte das Licht der Lampe. Lucie stellte überrascht fest, dass das Geschenk, das er mit solcher Anspannung angekündigt hatte, kein schlichter Modeschmuck war, wie sie vermutet hatte.

Sie ging in die Knie und nahm den Anhänger in die Hand. Sie hielt ihn ins Licht. Er blitzte fröhlich auf. Sie bewegte ihn hierhin, dorthin, nach oben und nach unten, und der Brillant funkelte.

„Leon", flüsterte sie begeistert, „Leon, du bist verrückt geworden. Das muss einen Haufen Geld gekostet haben. So was habe ich noch niemals von jemandem bekommen. Noch nie."

Er hob mühsam seinen Kopf hoch und protestierte: „Leon ist nicht verrückt geworden. Leon hat sich nur betrunken."

Sie lief zum Spiegel hinüber, schloss sich die Kette um den Hals. Sie betrachtete sich, drehte sich nach links, dann nach rechts, mit vor Neugier leicht geöffnetem Mund, ganz wie ein kleines Mädchen.

„Leon, der blinzelt mir zu. Der blinzelt mir ehrlich zu."

Leon antwortete nicht. Er schlief.

Sie sah sich nach ihm um, wollte ihn aufwecken, doch dann fiel ihr etwas ein. Sie zog ihre Bluse aus und begann sich erneut zu mustern. Ihre nackten Schulterrundungen lieferten dem glitzernden Schmuck einen Rahmen. Auch jetzt war ihr Mund halb geöffnet, doch er gehörte nicht mehr einem kleinen Mädchen.

Sie zog sich auch den BH aus. Der Brillant leuchtete zwischen ihren Brüsten. Sie schloss den Mund, betrachtete sich beinahe streng. In ihrer Erinnerung tauchte ein Bild auf, ein Halbakt einer italienischen oder deutschen Adligen mit einer Kette um den Hals. Triumphierend grinste sie sich zu. Sie war überzeugt davon, dass sie besser aussah als jene Frau, die sich vor ein paar Jahrhunderten hatte malen lassen. Selten hatte sie so eine vollkommene und doch schlichte Zufriedenheit über die stofflichsten Seiten ihres Ichs, über ihren Körper, verspürt wie jetzt dank dieses Schmuckstücks.

Sie wollte sich gar nicht wieder anziehen. So wie sie war, ging sie zu Leon hinüber, setzte sich neben dem Sessel auf den Teppich, begann ihm die Hand zu streicheln und flüsterte: „Ich danke dir, Liebster."

Er hob den Kopf an, öffnete ein Auge und brummelte: „Leon ist nicht verrückt geworden. Leon ist nur betrunken."

27.

Das Gremium hat entschieden

Das Flugzeug startete in Richtung Nordwesten und bewegte sich dann in einem großen Bogen nordöstlich. Der Große Chef saß am Fenster und beobachtete, wie das Panorama der Alpen allmählich zurückwich. Jedes Mal, wenn er sie so sah, hatte er sich geschworen, dass er einmal dorthin fahren würde, um sich zu überzeugen, ob die verschneiten Alpenkämme tatsächlich so scharf waren, wie es von oben aussah. Er war noch nie dazu gekommen. Diesmal nahm er es sich zur Sicherheit erst gar nicht vor. Der dunkelblaue Fleck dort unten war der Bodensee. Manchmal glänzte er wie ein Spiegel, jetzt war er von Wolken überschattet. Die weißen Schiffchen darauf sahen wie Spielzeug aus. Und dort hinten links, das war das Tal der Donau.

Der Große Chef kannte sich aus. Jetzt würde das Flugzeug bis nach Regensburg dem Flusslauf folgen. Danach bog die Donau rechts ab, sie würden sie unter sich zurücklassen, und vor ihnen würde der Böhmerwald auftauchen.

Der Große Chef konnte sich in Ruhe und zufrieden der Amateurtopografie widmen, denn die Zusammenkunft des Gremiums war so verlaufen, wie er es sich erhofft hatte. Die Herren hatten alle mit Genugtuung vernommen, dass Galina Nikolajewna Drapkina, die Frau, die Aschajews Witwe spielte und nun die Berliner Gruppe leitete, an einer Rückkehr in die Firma interessiert war. Dass das Gremium dies begrüßte, war unstrittig.

Nur über zwei Punkte war eine Diskussion entbrannt.

Zunächst waren die Herren sich nicht darüber einig geworden, ob Galina nach einer Wiedervereinigung jenen Sitz im Gremium erhalten sollte, den Aschajew vor seinem Treuebruch innegehabt hatte. Einige hielten das für selbstverständlich; andere räumten zwar ein, dass die Berliner Gruppe ein Recht darauf habe, dort vertreten zu sein, fanden jedoch, dass sie jemand anders dorthin delegieren sollte, irgendeinen Mann. Der leidenschaftlichste Verfechter dieses Gedankens war der Vorsitzende der Münchner Gruppe, Semjon Dawidowitsch Eizenbon, das älteste Mitglied des Gremiums.

„Meine Herren, ich warne Sie", rief er pathetisch. „Bisher konnten wir, bis auf die Probleme mit Aschajew, die sich nun dank unserem Prager Kollegen hier so glücklich gelöst haben, die Organisation ohne größere innere Konflikte führen. Und wenn ich mir die Frage stelle, warum dies so war, so muss ich darauf antworten, es war deshalb so, weil wir, die Organisationsführung, ausschließlich eine Gesellschaft von Männern waren. Und nun wollen Sie eine Frau hier hereinholen. Auch noch eine junge Frau – und wie ich gehört habe, eine außerordentlich hübsche. Ich fürchte, dass damit drei Gründe für Konflikte hier hereingetragen werden. Weiblichkeit, Jugend und Schönheit. Denken Sie darüber nach."

Die Aussprache über dieses Thema dauerte lange. Manche argumentierten, dass die Welt nun einmal weiblicher werde und auch die Firma mit der Zeit gehen müsse. Andere verwiesen auf die unbestreitbaren Erfolge einiger Frauen in Politik und Wirtschaft. Wieder andere bemerkten, sie seien eine ausreichend gesetzte Gesellschaft, um nicht von einer einzelnen jungen Frau den Kopf verdreht zu bekommen oder gar untereinander in Streit zu geraten.

Der alte Eizenbon wich nicht von seiner Meinung ab und rief schließlich nur noch aus: „Wo eine Frau ist, herrschen Hass, Zwietracht und Intrigen, selbst wenn es dabei nicht um Sex geht!"

Der Große Chef musste den Gremiumsmitgliedern erklären, dass er nach den vortastenden Gesprächen zwischen der Prager Gruppe und der Berliner Gruppe und nach allem, was er von Galina wusste, überzeugt sei, dass es zu keiner Fusionierung kommen würde, wenn sie der Dame nicht einen Sitz im Gremium anböten. Das entschied die Sache. Der sture Eizenbon wurde überstimmt, und der Große Chef erhielt freie Hand, um die Vereinigung voranzutreiben und durchzuführen.

Etwas kürzer dauerte die Aussprache über Leon. Die verlangte Auslieferung wurde vom Gremium einstimmig abgelehnt. Eizenbon nahm dies zum Anlass, das Problem von Galinas Gremiumsmitgliedschaft erneut in die Runde zu werfen.

„Wer auch nur kurze Zeit in unserer Branche tätig gewesen ist", sprach er voller Erbitterung und dennoch mit Würde, „muss mir recht geben, dass eine solche Forderung schlicht schamlos ist. Jeder ordentliche Mafioso weiß", rief er aus, und hier erstarrten die Anwesenden, die diesen Begriff gewöhnlich nicht untereinander gebrauchten, „dass eine Mafia nur deshalb bestehen und existieren kann, weil sie sich an ungeschriebene Gesetze hält. Und eines von ihnen ist das Gesetz beidseitiger Loyalität. Würden wir uns nicht an dieses Gesetz halten und würden wir uns diesem Leon gegenüber nicht loyal verhalten, würden wir uns selbst ins Gesicht spucken. Die eigene Ehre beschmutzen. Allein die Tatsache, dass sie so etwas von uns verlangt, zeigt mir deutlich, dass sie nicht zu uns gehört. Das ist Galeerenpack. Ein blutsaugendes Flittchen aus dem Volk, das sich nach oben rempelt. Aber sind wir denn der Pöbel? Irgendein Mob? Nein, und wir sind es nie gewesen. Wir sind eine Elite. Wir sind der Adel dieser Zeit. Und so eine Kanaille wollen Sie jetzt zu uns reinholen! Ich bitte Sie eindringlich, überdenken Sie das noch einmal!"

Eine interessante, wenn auch nach Meinung des Großen Chefs

etwas zynische Auffassung vertrat Karpow, der erklärte, dass Galina einen Fehler gemacht habe. Wenn sie sich schon unbedingt an Leon rächen müsse, hätte sie ihn umbringen lassen sollen, bevor sie mit ihnen in Verhandlungen trat. In diesem Fall hätten sie nichts tun können und wären trotzdem zum Verhandeln bereit gewesen. So aber sei es ihre moralische Verpflichtung, nicht nur Leon nicht auszuliefern, sondern auch ihn zu schützen.

Sie stimmten gar nicht erst darüber ab, sondern beauftragten den Großen Chef lediglich, Galina den klaren und unmissverständlichen Standpunkt des Gremiums entsprechend zu übermitteln.

Der Himmel über Böhmen war gänzlich verhangen. Von hier oben erinnerte die Wolkenschicht an riesige bewegliche Wattebäusche, die langsam unter ihnen vorüberschwebten. Erst als die Maschine zu sinken begann und in die Bäusche hineinschnitt, konnte man sich davon überzeugen, dass es keine Watte war. Hinter dem Fenster zogen Nebelschwaden vorüber, und Wassertröpfchen schlugen sich an der Scheibe nieder. Dann tauchte unter ihnen Prag auf, zu beiden Seiten des Flussbogens auf die Abhänge gebettet wie die Königin von Saba auf ihre Kissen. Auf einem der Hügel die Burg und die Kathedrale. Auf der anderen Seite der bronzene Reiter mit dem Streitkolben in der Hand. In ungewöhnlicher Perspektive und ungewohnten Verkürzungen. Der Große Chef spürte geradezu, wie aus dieser wolkenverhangenen, neblig trüben Stadt ein magisches Fluidum aufstieg. Bis zu ihm hinauf, bis zu den Sitzplätzen der absteigenden Maschine.

In der Flughafenhalle unten verkündete unterdessen eine Frauenstimme über den Lautsprecher: „Die Maschine der Fluggesellschaft Swissair, Verbindung Zürich–Prag, planmäßige Ankunft vierzehn Uhr zwanzig, setzt in diesen Minuten zur Landung an."

Obwohl es noch verfrüht war, lief der Kleine Chef sofort zum Passagierausgang hinüber. Lucie und der Schweigsame folgten ihm langsam. Sie warteten ohnehin noch eine gute Viertelstunde, bis sie den Großen Chef den Zoll passieren sahen.

Der Kleine Chef kroch unter der Stange hindurch, die die Wartenden eigentlich zurückhalten sollte, und eilte ihm entgegen. Lucie und der Schweigsame blieben hinter der Absperrung zurück.

„Und?“, schoss er los, ohne sich mit einer Begrüßung aufzuhalten.

„Alles in Ordnung. Das Gremium hat es gutgeheißen. Wir haben die Vollmacht, mit Galina zu verhandeln.“

„Und Leon?“, stieß er aus.

„Einmütig abgelehnt.“

„Aber es ist ihre Bedingung“, informierte der Kleine Chef ihn überflüssigerweise, um seine Enttäuschung zu verbergen.

„Einige Mitglieder des Gremiums hat diese Bedingung außerordentlich aufgebracht. Galina Nikolajewna würde sicher nicht gerne hören, was in dem Zusammenhang über sie gesagt wurde.“

Da hatten sie Lucie und den Schweigsamen erreicht, die vorschriftsmäßig hinter der Barriere abgewartet hatten.

Der Große Chef gab ihnen die Hand.

„Ihr hättet nicht alle drei kommen müssen. Ich bin doch kein Staatsmann“, scherzte er. „Ein Fahrer hätte genügt.“

„Wir wollten dich abholen“, erklärte Lucie, „und Ludwa war so neugierig.“

Auf dem Parkplatz fasste der Große Chef, bevor sie sich trennten – denn der Kleine Chef war mit seinem eigenen Wagen gekommen –, die Ergebnisse seiner Schweizreise zusammen.

„Das Gremium ist einverstanden, dass wir mit Aschajews verwaisten Leuten verhandeln. Ich wurde damit betraut. Ludwa wird die Zusammenkünfte organisieren. Er soll einen geeigneten Ort für ein erstes Treffen ausfindig machen, wo wir sicher wären, falls sie uns eine Falle stellen wollen. Denn das Ganze kann immer noch eine Finte sein. Danach werden wir weitersehen."

Der Kleine Chef hatte sich schon auf diesen Aspekt vorbereitet. „Ich weiß, wo", sagte er. „Da ist eine Raststätte auf der Autobahn von Brünn nach Prag, kurz vor Průhonice. Das ist wirklich ein genialer Ort. Ich bin vor Kurzem zufällig dort gewesen. Er ist wie gemacht für so einen Anlass."

„Ich muss es erst sehen", erklärte der Große Chef. „Wie hat der alte Josef Wissarionowitsch doch gesagt? Vertrauen ist gut – Kontrolle ist besser …"

Und so fuhren sie zur Kontrolle gleich am nächsten Nachmittag in derselben Besetzung dorthin.

Die Raststätte besaß eine große Terrasse, hinter der sich ein Restaurant und dahinter wiederum ein pompös eingerichteter kleiner Salon befanden. Die Toiletten waren sowohl von der Terrasse und als auch vom Restaurant aus zugänglich. Man konnte mit dem Auto direkt bis an die Terrasse vorfahren und von dort schnell wieder auf die Autobahn gelangen. Das Areal besaß zwei Parkplätze. Der eine lag mehr Richtung Brünn, der andere näher Richtung Prag. Der Große Chef durchmaß das ganze Gelände mit langen Schritten. Selbst in die Damentoilette warf er einen Blick, sehr zur Empörung der alten Frau, die dort pro fünf Kronen zwei Blatt Toilettenpapier verkaufte. Er umwanderte das ganze Gebäude, besah sich auch die den Feldern zugewandte Rückseite.

Lucie und der Schweigsame waren auf der Terrasse geblieben, während der Kleine Chef hinter dem Großen hertrabte. Als die beiden schließlich zu ihnen zurückkehrten, sagte der Große Chef: „Es gefällt mir. Wir werden auf der Prager Seite parken, sodass wir im Notfall schnell von hier loskommen. Wenn wir vor ihnen hier sind, haben sie keine Möglichkeit, uns aufs Kreuz zu legen. Als

Treffpunkt vereinbaren wir die Terrasse. Dann begeben sich beide Gruppen ins Restaurant, wo Ludwa ihnen eine Bewirtung anbieten wird, während ich mich unter vier Augen mit Galina im kleinen Salon unterhalte."

„Sollen wir uns nicht lieber zu dritt unterhalten?", bot der Kleine Chef an. „Ich könnte dir zur Seite stehen."

„Nein, zu zweit ist völlig ausreichend."

Der Kleine Chef bekam den Auftrag, für einen Tag der nächsten Woche ein Treffen zu vereinbaren. Und falls das Aschajews Leuten nicht passte, für Anfang übernächster Woche.

Während noch über den Termin der Zusammenkunft verhandelt wurde, ereignete sich etwas, womit weder der Große noch der Kleine Chef gerechnet hatten.

Von München aus hatte Semjon Dawidowitsch Eizenbon, seinem hartnäckigen Widerstand gegen die Mitgliedschaft einer Frau im Gremium getreu, eigenmächtig einen seiner Leute nach Berlin geschickt, der von früher her zwei Männer der Berliner Gruppe kannte. Eizenbons Emissär hatte nur eine Aufgabe: vorsichtig auszukundschaften, wie fest Stalina im Sattel saß. Herauszubekommen, ob es nicht irgendeinen Hebel gab, den man in Bewegung setzen konnte, um Galina durch jemand anderen zu ersetzen.

Eizenbons Mann war zwar vorsichtig, doch weniger vorsichtig als Stalina. Innerhalb weniger Stunden nach seiner Ankunft in Berlin wusste sie, weshalb er da war. Das schärfte ihre Wachsamkeit auch Prag gegenüber. Sie wurde misstrauisch, das anberaumte Treffen könnte eine Falle sein.

Das Liebesgegeifer des Kleinen Chefs, das ihr aus dem Telefonhörer entgegentropfte, bestärkte nur ihren Verdacht. Sie war überzeugt, ein wirklich verliebter Mann könnte nicht so unmögliches Zeug von sich geben. So konnte nur ein Heiratsschwindler schwafeln oder ein anderer Lump, der auf irgendeine Weise die Gefühle von Frauen missbrauchen wollte. Sie war schon nahe dran, die Kontakte ganz abzubrechen, als ihr in den Sinn kam, dass man ihr, wenn man sie hereinlegen wollte, Leon bereitwillig mit Goldschnur verpackt dargeboten hätte. Da sie ihn aber so vehement in Schutz nahmen, war es unwahrscheinlich, dass sie ihr ernsthaftes Interesse an Verhandlungen nur vortäuschten.

Dann wiederum dachte sie, dass die Weigerung, Leon herauszugeben, auch eine umso raffiniertere Falle sein konnte. Derjenige, der sie ausgeklügelt hatte, mochte den Gang ihrer Überlegungen vorausbedacht haben und mit genau dieser Schlussfolgerung rechnen.

Letztlich musste sie sich eingestehen, dass die Frage offenblieb.

Trotz ihres Misstrauens beschloss sie, nach Prag zu fahren, dabei aber mit äußerster Vorsicht zu agieren. Und in diesem Sinne unterrichtete sie auch ihre Leute.

28.
Das verpatzte Gipfeltreffen

Der Termin fiel auf den Dienstag. Der Kleine Chef hatte die Zusammenkunft für zehn Uhr vereinbart. Um neun hätten ihnen Spätaufsteher im Wege sein können, um elf verfrühte Mittagsgäste. Als sie in einem letzten Telefonat die verbliebenen Details durchsprachen, war Galina außerordentlich freundlich zu ihm. Sie wies seine Schmeicheleien nicht zurück, machte sich nicht lustig über sie.

„Ich freue mich schon darauf, die erfolgreiche Verhandlung zünftig mit dir zu feiern. Du hast noch von neulich eine Belohnung bei mir gut“, sagte sie zum Abschied und gurrte schmachtend durch die Leitung.

Um Viertel vor neun war die Abfahrt vom *Zlatý beránek* angesetzt. Der Große Chef verteilte zuvor Pistolen. „Bloß zur Sicherheit“, erklärte er. Und er legte allen ans Herz: „Nur dann gebrauchen, wenn ihr die Gewissheit habt, dass die andere Seite schießen will. Wir fahren dorthin, um ein Bündnis zu schließen. Die Rückkehr von Aschajews Leuten in die Firma auszuhandeln. Ich will keine Rumballerei. Nur falls sie uns linken wollen, werden wir uns wehren.“

Sie kamen kurz nach neun vor Ort an. Die Raststätte sah verlassen aus, still und ruhig wie eine alte Flößerschenke an einem Flussufer. Mit dem Unterschied, dass der eiserne Fluss, dessen Gebrause unaufhörlich herüberdrang, die nahe Autobahn war.

Der Große Chef ging wieder um das ganze Objekt herum und vergewisserte sich, dass an den kritischen Stellen kein verborgener Schütze lauerte. Dann verteilte er seine Leute. Oskar sollte sich gleich am Rand der Terrasse aufstellen, Kostja platzierte er an einen Tisch etwa fünf Schritte weiter. Und direkt an den Tisch daneben Sascha Klopper. Er selbst und der Schweigsame setzten sich an einen Tisch in der Mitte, gegenüber der Treppe, die auf die Terrasse führte. Der Kleine Chef erhielt seinen Platz zwei Tische rechts von ihnen, und ans andere Ende der Terrasse, bei den Toiletten, postierte er Leon.

Der Herbst hatte schon begonnen, seine raue Seite zu zeigen. Die Luft war kalt und feucht. Sie konnten nicht einmal die Mäntel ablegen. Leon stellte seinen Kragen auf und trat vor dem Eingang der Toiletten von einem Fuß auf den anderen. Ihm war kalt, selbst die Waffe in seiner Tasche fühlte sich kalt an, und er hatte schlechte Laune. Am Morgen hatte er sich beinahe mit Lucie gestritten. Er hatte sie schroff angefahren, als sie ihm mindestens zum zehnten Mal ans Herz gelegt hatte, auf sich aufzupassen.

„Was soll ich denn aufpassen?“, hatte er gefaucht. „Ich passe immer auf.“

„Irgendetwas sagt mir, dass sie uns eine Falle stellen“, behauptete sie. „Mir macht das Angst. Dem Chef offensichtlich auch. Warum sonst will er nicht, dass ich mitkomme?“

„Und warum solltest du mitkommen?“

„Ich bin bei fast jeder wichtigen Verhandlung dabei.“

„Die hier gehört halt zu denen, bei denen du nicht dabei bist.“

„Galina bringt bestimmt einen Trupp Revolverhelden mit.“

„Sie wäre ja auch verrückt, wenn sie mit einem Schwarm Nachtigallen ankäme. Das ist die beste Garantie, dass nichts passiert.“

„Wenn ich aber doch hier“, sie legte eine Hand auf ihre Brust, „so eine Beklemmung verspüre. Weißt du, seit dem Moment, wo Aschajew sich abgesetzt hat, herrscht so eine Atmosphäre der Angst. Und ich fürchte, es ist noch nicht vorbei.“

„Aber genau das wird es, das wird es heute sein", hatte er ihr versichert.

Und nun stand er hier und zitterte, nicht vor Angst, sondern vor Kälte.

Dem Kleinen Chef fiel schließlich etwas ein, wonach sich alle gesehnt hatten. Er ging zum Kellner und bestellte für jeden einen doppelten Wodka. Für den Großen Chef und für sich zusätzlich einen Tee.

Der Wodka wärmte Leon auf. Auch die Sonne guckte endlich zwischen den Wolken hindurch und machte die Luft ein wenig milder. Er hörte das fortlaufende Getöse der nahen Autobahn, und allmählich kehrte seine gute Laune zurück. Er dachte daran, dass er Lucie am Morgen ganz unsinnigerweise angeschnauzt hatte. Bei ihnen beiden lagen die Nerven blank. Weil sie immer noch ihre Beziehung geheim hielten und vor den anderen Gleichgültigkeit vortäuschen mussten, und wegen der angespannten Stimmung in der Firma. Er sollte sich bei ihr entschuldigen. Er wäre ja auch ein schöner Idiot, wenn er sich von Aschajews Waisen seine Liebe kaputtmachen ließe.

Die Bezeichnung Aschajews Waisen hatte er vom Großen Chef übernommen. Sie erschien ihm ulkig. Auch jetzt musste er insgeheim darüber grinsen. Besonders die Vorstellung von Galina als armseliger Waise kam ihm grotesk vor. Er verband damit eine Abbildung, die er einmal als Schüler gesehen hatte. Darauf war ein kleines Mädchen gewesen, das sich die steif gefrorenen Hände an brennenden Streichhölzern wärmte. Es hatte lange Haare und tief liegende Augen voller Verzweiflung. In dem Märchen, auf das sich das Bild bezog, war das Mädchen gestorben, wenn er sich recht erinnerte. Die Waise Galina würde allerdings nicht sterben, die gab verdammt gut acht, dass sie nicht erfror.

Es war fünf nach zehn, als der Große Chef ungeduldig auf die Uhr sah.

„Schon fünf nach“, sagte er, „sie sollten jetzt hier sein.“

„Sie kommen bestimmt“, beruhigte ihn der Kleine Chef. „Sie hat es versprochen.“

Und wie zur Bestätigung seiner Worte tauchten auf der Autobahnausfahrt drei Wagen auf und näherten sich der Raststätte. Der letzte von ihnen war ein silberner Mercedes.

Alle konzentrierten sich verstärkt auf ihre richtige Position und verfolgten die Anfahrt.

Die Autos hielten nicht weit entfernt von den Stufen, die zur Terrasse hinaufführten. Nach einer Weile stiegen aus dem ersten Wagen drei Männer, gingen auf die Terrasse zu und nahmen die ersten Stufen. Als ihre Köpfe über der Terrasse auftauchten, erkannte Leon Tolja, Kolja und Wolja.

Unterdessen waren aus dem zweiten Wagen zwei Männer ausgestiegen und näherten sich ebenfalls der Terrasse. Hätte Leon in Berlin mehr Zeit gehabt, hätte er in ihnen jene Männer erkannt, die im Schachklub Aschajews Leibwächter gewesen waren und ihn auf die Straße hinaus verfolgt hatten.

Tolja, Kolja und Wolja, jeder mit einer Hand in der Jackentasche, hatten inzwischen das Ende der Treppe erreicht und gingen auf den Großen Chef und den Schweigsamen zu, die sie von ihrem Tisch aus beobachteten. Die anderen beiden waren an den Treppenstufen angelangt.

Es herrschte Schweigen, untermalt nur vom Rauschen der Autobahn. Alle Gesichter verrieten konzentrierte Anspannung. Und plötzlich hallte durch die Stille ein unerwarteter Knall. Der Kleine Chef hatte in seiner Nervosität nach der Teetasse gegriffen und sie samt Untertasse vom Tisch gefegt.

Das Trio Tolja, Kolja und Wolja sprang vor Schreck regelrecht in die Höhe. Alle drei drehten sich in die Richtung, aus der der Lärm gekommen war, zogen ihre Hände mit den Pistolen aus den Taschen und zielten schon auf den Kleinen Chef.

Leon hatte es verfolgt und brüllte: „Mann, Jungs!"

Die drei drehten sich ein Stück weiter in seine Richtung und nahmen dabei die Waffen in ihren Händen mit. Ehe sie schießen konnten, hatte Leon nacheinander drei Schüsse abgegeben. Es war ein Dreifachtreffer wie auf dem Schießplatz. Einer nach dem anderen sanken die drei zu Boden.

Der Kleine Chef gellte an seinem Tisch auf: „Du Rindvieh, was tust du da, du Rindvieh!" Und, sei es im Affekt oder in der Absicht, Galina zu beweisen, dass er ein Mann war und kein pubertierender Jüngling, feuerte zwei Schüsse auf Leon ab. Er war zu nah, um nicht zu treffen.

Leon spürte den Einschlag in die Hüfte und gleich darauf in die Brust. Alles um ihn herum drehte sich, und auf einmal hörte er Tangomusik. Die herrliche Melodie eines alten russischen Tangos aus den Zwanzigerjahren. Sie klang verführerisch und sinnlich, verlockte zu Genuss und Wollust. Er passte sich dem Rhythmus an und tanzte noch besser als damals mit Xenia. Aber er hielt nicht Xenia in den Armen, mit Lucie tanzte er, er konnte die geschmeidige Bewegung ihres Körpers spüren, hörte das Saxofon wimmern und jammern, sah ihr in die Augen, nur kam es ihm seltsam vor, dass sie so geschwollene Augen hatte und so kreidebleich war. Bis das Saxofon auf einmal verstummte und keine Lucie mehr da war, kein Tango, nichts mehr, nur Dunkelheit, die ihn umfing. „Lucie!", schrie er aus Leibeskräften in die Dunkelheit, „Lucie!", und er ahnte nicht, dass es draußen, außerhalb seines Körpers, nur klang wie ein zweimaliges schwaches Ausatmen.

Auf der Terrasse und ringsum vollzog sich indessen alles furchtbar schnell.

Der Große Chef und der Schweigsame hatten sich unter dem Tisch verschanzt. Die zwei Männer auf der Treppe feuerten ziellos irgendwohin in die Luft und eilten mit großen Schritten zu ihrem Auto zurück. Sie sprangen in die offene Tür, und die Wagen mit den Berliner Kennzeichen starteten jäh und brausten entlang der Terrasse davon. Durch halb geöffnete Türen gaben die Aschajewer noch ein paar Schüsse ab, trafen aber zum Glück nur die Fensterscheiben.

Da war der Große Chef auch schon aufgesprungen und befahl Kostja und Oskar mit Blick auf den am Boden liegenden Leon: „Nehmt ihn. Wir verschwinden."

Die beiden schnappten sich Leon unter den Achseln, hoben ihn an und schleppten ihn durch den kleinen Gang an den Toiletten vorbei zur anderen Seite der Raststätte, wo sie die Autos stehen hatten. Die Spitzen seiner teuren Stiefel schleiften über den Betonboden. Eine kurze Blutspur markierte die Richtung, die sie eingeschlagen hatten. Der Große Chef lief ihnen voraus, der Kleine Chef und Sascha Klopper stolperten hinterher.

Leons Körper wurde in eines der Autos verfrachtet, und blitzschnell saßen alle. Auch ihre Wagen verließen mit hoher Geschwindigkeit den Rastplatz in Richtung Autobahn.

Als alles vorbei war und die Stille wieder nur mehr vom gleichmäßigen Rauschen des Autobahnverkehrs untermalt wurde, wagte sich vorsichtig der Kellner aus dem Restaurant auf die Terrasse hinaus. Er sah sich um, ging zu den drei Toten hin, die auf den Stufen lagen, besah sich ausführlich die Wunden auf ihrer Stirn. Er murmelte etwas wie „sehr merkwürdig" und kehrte dann ins Restaurant zurück. In der Tür brüllte er: „Máša, hol Schaufel und Kehrbesen, hier liegt eine kaputte Teetasse."

Er zündete sich eine Zigarette an und wartete, bis seine Kollegin kam. Er deutete auf die Scherben unter dem Tisch. „Sei so nett, feg das weg."

Dann sah er sich nach den drei Leichen um und sagte, vielleicht zu der sich bückenden Kellnerin, vielleicht zu sich selbst: „Schrecklich, diese russische Mafia. Die Polizei wird wieder von mir wissen wollen, was passiert ist. Und ich habe wieder keinen blassen Schimmer."

29.

Ein Windzug bringt das Fenster zum Knallen

„Sie sind heute so nervös, Lucie."

„Natürlich. Wie sollte ich nicht? Das ganze Versöhnungsgetue mit Aschajews Leuten gefällt mir nicht."

„Ludwik Abramowitsch organisiert es, dann wird es schon in Ordnung gehen."

„Aber ich habe so ein ungutes Gefühl."

„Nur keine Sorge, das geht bestimmt gut aus."

„Glauben Sie?", fragte Lucie. Sie blieb kurz stehen und musterte Sonja forschend, die vor ihrem Computertisch saß und sich zum Reden in ihrem Stuhl zum Raum hingedreht hatte.

Lucie wanderte im Büro des Kleinen Chefs auf und ab und sah jeden Moment ungeduldig durchs Fenster in den Hof hinaus.

„Ich weiß es. Ludwik Abramowitsch ist ein seriöser Mensch. Was er verspricht, das hält er."

Sie sagte es auf eine Weise, die Lucie stutzig machte. Sie hörte wohl etwas anderes heraus, als Sonja gemeint hatte.

„Hat er Ihnen schon einmal etwas versprochen, was er gehalten hat?"

„Mir leider nicht. Aber ich kenne ihn so gut, dass ich es weiß. Wir sind ja immer zusammen. Ich beobachte ihn. Er ist wirklich seriös."

„Vielleicht haben Sie recht", lenkte Lucie ein. „In dem Fall muss man aber hoffen, dass diese Galina-Stalina ebenso seriös ist."

„Ich habe die Person nur einmal gesehen. Um ehrlich zu sein, hat sie keinen sehr günstigen Eindruck auf mich gemacht."

„Ich habe gehört, sie hätte Sie aus dem Büro vertrieben."

Sonja machte ein Gesicht, als hätte man ihr eine Kröte auf einem Teller serviert.

„Ich weiß nicht, was man sich darüber erzählt. Wir waren ja nur zu dritt. Aber Tatsache ist, dass sich noch niemand mir gegenüber so unverschämt verhalten hat wie dieses Weibsstück. Nicht einmal meine Tochter, als sie in der Pubertät war. Damals hab ich mit ihr einiges durchgemacht. Inzwischen hat sie ja Vernunft angenommen und macht mir Freude. Wissen Sie, wenn man als Frau alleinerziehend ist …"

Sonja erzählte nicht mehr zu Ende, welche Probleme man als alleinerziehende Frau hat, weil draußen im Hof drei Autos zu hören waren, deren Motoren kurz darauf verstummten. Lucie stürzte zum Fenster. Sie sah, wie aus zwei der Limousinen der Große Chef, der Kleine Chef, der Schweigsame und Sascha Klopper heraussprangen und aus dem dritten Wagen Oskar und Kostja den reglosen Leon herauszogen und hinüber zum Hotel trugen.

„Jesus Maria!", wimmerte sie. „Mein Gott! … Ich habe es geahnt! … Ich habe es geahnt!"

Sie lief auf die Tür zu, blieb aber mitten im Raum stehen, war auf einmal zu keiner Bewegung mehr fähig, starrte nur mit großen Augen und halb offenem Mund in Richtung Treppenhaus, von wo das Fußgetrappel der heraufkommenden Gruppe zu hören war.

Sonja, die keine Ahnung hatte, was Lucie gesehen hatte, schien es, als stünde dort eine Statue der Verzweiflung.

Da erschienen auch schon der Große Chef, der Kleine Chef, der Schweigsame und Sascha Klopper im Büro, und hinter ihnen wurde Leon von Oskar und Kostja halb hereingetragen, halb geschleift.

„Setzt ihn hier ab“, sagte der Große Chef und deutete auf einen Sessel.

Oskar und Kostja bemühten sich, Leon dort hineinzusetzen, wobei er ihnen fast hinunterfiel. Sein Rumpf war über die Lehne gebeugt und sein Kopf hing zur Seite.

Der Große Chef hatte inzwischen die Tür geschlossen.

„Geht ihr mal, Jungs, wir kümmern uns schon um ihn.“

Kostja und Oskar waren gemeint, doch die zögerten und konnten sich nicht zum Gehen entschließen.

Der Große Chef beugte sich über Leon, legte das Ohr an seine Brust, blickte ihm ins Gesicht, begriff, dass alles zu spät war, und sagte trotzdem: „Man sollte wohl einen Arzt holen.“

Der Kleine Chef bemerkte dazu nüchtern: „Dem kann kein Arzt mehr helfen.“

Lucie stand inmitten des Raumes, nahm wahr, was sich um sie herum abspielte, hörte die Sätze, die gesprochen wurden, aber all das drang wie aus weiter Ferne zu ihr. Und genauso teilnahmslos nahm sie wahr, wie der Große Chef die reglos glotzenden Kostja und Oskar anfuhr: „Verdammt, jetzt macht euch schon vom Acker!“

Sie hörte, wie sich die beiden in Bewegung setzten, die Tür öffneten und wieder hinter sich schlossen.

Kaum waren Oskar und Kostja draußen, explodierte der Große Chef und brüllte den Kleinen Chef an: „Dir ist wohl die Birne durchgeknallt, du Idiot! Warum hast du auf ihn geschossen? Ich könnte dich umbringen. Du elender, hirnverbrannter Idiot!“

„Er hat doch alles vermasselt“, brauste der Kleine Chef auf. „Er hat einfach alles vermasselt mit seinem Übereifer. Dieser Dummkopf! Dieses Rindvieh!“

Ob der Große Chef etwas darauf antwortete, bekam Lucie nicht mehr mit. Auf einmal konnte sie sich wieder rühren. Sie ging zu Leon hinüber, der leblos im Sessel lag, beugte sich über ihn, strich ihm übers Haar. Drückte ihm die Augen zu. Dabei flüsterte sie: „Leb wohl, Liebster." Dies alles tat sie, ohne dass sich in ihrem Gesicht ein Muskel regte. Mit der starren Maske der Verzweiflung, wie programmiert. Und ebenso mechanisch drehte sie sich um und ging zum Schreibtisch hinüber, auf dem ihre Handtasche lag. Sie nahm sie, öffnete sie und kramte in ihr. Langsam ging sie zum Kleinen Chef hinüber und fragte ihn leise, ganz leise: „Du hast ihn umgebracht?"

Der Kleine Chef ließ unsicher seinen Blick umherschweifen, ohne dass er die Frage bejahte oder verneinte, er lächelte nur etwas dämlich.

„Du Schwein, du niederträchtiges, gemeines Schwein!", schrie Lucie. „Du dreckiger Verräter, du widerlicher Abschaum"

Und noch mehr Schimpfwörter drangen aus ihrem Mund, die jedoch im Lärm der dumpfen Schüsse untergingen, denn sie hatte aus ihrer Handtasche den kleinen Revolver Kaliber 6,35 mm gezogen und aus nächster Nähe einen Schuss nach dem anderen auf den Kleinen Chef zu feuern begonnen.

Der Kleine Chef schrie auf, fasste sich an die Brust und sackte langsam um.

„Lucie, was tust du da!", brüllte der Große Chef und sprang zu ihr hin, doch da hatte Lucie den Revolver schon zu Boden fallen lassen, kauerte sich in die Hocke und begann laut zu weinen, fast wie ein Wolf zu heulen.

Nun begann Sonja gellend zu schreien: „Lucie! … Ludwik! … Lucie! … Ludwik! … Mein Gott!"

Die vormittägliche Stille des Hotels war auf einmal von vielen Geräuschen durchdrungen. Türeknallen, laute Schritte, Geschrei, bis jemand an die Tür klopfte.

Der Große Chef fuhr die beiden heulenden Frauen an: „Still! Herrgott noch mal, still!"

Und als sie sich tatsächlich etwas beruhigt hatten, machte er einen Spaltbreit die Tür auf und zwängte sich durch die Öffnung auf den Gang hinaus. Dort standen ein paar spärlich bekleidete Mädchen, die Augen weit aufgerissen.

„Da hat doch jemand geschossen."

„Unsinn. Da ist nur das Fenster zugeknallt. Es hat gezogen."

„Da war etwas, das hörte sich an …"

„Es war ein Luftzug, habe ich gesagt. Es hat gezogen, und das Fenster ist ein paarmal zugeknallt. Wisst ihr nicht, was ein Luftzug ist?"

Sie machten lange Gesichter und blickten den Großen Chef und einander ungläubig an.

„Geht mal schön weiter ausschlafen, Mädchen", sagte er freundlich, „hier gibt es wirklich nichts zu gucken. Ihr würdet euch nur umsonst den Popo abfrieren. Und das wäre doch schade um diese hübschen Popos."

Er zwinkerte ihnen zu und zeigte etwas, was er für ein anzügliches Lächeln hielt.

Das gab so sehr die normale Atmosphäre des *Zlatý beránek* wieder, dass sie sich angeödet verzogen. Sie hatten eine Sensation erwartet und stattdessen wieder nur Gesülze über Pos bekommen.

Der Große Chef kehrte ins Bürozimmer zurück. Die beiden Frauen darin weinten nicht mehr, schluchzten nur noch leise. Er kniete sich neben den Kleinen Chef auf den Boden, beugte sich über ihn, besah sich seine gläsernen Augen, tastete nach seinem Puls.

„Auch dem kann kein Arzt mehr helfen", sagte er düster, während er sich aufrichtete. Er seufzte einige Male lange, und es war, als würde ihm der neue Sauerstoff in der Lunge seine Entschlossenheit zurückgeben. Er drehte sich zu Sascha Klopper um, der dastand und nicht wusste, was er mit sich anfangen sollte.

„Bring die beiden nach Hause. Sie sollen sich ordentlich ausheulen oder einmal drüber schlafen. Hier sind sie mir zu nichts nütze. Und dann komm zurück. Du musst dafür sorgen, dass der Betrieb hier weiterläuft, als sei nichts gewesen.“

Kurz verstummte er, dann fügte er nachdrücklich hinzu: „Es ist ja auch nichts gewesen. Nur ein Luftzug hat ein paarmal das Fenster knallen lassen.“

Ungeachtet seines hässlichen Spitznamens half Sascha Klopper Lucie zart auf und stützte sie mit seiner Hand am Unterarm, während er die andere Hand Sonja reichte.

„Kommen Sie, meine Lieben, ich fahre Sie nach Hause. Der Chef kümmert sich schon um alles Nötige.“

Der Große Chef schloss hinter ihnen ab. Mit einem Blick aus dem Fenster überzeugte er sich, dass Sascha Klopper die beiden Frauen ins Auto setzte und mit ihnen davonfuhr. Dann ließ er sich am Schreibtisch nieder und blätterte sein Notizbuch durch. Er suchte eine Nummer heraus und wählte.

„Herrn Jurajda, bitte … Hier Kubernát … Herr Jurajda, ich bräuchte den gleichen Service wie kürzlich … Es ist nur etwas komplizierter … Es sind zwei … Selbstverständlich zahlen wir die doppelte Gebühr … Wann? Um halb neun! Gut … Ich werde auf Sie warten.“

Nachdem er aufgelegt hatte, sagte er zu dem Schweigsamen: „Heute Abend haben wir zu tun.“

Der Schweigsame nickte nur.

30.

Schwere Stunde

Sascha Klopper brachte Lucie noch mit dem Lift hoch bis zu ihrer Wohnungstür. Als er sah, wie sie mit zitternder Hand mit dem Sicherheitsschlüssel um das Schlüsselloch herumstocherte und es immer wieder verfehlte, bot er an: „Vielleicht kann ich noch irgendetwas für Sie tun? Ich könnte Ihnen einen Kaffee oder Tee machen oder Ihnen sonst irgendwie nützlich sein."

„Danke, ist nicht nötig", sagte sie, als es ihr schließlich doch gelang, den Schlüssel hineinzustecken und umzudrehen. „Meine Nerven spielen nur etwas verrückt, aber das wird vorübergehen, wenn ich erst einmal zu Hause bin."

„Mochten Sie beide sich gern?", fragte er auf eine Weise, die möglichst unverfänglich klingen sollte.

„Was vorbei ist, ist vorbei", antwortete sie auf Slowakisch, ohne dass sie wusste, weshalb.

„Also kann ich wirklich nichts für Sie tun?"

„Was vorbei ist, ist vorbei", wiederholte sie und schlüpfte so schnell durch die Tür, dass sie ihm fast die Nase einklemmte. Dann öffnete sie sie noch einmal einen Spalt.

„Ich danke Ihnen, Sascha, Sie waren sehr lieb zu mir, jetzt komme ich allein zurecht."

Der Ton in ihrer Stimme erschreckte ihn, und er schob einen Fuß in die Tür.

„Lucie", sagte er eindringlich, „versprechen Sie mir, dass Sie keine Dummheiten machen."

„Ich verspreche, dass ich keine Dummheiten mache", wiederholte sie mechanisch und fügte hinzu: „Ich weiß, dass vorbei ist, was vorbei ist. Und dass ich mich irgendwie damit abfinden muss. Also nehmen Sie schon Ihr Füßchen da raus, und ich werde das verarbeiten. Keine Angst, ich werde keine Dummheiten begehen, weder Tabletten schlucken noch mir die Adern aufschneiden."

Er zog also den Fuß weg.

Sie sagte noch mal: „Danke, Sascha!", und schlug die Tür zu.

Als sie mitten im Raum stand, fiel ihr auf, dass sie leere Hände hatte und nicht wie sonst bei ihrer Rückkehr etwas ablegen musste. „Gott, bin ich ein dummes Frauenzimmer", sagte sie laut. „Ich habe die Handtasche dort liegen lassen."

Sie ließ sich in den Sessel gleiten, starrte mit leerem Blick vor sich hin, und in ihrem Kopf bildete sich gebetsmühlenartig immer wieder dieser einzige Satz: „Was vorbei ist, ist vorbei."

Sie wusste nicht, wie lange sie dort schon saß.

Zehn Minuten? Eine Stunde? Zwei? Letztlich war es ganz egal.

Sie stand auf und ging ins Bad. Sah sich im Spiegel an. Ihre Augen waren rot und geschwollen, die Schminke war über ihr Gesicht zerlaufen, sie hatte zerzaustes Haar. Nur ihre Lippen schimmerten so rot wie immer. Aber das alles überraschte sie nicht. Es kam ihr natürlich vor nach dem, was sie in den vergangenen Stunden erlebt hatte. Was sie überraschte, war ihr eigenartiger Gesichtsausdruck – so als habe sich zwischen Mund und Schläfe eine Linie der Grausamkeit festgesetzt, die da früher nicht gewesen war. So gründlich sie sich musterte, sooft sie auch mit den Fingern über die Stelle strich, sie konnte keine Falte dort entdecken, und doch verschwand dieser grausame Ausdruck nicht aus ihrem Gesicht. „Mein Gott", stieß sie auf einmal aus, als erinnerte sie sich erst jetzt daran, was geschehen war, „du hast ihn ja umgebracht. Du hast ihn mit dieser Hand hier abgeknallt wie einen dreckigen Köter. Du bist eine Mörderin, Lucie."

Dieses Wort, dieser Gedanke verblüffte sie so sehr, dass sie sich fassungslos im Spiegel anstarrte.

„Oder eine Henkerin und Richterin", fuhr sie mit ihrem Selbstgespräch fort, „weil du einen Mörder bestraft hast. Weil du für Gerechtigkeit gesorgt hast, die sonst nicht eingetreten wäre. Dieser widerliche Ludwa hat schon so lange darum gebettelt. Viel mehr als Aschajew. Und du hast nur getan, was richtig war."

Sie schloss die Augen, wandte ihr Gesicht nach oben und flüsterte: „Gott, du weißt doch, dass ich das machen musste, du weißt, dass das kein Mord war, nicht mal Rache, dass ich nur ein Instrument der Gerechtigkeit war. Deiner Gerechtigkeit, die die einzig wirklich gerechte, wahrhaftige und unbestechliche ist. Die im Unterschied zur menschlichen Gerechtigkeit alles weiß und alles ermessen kann und jedem geben kann, was nur ihm gebührt. Du weißt das doch. Du weißt besser als ich selbst, dass ich ein bloßes Instrument gewesen bin, von deiner Hand geleitet. Gott, vergib mir, wenn du mir überhaupt etwas vergeben musst. Vergib mir auch diesen hochmütigen, sündhaften Gedanken."

So stand sie im Bad, die Hände an den Körper gepresst, das Gesicht nach oben gedreht, wo sich über der Decke der Himmel befinden musste. Sie hoffte, sie würde eine Antwort hören. Gott antwortete ihr jedoch nicht. Gott schwieg, wie er in solchen Situationen immer schweigt. Trotzdem spürte sie, wie eine seltsame, befriedigende Leichtigkeit ihr Herz beschlich, die sie sowohl von der Last befreite, Leon verloren zu haben, als auch von der, den Kleinen Chef getötet zu haben.

Sie wusste nicht und wollte auch gar nicht darüber nachdenken, ob diese Leichtigkeit von Gott herkam oder ob ihr eine besondere Verschmelzung mit dem Dasein gelungen war oder mit ihren Ahnen, deren Gene sie in sich trug, sie fühlte nur, dass diese Leichtigkeit ihr anzeigte, dass, was sie getan hatte, richtig gewesen war.

Der tranceartige Zustand, in dem sie sich befand, gefiel ihr. Er gefiel ihr so gut, dass sie sich ihm mit Gewalt entreißen musste.

Wieder blickte sie in den Spiegel. Sie sah schrecklich aus. Sie ließ das Waschbecken mit Wasser voll laufen und begann sich das Gesicht zu waschen. Wusch die zerlaufene Schminke und die Tränenspuren ab. Doch die merkwürdige grausame Linie ließ sich nicht abwaschen. Lucie konnte nicht wissen, dass sich vor langer Zeit genau der gleiche Ausdruck im Gesicht eines ihrer Vorfahren festgesetzt hatte, als er zusammen mit Stenka Rasin von seinen Raubzügen aus Persien zurückkehrte.

Sie kochte sich einen Kaffee. Als sie ihn fast ausgetrunken hatte, kam ihr in den Sinn, dass sie nach diesem schweren Nachmittag einen Moment körperlichen Wohlergehens verdient hatte.

Sie ging wieder ins Bad, drehte den Warmwasserhahn über der Wanne voll auf, verteilte ausgiebig Kräuterölbad darüber und zog sich langsam und bedächtig aus. Ehe sie ins Wasser stieg, auf dessen Oberfläche sich hügeliger Schaum angesammelt hatte, lief sie noch einmal nackt aus dem Raum. Sie holte die Kette mit dem zwinkernden Brillanten aus dem Schmuckkästchen, legte sie sich um den Hals und tauchte erst so dekoriert in das wohltuend heiße Bad.

Sie schloss ihre Augen und wiederholte hartnäckig mit gedämpfter Stimme: „Was vorbei ist, ist vorbei … Was vorbei ist, ist vorbei …“ Und auf einmal liefen ihr wieder die Tränen hinunter. Flossen über ihre Wangen, tropften in die hügeligen Flocken des Badeschaums und bohrten kleine Kanälchen in sie hinein.

Gut möglich, dass ihr gar nicht bewusst war, was für eine schwere Stunde sie gerade durchlebte. Es war die Geburt einer anderen Lucie.

Die seltsame Linie der Grausamkeit blieb in ihrem Gesicht zurück.

31.

Herr, nimm ihre Seelen zu dir

Selbst an diesem Abend sah das Hotel *Zlatý beránek* aus wie sonst. Die Fenster leuchteten in die Dämmerung hinaus, die Köche bereiteten ihre Speisen zu, die Kellner bedienten in Weinstube und Restaurant, die Diskothek und der Club *Zum seligen Sultan* nahmen punkt acht Uhr ihren Betrieb auf.

Der Große Chef war durch das ganze Haus gewandert und konnte zufrieden sein. In der Küche zischte, pfiff, brutzelte und brodelte es, es roch heftig nach Öl, Zwiebeln, Knoblauch, Basilikum und Majoran, die Kellner öffneten Flaschen, schenkten ein und verteilten Drinks, die Gäste aßen und nippten an ihren Gläsern, die Servietten strahlten vor Sauberkeit, Gläser und Geschirr klirrten leise, die Mädchen im Club waren frisiert, geschminkt, parfümiert, appetitlich und begehrenswert. Zwei oder drei von ihnen hatten gleich nach Cluböffnung einen ungeduldigen Gast unter ihre Fittiche genommen, und man konnte davon ausgehen, dass sie wenig später mit ihm nach oben gehen und dort auf einem Messingbett unter oder auf ihm ordentlich seufzen und stöhnen würden, wie es diese Arbeit erforderte.

Alles war, wie es sein sollte. Auch Kostja bewachte den Club mit scharfem Auge, und Oskar schlenderte durch die Diskothek wie immer. Der Große Chef war dennoch etwas nervös, obwohl Sascha Klopper und der Schweigsame ihn bei seinem Rundgang durch den Betrieb auf Schritt und Tritt begleiteten. Aber wer wäre es nicht, wenn er im Büro im ersten Stock zwei Leichen liegen hätte?

Als die Zeiger seiner Uhr fast halb neun anzeigten, stellte er sich in die Tür des Hintereingangs und blickte in den dunklen Hof hinaus, wo bis auf das gelegentlich aufleuchtende Augenpaar von Kater Dempsi nichts zu sehen war.

So standen sie dort schweigend zu dritt, bis die Dunkelheit vom Scheinwerferpaar eines schwarzen Autos durchschnitten wurde, das in den Hof einfuhr.

Die Lichtstreifen beschrieben eine eigenartige Kurve, als der Fahrer den Wagen wendete und rückwärtsfuhr, bis er knapp vor der Tür stand. Er befand sich nun keinen Meter vom Großen Chef entfernt. Erst als die Scheinwerfer verloschen, erkannte man, dass es sich um einen schwarzen Bestattungswagen handelte. Und der Mann, der aus ihm stieg, trug als Zeichen seines Berufsstands eine schwarze Uniformmütze auf dem Kopf. Er legte einen Finger an den Schirm und grüßte: „Salve."

„Guten Abend, Herr Jurajda."

„Keinen Namen", murmelte der Mann und öffnete die Heckklappe des Kombis.

„Holt die beiden runter", befahl der Große Chef und reichte dem Schweigsamen einen Schlüssel. Als sie im Haus verschwunden waren, griff er in seine Brusttasche und zog einen Umschlag heraus.

„Der doppelte Betrag."

Jurajda befühlte die Dicke des Umschlags.

„In Ordnung", brummte er.

„Können Sie es heute noch erledigen?", fragte der Große Chef.

„Gleich, wenn ich ankomme. Es gibt keinen Grund, es aufzuschieben."

„Das ist gut. Das ist sehr gut."

Sascha Klopper und der Schweigsame schleppten einen schweren Plastiksack herbei. Jurajda half ihn ins Auto zu verfrachten. Als sie damit fertig waren, verschwanden die beiden wieder und trugen nach einer Weile den zweiten herunter. Dann konnte Jurajda endlich die Heckklappe des Wagens schließen.

„Fahren Sie mit?“, fragte er den Großen Chef.

„Ich nehme meinen eigenen Wagen.“

Der Große Chef grüßte Sascha Klopper per Handzeichen und bemerkte nur noch: „Du weißt ja Bescheid.“ Dann begab er sich mit langen Schritten zu seinem Auto, und der Schweigsame folgte ihm.

Kurz darauf verließen zwei Fahrzeuge den Hof des *Zlatý beránek*. Zuerst der schwarze Kombi, dann der rote Fiat des Großen Chefs. Die Wagen kurvten eine Weile durch die Straßen von Vinohrady, bis sie auf die Autobahn gelangten. Dort beschleunigten sie und fuhren aus Prag hinaus.

Keine halbe Stunde später verließen sie die Autobahn wieder und setzten die Fahrt auf einer schmalen Landstraße fort, der Bestattungswagen immer voran. Im Lichtkegel seiner Scheinwerfer leuchteten kreisförmige Ausschnitte der Landschaft auf. Ein Wäldchen, ein einsames Gebäude, ein Birkenhain, die Wasserfläche eines nebelverhangenen Weihers. Der rote Fiat folgte in einiger Entfernung. Sie passierten ein paar Dörfer, wo nur die erleuchteten Fenster der Gaststätten von Leben kündeten.

Die nächtliche Fahrt fand bei einem kleinen ländlichen Krematorium ihr Ende. Jurajda fuhr mit dem Bestattungswagen in den Hof hinein und parkte durch geschicktes Zurückstoßen so, dass der hintere Wagenteil dicht an den Eingang des Krematoriums anschloss. Er schaltete die Wagenlichter aus, stieg aus dem Auto, entfernte ein Vorhängeschloss vom Schiebetor, öffnete es und knipste das Licht im Arbeitsbereich des Krematoriums an.

Der Große Chef parkte vor dem Haupteingang. Er und der Schweigsame stiegen aus, gingen um das Krematorium herum und betraten ebenfalls den Arbeitsbereich. Sie blieben jedoch am Rand stehen und beobachteten Jurajda aus der Entfernung. Er hatte inzwischen einen kleinen Sargwagen herangerollt, der genauso hoch war wie die Ladefläche des Autos. Ohne große Anstrengung, so wirkte es jedenfalls von Weitem, zog er die beiden langen Säcke aus dem Kombi auf den Metallwagen. Er rollte den Wagen zum Ofen hinüber, öffnete das Türchen und schob beide Säcke hinein, was ihm etwas mehr Mühe bereitete. Er schloss das Türchen. Dann fuhr er den Sargwagen an seinen ständigen Platz in einer Ecke des Raums und ging die Heckklappe des Kombis schließen. Anschließend ging er zum elektrischen Schalter hinüber und stellte den Brennofen an.

Als der Große Chef die Gewissheit hatte, dass beide Leichname im Ofen waren, wandte er sich langsam um, verließ, gefolgt vom Schweigsamen, den Raum und ging zu seinem Wagen. Dort blieben beide noch einmal stehen und drehten sich um.

Der dekorative, unten weite und nach oben sich verjüngende, aus massiven Quadern erbaute Schornstein hob sich dunkel vom hellen Nachthimmel ab.

„Den jungen Revolverhelden“, sagte der Große Chef nachdenklich, „wird keiner vermissen. Aber Ludwa hatte Bekannte hier. Die könnten sich dafür interessieren, was mit ihm los ist, und Scherereien machen. Morgen, oder sobald du ein Ticket kriegen kannst, fliegst du nach Rom. Dort wirst du unter seinem Namen ein Hotelzimmer mieten und für ein paar Tage im Voraus zahlen. Du lässt seinen Ausweis dort und bisschen Kram, vielleicht Schuhe, Socken und ein Hemd, und dann kommst du zurück. Falls jemand fragen sollte, dann ist Ludwik Abramowitsch nach Italien gereist und dort verschwunden. Im *Zlatý beránek* wird jetzt erst einmal Lucie die Regie übernehmen.“

Der Schweigsame gab keinen Kommentar dazu. In der Dunkelheit war nicht einmal zu erkennen, ob er nickte oder nicht. Er blickte nur auf den Schornstein. Als sich dort eine Wolke dunklen Qualms herauswälzte, bekreuzigte er sich mit dem großen orthodoxen Kreuzzeichen und hob halb singend, halb murmelnd zu einem Totengebet in Altrussisch an.

„Lass das", fauchte der Große Chef.

Der Schweigsame machte weiter.

„Du sollst das, verdammt noch mal, lassen", schrie der Chef wütend.

Der Schweigsame murmelte weiter seinen Singsang vor sich hin, bis er zum Ende gekommen war. Dann bekreuzigte er sich erneut, verneigte sich in Richtung des rauchenden Schlots und sprach nun mit normaler Stimme die Fürbitte: „Herr, nimm ihre Seelen zu dir."

Für den Rückweg nach Prag folgten sie den Wegweisern der Landstraße.

32.

Der Große Chef handelt chefmäßig

Am Morgen nach jenem schweren Tag erschien der Große Chef ungewöhnlich früh im Büro. Er hatte am Kiosk vor dem Hochhaus einen Packen Zeitungen gekauft, die, wie er vermutet hatte, alle voll waren von Berichten über die Schießerei an der Autoraststätte.

Die Autoren der Artikel wetterten gegen die russischen Mafiosi, die dort Rechnungen beglichen und drei Tote zurückgelassen hätten. Je weniger sie über sachliche Informationen verfügten, desto mehr gaben sie ihrer verbalen Entrüstung freien Lauf. Am meisten faszinierten sie die Kopfschüsse der drei Verstorbenen. Laut dem Polizeisprecher bestand Hoffnung, dass man diesmal die Täter aufspüren werde. Am Tatort hatte man leere Patronenhülsen aus vier verschiedenen Waffen gefunden, und zwei Augenzeugen berichteten, die Mafiosi hätten einen Schwerverletzten fortgetragen. Man ging davon aus, dass er ärztliche Versorgung benötigen würde, entweder in einem Krankenhaus oder einer anderen Gesundheitseinrichtung. Einer der Augenzeugen gab ferner an, zum Zeitpunkt des Schusswechsels sei ein silberfarbener Mercedes mit deutschem Kennzeichen durch das Areal der Raststätte gefahren. Dessen Fahrer sei allem Anschein nach von den Schüssen verschreckt worden, weshalb er davonfuhr. Eine Zeugenaussage dieses Mercedes-Fahrers könnte außerordentlich wertvoll sein und mehr Licht in die Angelegenheit bringen. Die Polizei bat deshalb sowohl den Fahrer als auch eventuelle Mitinsassen des silbernen Mercedes, sich, soweit sie sich noch auf dem Boden der Tschechischen Republik aufhielten, auf dem nächsten Polizeirevier zu melden und dort ihre Aussage zu machen. Der Innenminister persönlich verkündete empört, das Wüten der russischen Mafia habe diesmal die Grenze des Erträglichen überschritten, und forderte den Polizeipräsidenten zu hartem Durchgreifen auf.

Die ausführlichste Berichterstattung enthielt wiederum der *Blesk*, der die Ansicht vertrat, dass es auch bei der aktuellen Schießerei um Revierstreitigkeiten zwischen zwei Banden gegangen sei. Der Text wurde von drei Fotografien begleitet, die Toljas, Koljas und Woljas Köpfe samt Schusswunden zeigten, die die Kugeln dort jeweils mitten auf der Stirn hinterlassen hatten. Entweder war der Fotoreporter in den Obduktionssaal vorgedrungen, oder die Redaktion hatte einen Polizeifotografen bestochen.

Der Große Chef las sich die journalistischen Ergüsse durch und konnte sich ein leises Lächeln nicht verkneifen. Er wusste nur zu gut, dass weder der Fahrer des silbernen Mercedes noch seine Mitinsassin sich, soweit sie sich noch auf dem Boden der Tschechischen Republik befanden, auf einem Polizeirevier melden und ihre Zeugenaussage abgeben würden. Über die Aufnahmen der drei Susdaler Männer konnte er sich jedoch fast ereifern.

„Das ist ja ekelhaft“, brummte er, „ich begreife nicht, wie sie so widerwärtige Bilder abdrucken können. So etwas wäre früher nicht möglich gewesen.“

Seine Lektüre hatte aber doch ihr Gutes. Ihm fiel dabei ein, dass er den Polizeipräsidenten schon länger nicht mehr gesehen hatte. Er würde ihn ein oder zwei Wochen später, wenn sich der Wirbel etwas gelegt hatte, anrufen und mit ihm mittagessen gehen. Oder besser im Beisein der Mädchen unten im Club zu Abend essen.

Und als er noch einmal das Journalistengeschwafel auf den Frontseiten überflog, kam ihm ein Gedanke, der ihm im ersten Moment fast wie ein Spitzbubenstreich erschien. Er suchte in seinem Adressbüchlein die Berliner Nummer Aschajews heraus und wählte.

Im Hörer tutete es lange, bis am anderen Ende abgehoben wurde und eine verschlafene Frauenstimme sagte: „Jaa."

„Guten Morgen", sagte er, so freundlich er konnte. „Hier spricht Boris Nikolajewitsch Tschernjew. Das, was gestern passiert ist, tut mir außerordentlich leid. Ich möchte mich entschuldigen."

„Erzählen Sie keine Märchen."

„Das sind keine Märchen. Auch zwei von uns mussten für das Ungestüm Ihrer Männer bezahlen."

In der Verbindung rauschte es ein wenig, doch am anderen Ende blieb es still.

„Leonid Andrejewitsch und Ludwik Abramowitsch. Deswegen rufe ich an. Ludwik Abramowitsch wird Sie nicht mehr anrufen."

„Wieso wird er nicht mehr anrufen?"

„Weil man von dort, wo er ist, nicht telefonieren kann."

„Und Leon?"

„Auch er befindet sich dort. Womit Ihre Bedingung erfüllt wäre. Ich habe vom Gremium den Auftrag, mit Ihnen zu verhandeln. Und ich würde gerne die Verhandlungen weiterführen."

„Nach Prag fahre ich nicht mehr!", rief sie beinahe hysterisch aus.

„Es muss nicht in Prag sein. Vielleicht woanders."

„In Berlin."

„Gut, dann in Berlin."

„Und Sie wollen mich nicht wieder reinlegen? Ist Leon wirklich tot?"

„Verdammt noch mal", fluchte er. „Wissen Sie nicht, dass das Telefon ein öffentliches Kommunikationsmittel ist? Aber wenn Sie es wirklich so in Großbuchstaben brauchen, dann ist er meinetwegen tot – mausetot. So wie Sie es sich gewünscht haben! Mausetot wie Stalin, Lenin, Rasputin oder Iwan der Schreckliche."

Er knallte den Hörer auf und fasste sich an die Stirn. Eizenbon hat recht, dachte er, diese Frau ist doof. So macht man das doch nicht, auch wenn Aschajew sich sicher darum gekümmert hat, dass man ein eventuelles Abhören des Gesprächs sofort bemerken würde.

Es dauerte keine zwei Minuten, und das Telefon auf seinem Tisch läutete schrill.

„Ich höre!", schrie er.

„Jetzt möchte ich mich entschuldigen", sagte sie mit zerknirschter Stimme. „Ich habe einen Fehler gemacht. Es wird nicht wieder vorkommen. Glauben Sie mir, ich möchte mich ernsthaft mit Ihnen treffen und die Rückkehr in die Firma aushandeln. Ganz ehrlich."

Er wusste, dass sie ihre Zerknirschtheit übertrieb, ging aber auf ihr Spiel ein.

„Besser als in Berlin wäre ein Treffen in Zürich."

„Warum da?" In ihrer Stimme lag wieder ein misstrauischer Ton.

„Dort könnten wir innerhalb von zwei Tagen alles durchziehen."

„Ich verstehe. Und was ist mit dem Alten?"

„Mit welchem Alten?"

„Eizenbon. Der wird sich nie mit mir anfreunden."

„Doch, wird er. Er ist nicht so böse, wie es auf den ersten Blick scheint."

„Wann?"

„Irgendwann nächste Woche, das werden wir noch genauer festlegen."

„Also gut, machen wir. Ich freue mich. Dann tschau, mein lieber Freund."

Dieser Gruß und vor allem die Weise, wie sie ihn zärtlich herausknurrte, überrumpelte ihn. Sie ist durchtriebener, als ich dachte, sagte er sich und legte ebenfalls auf. Aber er war zufrieden. Sein Spitzbubenstreich war unerwartet erfolgreich.

Und da er schon voller Tatkraft war, rief er Lucie an.

Auch dort dauerte es lange, bis abgenommen wurde.

„Wünsche einen guten Morgen."

„Entschuldige, ich war im Bad."

„Wo auch sonst? Ich wollte dir sagen, du brauchst nicht herzukommen. Ich benötige für heute oder den nächstmöglichen Termin ein Flugticket nach Rom, für den Schweigsamen. Nur hin, ohne Rückflug. Das kannst du von zu Hause per Telefon erledigen. Und dann bitte ich dich, um elf direkt ins *Zlatý beránek* zu fahren. Ich habe beschlossen, dass du fürs Erste die Leitung übernimmst."

„Wie bitte?"

„Irgendjemand muss den Laden führen, und ich habe niemand anderes."

„Das meinst du nicht ernst."

„Völlig ernst. Und keine Widerrede bitte!"

„Aber mein Gott …"

„Keine Widerrede! Um elf im *Zlatý beránek*. Und wenn du unterwegs dazu kommst, das Ticket schon abzuholen, ist es gut. Wenn nicht, auch in Ordnung. Und falls schon früher ein Flieger geht, in dem ein Platz frei ist, ruf an."

Kurz vor elf erwartete Lucie im *Zlatý beránek* eine unangenehme Überraschung oder fast eine Falle, wie sie es empfand.

Als sie dort ankam, hatte sich der größte Teil der Belegschaft in dem Salon versammelt, wo damals die Ministerfeier stattgefunden hatte. Der Große Chef hatte jeden dort hingeschickt, den er auftreiben konnte. Kellner und Kellnerinnen, Barmänner, das Küchenpersonal einschließlich Spülerinnen, Putzfrauen, Zimmermädchen, die Rausschmeißer sowie die Damen aus dem Eros-Club, die er aus ihrem wohlverdienten Schlaf gerissen hatte. Die der Leitung angehörenden Personen standen am Rand der kleinen Bühne, die anderen hatten sich an die Tische gesetzt, und wer keinen Platz mehr gefunden hatte, lehnte an der Wand. Es sah aus wie eine normale Betriebsversammlung.

Ohne dass er sie irgendwie darauf vorbereitet hätte, winkte der Große Chef Lucie zu dem Grüppchen, das sich um ihn gebildet hatte. Es standen dort Sascha Klopper, Sonja, Kostja und Oskar sowie drei Ober. Sie schienen sich gerade über etwas amüsiert zu haben. Als Lucie dazukam, verstummten sie.

Um Punkt elf stieg der Große Chef auf das Podium, hob die Hand und erbat sich Stille.

„Verehrte Anwesende", sagte er, und seiner Stimme war die Routine, auf Versammlungen zu sprechen, anzuhören, „ich habe Sie hier zusammengerufen, um Sie über eine wichtige Veränderung in der Organisation des *Zlatý beránek* zu informieren. Ludwik Abramowitsch, den Sie den Kleinen Chef nennen, wurde von der Argopag-Führung mit einer wichtigen Aufgabe in Italien betraut. Er musste unverzüglich dort hinreisen. Für die Zeit seiner Abwesenheit haben wir beschlossen, die Leitung des *Zlatý beránek* Frau Lucie Římanová anzuvertrauen. Die meisten von Ihnen kennen sie bereits. Allen anderen werde ich sie jetzt vorstellen … Lucie", wandte er sich zu der konsternierten Lucie, „komm mal her und zeig dich, damit dich jeder sehen kann."

Lucie errötete bis zu den Haarwurzeln und war zu keiner Bewegung fähig.

„Na, komm schon hier hoch, damit dich alle anschauen können, aus der Entfernung wird schon keiner beißen", versuchte er sie mit einem Scherz zu motivieren, der nur einige vereinzelte Lacher erntete.

Lucie besiegte ihr plötzlich so winziges Ich, überwand die drei Stufen und stellte sich, immer noch rot, neben ihn.

„Das ist Lucie Římanová, die nun das *Zlatý beránek* führen wird."

Er zeigte auf sie, und ein paar der Leute unten vor dem Podium fingen an zu klatschen.

„Ich denke, es wäre gut, wenn Frau Římanová selbst ein paar Worte an Sie richten würde."

Sie sah ihn verzweifelt an und flüsterte: „Gott, was fällt dir ein? Ich weiß doch gar nicht, was ich sagen soll."

„Etwas musst du doch sagen können?", antwortete er ebenfalls flüsternd, aber es klang wie ein Befehl.

Sie senkte den Kopf und dachte eine Weile nach. Als sie ihn wieder hob und die Leute anschaute, hatte sie zwei tiefe Falten auf der Stirn.

„Ich werde Ihnen nichts versprechen", sagte sie nicht allzu laut. „Ich möchte nur eines: dass das *Zlatý beránek* so gut gedeiht wie bisher. Niemand", fügte sie nachdrücklich hinzu, „soll glauben, dass sich etwas ändert, sobald eine Frau einen Betrieb führt: Ich werde weiterhin für Ordnung und Disziplin sorgen."

Auf einmal entspannte sie sich. Sie lächelte sogar.

„Ich glaube, das ist alles. Wer Dienst hat, soll zu seiner Arbeit zurückkehren. Und bei den anderen wäre es unverzeihlich, sie um ihre freie Zeit zu bringen. Ich danke Ihnen."

Der Große Chef applaudierte, worauf die gesamte Belegschaft zu klatschen begann.

„Du warst wunderbar", lobte er sie, als die Leute sich zerstreut hatten.

„Und du hast mich ganz schön reingelegt", versetzte sie böse.

„In deinem eigenen Interesse", antwortete er. „Nur in deinem eigenen Interesse!"

Das verstand sie nicht, aber er machte eine so selbstsichere Miene, dass sie sich im Stillen sagte, er mochte vielleicht recht haben.

33.

Er soll hier wohnen

Der Große Chef verriet Lucie nie den wahren Grund, weshalb er ihr die Leitung des *Zlatý beránek* übertragen hatte. Er hatte zwar nicht gelogen, als er ihr sagte, dass er niemand anderes habe, denn Sascha Klopper, der als Einziger in Betracht kam, würde er einen so großen Betrieb nicht dauerhaft anvertrauen wollen. Doch der wahre Grund lag woanders.

Der Große Chef dachte von Natur aus psychologisch. Hätte er das nicht getan, hätte er sich im Raubtierverein der modernen Freibeuter wohl nicht so hoch hinaufgearbeitet. Und als guter Psychologe kam er zu dem Schluss, dass es nur eine Möglichkeit gab, Lucie vor den Erinnyen des schlechten Gewissens zu bewahren, die ihr die Ermordung des Kleinen Chefs vorwarfen, und ebenso vor schwermütigen Stimmungen nach dem Verlust von Leon: indem er sie nämlich mit einem Wolfsrudel von Verpflichtungen jagte, die ihr keine Verschnaufpause ließen, die sie Tag und Nacht verfolgen und immer wieder auch aus dem Hinterhalt nach ihr schnappen würden. Und dies so lange, bis der zweifache Schock verklungen wäre und sich im Gedächtnis zwischen erledigten und somit gleichgültigen Erlebnissen ablagern würde.

Und in dieser Hinsicht hatte er recht. Kaum hatte sie sich als Chefin im Büro des *Zlatý beránek* niedergelassen, stürzte sich tatsächlich das Wolfsrudel der Verpflichtungen auf sie, hetzte sie Tag und Nacht und ließ ihr keine Verschnaufpause. Erst allmählich gelangte sie zu der Erkenntnis, dass Führen vor allem bedeutete, Fragen zu beantworten und Leute zu beaufsichtigen. Die, die mit Geld in Berührung kamen, zu beaufsichtigen, damit sie nichts oder nur wenig in die eigene Tasche steckten, und diejenigen, die mit Material in Berührung kamen, zu beaufsichtigen, damit sie nichts oder nur wenig davon mitgehen ließen. Den Leuten war alles recht: von den Lebensmitteln aus der Küche über Bier, Wein, Liköre und Schnäpse aus allen Betrieben bis hin zu Geschirr, Besteck, Gläsern und Gläschen, Servietten und Reinigungsmitteln. Sogar der Verbrauch von Glühbirnen musste von Zeit zu Zeit kontrolliert werden und ebenso, ob die Chauffeure nicht bei der Benzinrechnung schummelten. Dass ein Barmann oder Kellner dann und wann in die Flaschen von hochwertigen Markenspirituosen ein billiges Gesöff goss und sich so selbst etwas zurücklegte, darüber regte sie sich nicht allzu sehr auf. Solange der Gast es nicht bemerkte, sich nur wichtigtat und aufs Etikett hereinfiel, war es sein Pech, wie sie dachte. Dass auch hier die Nachsicht nur ihr selbst schadete, zu der Einsicht gelangte sie erst später.

Von dem Moment an, da sie in das hungrige Rudel der Verpflichtungen gedrängt wurde, blieb ihr nicht einmal Zeit, sich ihr „Was vorbei ist, ist vorbei" zu sagen. Sie kämpfte sich umso mehr ab, als sie vorher nie eine Sekretärin gehabt hatte und Sonja deshalb nicht für sich zu nutzen verstand. Es war auch eine physische Belastung. Mindestens fünfzehnmal lief sie täglich die Treppen hoch und runter, und so hatte sie abends, das heißt nachts nach elf Uhr, wenn sie nach Hause kam, müde, schmerzende Beine, die sie erst mal zwanzig Minuten hochlegen musste.

Ihre Touren treppauf, treppab brachten ihr immerhin einen Gewinn: Sie freundete sich mit Dempsi an. Als sie einmal auf dem Weg in die Küche war, saß der Kater eine Stufe über dem Treppenabsatz und maunzte sie an.

„Warte, Dempsi", sagte sie zu ihm, „ich komme nachher wieder und bring dir etwas mit."

Unten machte sie ihre Erledigungen, und bevor sie zurückging, schnitt sie ein Stückchen vom Lendenfleisch ab, das der Koch dort für Beefsteaks vorbereitet hatte. Der Kater saß noch auf der Treppe, als hätte er tatsächlich auf sie gewartet. Wieder miaute er begierig. Sie hatte das rohe Fleisch in ihrer Hand versteckt, und er sprang danach hoch. Als er es verschlungen hatte, leckte er sich zufrieden das Maul und strich ihr dankbar um die Beine. Er gewöhnte sich an, dort jeden Tag auf sie zu warten, und an jedem Tag bekam er seinen kleinen Fleischimbiss.

Lediglich die Sorge um den reibungslosen Betrieb des Eros-Clubs hatte sie Sascha Klopper überlassen. Zum einen hatte sie das Gefühl, dort nicht eingreifen zu müssen, zum anderen war es ihr ein wenig peinlich, professionellen Liebesdienerinnen ihr Handwerk zu erklären. Doch eines Tages musste sie auch dort ihre Autorität zur Geltung bringen. In der Nacht zuvor war es zu einem Skandal gekommen. Zwei Kunden hatten sich geweigert zu zahlen, mit der Begründung, die Mädchen seien ihnen nicht zu Willen gewesen. Sascha Klopper bat Lucie darum, sich die beiden beschuldigten Mädchen vorzunehmen, und wollte sie detailliert darüber informieren, was die unzufriedenen Gäste genau beanstandet hatten, doch sie mochte es lieber gar nicht hören.

Überhaupt standen an diesem Tag die Sterne für sie ungünstig. Denn nach dem unangenehmen Gespräch mit den Mädchen, auf das sie vorbereitet war, ereignete sich noch etwas, worauf sie kein bisschen vorbereitet war.

Die Mädchen, die abgewartet hatten, was geschehen würde, gaben sich kampflustig, als sie zu ihr kamen. Noch bevor Lucie etwas sagen konnte, begannen sie sich zu beschweren, dass Sascha Klopper sie gar nicht angehört und sofort diesen Typen recht gegeben habe. Das sei ja wohl nicht möglich, er habe die Verpflichtung, auch der anderen Seite Gehör zu schenken.

Kurz hörte sie ihnen zu, dann unterbrach sie sie.

„Meine lieben Damen, wir sind hier nicht vor Gericht. Die Kunden haben sich beschwert und sogar das Zahlen verweigert. Das geht nicht, Mädchen. Ihr habt euch nun einmal auf diese Arbeit eingelassen, dann müsst ihr sie auch ordentlich machen. Der Kunde muss zufrieden von uns weggehen."

„Da bin ich Ihrer Meinung, Frau Římanová", sagte eines der Mädchen spitz, „aber wenn Sie wüssten, was dieses Ferkel von mir wollte, dann würden Sie verstehen, warum ich es nicht tun konnte. Und Danuta hier hat genauso …"

„Ts, tss … Was sind das für Worte? Eine Kunde ist kein Ferkel. Der Kunde ist König. Er kommt schließlich nicht hierher, um wie mit Mutti daheim stillen Beischlaf zu vollziehen. Verdient ihr etwa schlecht?"

„Wir verdienen ausreichend", meinte die, die ihre Freundin Danuta genannt hatte. „Aber es gibt Dinge, die sind keine sexuelle Dienstleistung mehr, sondern eine Sauerei."

„Das Wort möchte ich nicht hören", widersprach Lucie vehement. „Denkt bloß nicht, dass hier, nur weil der Betrieb von einer Frau geleitet wird, jeder machen darf, was er will. Nein, hier wird Ordnung herrschen. Ich dulde kein Chaos. Und ihr müsst wissen, dass alles, was ein Gast verlangt, sexuelle Dienstleistung ist. Sollte er besonders anspruchsvoll sein, dann handelt von vornherein ein spezielles Honorar aus. Das ist möglich. Es ist aber nicht möglich, den Kunden unbefriedigt zur Konkurrenz ziehen zu lassen. Also, um es kurz zu machen, ich ziehe jeder dreitausend vom Konto ab. Beim nächsten Mal wird es mehr sein. Ihr könnt gehen."

Die beiden begriffen, dass weiteres Diskutieren zwecklos war. Und wohl auch, dass ihr Beispiel eine Warnung für die anderen sein sollte. Sie gingen gedemütigt davon und schüttelten unzufrieden ihre dauergewellten Köpfchen.

Sobald die Tür hinter ihnen ins Schloss fiel, drehte sich Sonja mitsamt ihrem Stuhl zu Lucie.

„Das haben Sie richtig gemacht, Frau Římanová. Ich weiß nicht, wofür die sich halten. Jede Arbeit beinhaltet etwas Unangenehmes, wo man die Zähne zusammenbeißen muss. Auch dieses ewige Sitzen vor dem Computer. Meine Aneta ist Fotomodell. Und wenn man diese Mädchen auf dem Laufsteg sieht, könnte man sie fast für Prinzessinnen halten. Aber wenn Sie wüssten, was die armen Mädels hinter den Kulissen alles einstecken müssen, das würden Sie kaum glauben. Und nicht nur von den Männern. Auch von den Frauen. Von denen vielleicht sogar noch mehr als von den Männern."

„Ich danke Ihnen für Ihr Verständnis, Sonja. Kann sein, dass ich ein bisschen zu hart zu den beiden gewesen bin. Aber ich habe mir gedacht, es ist besser, am Anfang eine grobe Faust zu zeigen und dann die zarte Hand, als umgekehrt."

Noch während sie diese Worte sprach, hatte sich die Bürotür leise geöffnet und ein Männerkopf hindurchgeschoben. Der Unbekannte schweifte mit den Augen durch den Raum, als ob er jemanden suchte, und als er feststellte, dass der Gesuchte sich nicht im Raum befand, zog sich der Kopf wieder zurück und die Tür ging zu.

„Wer war denn das?", fragte Sonja und machte ein langes Gesicht.

„Ich weiß nicht", sagte Lucie, stand auf, ging zur Tür und sah auf den Gang hinaus.

Der Fremde hatte sich schon in Richtung Treppenhaus entfernt, und es sah aus, als wollte er weiter nach oben. Er trug einen langen Ledermantel, in der Hand einen Koffer.

„Was wollen Sie hier?"

„Ich suche meinen Bruder", sagte er und wandte ihr sein Gesicht zu, dessen Anblick ihren Blutdruck steigen ließ. „Er soll hier wohnen."

Er zeigte Lucie das zerknitterte Papierchen in seiner Hand, auf dem eine Adresse notiert war.

„Was für ein Bruder?"

„Leonid Andrejewitsch Schtschukin."

Sie musste sich am Türrahmen festhalten. Das war Sascha, Leons Bruder. Sie starrte ihn wortlos an. Er sah wie Leon aus und dann doch wieder nicht. Auch seine Kleidung erinnerte an ihn. Unter dem Ledermantel trug er Jeans und ein rot kariertes Hemd. Es dauerte einen Moment, bis sie sich gefangen hatte und fast tonlos sagte: „Kommen Sie herein."

Sie trat ins Büro, ging zum Schreibtisch und setzte sich dahinter, als suchte sie in dieser amtlichen Haltung Kraft. Als Sascha hinter ihr herkam, sagte sie zu Sonja mit schwacher Stimme: „Sonjitschka, ich bitte Sie, lassen Sie uns einen Moment allein."

Sonja ging, wie sie es schon gewohnt war, hinaus und schloss die Tür hinter sich, die Sascha offen gelassen hatte.

Lucie musterte ihn jetzt ausführlich. Er war Leon ähnlich, aber doch ein anderer Mensch. Leon wirkte schon auf den ersten Blick männlich, dieser hier viel jungenhafter. Es lag etwas Naives, ja kindlich Schutzloses in seinem Gesicht.

„Warum sind Sie hierhergekommen?"

„Ich wollte meinem Bruder folgen", antwortete Sascha, doch er begann sofort das eigene Eisen zu schmieden. „Ich würde hier auch gern Bodyguard werden. Lonja hat mir geschrieben, das wäre nicht schlecht."

„Leon ist nicht mehr da", sagte Lucie so sachlich, dass sie beinahe selbst über die stählerne Kälte in ihrer Stimme erschrak.

Sascha verstand nicht, was sie ihm sagte, und bot schnell an: „Na ja, ich könnte sicher auch ohne ihn so ein Bodyguard sein."

„Leon ist nicht mehr da", wiederholte Lucie.

„Wie nicht mehr da?"

„Einfach nicht mehr da. Verstehst du nicht? Er ist nicht mehr da!" Lucie schrie es schon beinahe.

Er blinzelte, nur ganz allmählich erreichte ihn die tatsächliche Bedeutung ihrer Worte. Dann sagte er mit einer kuriosen, unsinnigen Hoffnung in der Stimme: „Und wenn ich seine Stelle hier übernehmen würde?"

Sie sah ihn an wie ein seltsames Naturphänomen. Was er sagte, klang so unschuldig und zugleich so durchtrieben, dass sie nicht wusste, ob sie ihn bedauern oder verabscheuen sollte.

„Hast du genug Geld für die Rückreise?", fragte sie, und aus ihrer Stimme klang wieder die stählerne Kälte.

„Wieso?"

„Ich habe gefragt, ob du genug Geld für die Heimfahrt hast oder nicht!", fuhr sie ihn an.

„Nein, habe ich nicht."

Sie stand auf, lief energisch zu dem kleinen Safe in der Ecke des Raums, öffnete ihn, zählte zwanzigtausend ab. Sie schloss den Safe und reichte ihm die Banknoten.

„Hier hast du was für die Rückfahrt. Und nun verschwinde!"

Er nahm das Geld, hielt es in seinen Fingern, starrte die Scheine, dann Lucie an, dann wieder das Bündel Tausender. Er machte ein völlig verdattertes Gesicht.

„Hast du nicht gehört, was ich gesagt habe?", schrie sie. „Du sollst verschwinden! Schleich dich zum Bahnhof, kauf dir eine Fahrkarte und hau ab nach Hause. Das hier ist nichts für kleine Jungs!"

Er drückte die Scheine an die Brust und begann erschrocken vor ihr zurückzuweichen. Seine begriffsstutzige Miene eines Kindes, dem man zu Unrecht ein eben erst geschenktes Spielzeug wieder wegnehmen will, machte sie rasend.

„Bist du taub?! Verschwinde! Das hier ist nicht so romantisch, wie du's dir vorstellst, Dummkopf! Raus! Hau schon ab, du Idiot! Raus! Raus!"

Und sie zeigte mit ausgestrecktem Arm zur Tür.

Endlich drehte er sich um, das Geld immer noch an seine Brust gepresst, und erreichte mit zwei Schritten die Tür, die zu öffnen ihm sein Koffer erschwerte. Als es ihm gelang, sah er sich noch einmal aufgeschreckt nach Lucie um und lief dann durch den Gang und die Treppe hinunter.

Ohne zu wissen weshalb, lief sie hinter ihm her. Durch den Flur im ersten Stock, durch die Halle und bis vor das Hotel hinaus. Dort blieb sie stehen.

Er eilte mitten durch die Straße davon, sah sich ein paarmal um, und als sein Blick auf sie fiel, beschleunigte er seinen Schritt.

Auch von hinten konnte man sehen, dass er immer noch das Geld an seine Brust drückte, nicht nur mit der Hand, sondern mit dem ganzen Unterarm, was seiner Silhouette, zusammen mit dem flatternden Ledermantel und dem Köfferchen in der Linken, einen unfreiwillig grotesken Anstrich verlieh.

Lucie sah ihm noch hinterher, als er schon in eine der Seitenstraßen eingebogen war.

Sie erfuhr nie, ob Sascha wirklich nach Hause – nach Moskau oder an den Don – zurückgekehrt war oder ob er irgendwo in Europa untergetaucht war. Doch sie war überzeugt davon, dass sie an diesem Tag eine gute Tat begangen hatte.

34.

Der Antrag

„Weißt du eigentlich, Lucie, weshalb ich dich ausgerechnet hierher eingeladen habe?"

„Nein, wirklich nicht. Wie sollte ich das wissen?"

Der Große Chef hielt sein Besteck in der Hand, fing aber immer noch nicht an zu essen. Er machte ein feierliches, fast erhabenes Gesicht.

Sie saßen auf der verglasten Terrasse des *Nebozízek*, unter ihnen die tristen, sehr herbstlichen Hänge des Petřín. Einige Bäume waren schon ganz kahl, andere leuchteten verspätet in Gelb und Rot. Ein frischer Wind fuhr durch ihre Blätter, spielte ein wenig mit ihnen und ließ sie nur widerwillig auf die Erde herab. Die Mittagssonne tat ihr Bestes, schaffte es aber noch nicht, den Dunst aufzulösen, der sich über die Stadt dort unten am Fluss gelegt hatte. Durch die Scheiben hindurch sah es nasskalt aus, und ein Krähenschwarm, der sich in den Kronen der Buchen und jungen Eichen entlang der Seilbahntrasse niedergelassen hatte, verkündete mit seinem Gekreisch, dass auch die Herbsttage schon gezählt waren und der Winter vor der Tür stand.

„Weshalb habe ich dich hierher eingeladen?", wiederholte der Große Chef. „Ich möchte dich über eine Entscheidung des Gremiums informieren. Das könnte ich natürlich überall. Aber in diesem Restaurant hier habe ich vor Jahren einmal gesessen, als ich neu in der Stadt war und mich fühlte wie Rastignac. Ich sagte mir: Dies hier ist mein Paris, und dieses Paris muss ich erobern. Und jetzt ist es geschehen. Das Gremium hat beschlossen, dass wir das *Zlatý beránek* verkaufen."

Überrascht sah sie von ihrem Teller auf und legte unwillkürlich Messer und Gabel beiseite.

„Wir verkaufen das *Zlatý beránek*?"

„Wir verkaufen alles. Das Reisebüro, alle Hotels und Diskotheken, die Gebrauchtwagenmärkte, die Bordelle in Amsterdam, Berlin, Brüssel und München. Das alles verkaufen wir. Kurz, wir beenden diese Unternehmertätigkeit."

„Ja, und was wird dann?", fragte sie fassungslos und etwas beunruhigt.

Sie wusste, dass der Große Chef in letzter Zeit viel gereist war, und hätte sich denken können, dass bei Argopag irgendetwas im Gange war. Doch die Leitung des *Zlatý beránek* hatte sie zu sehr in Anspruch genommen, außerdem saß sie nicht mehr an der Informationsquelle wie damals in der Jankovcova-Straße. Diese Neuigkeit war starker Tobak für sie, starker Kaffee, hundertprozentiger Alkohol, nach dem einem die Kehle austrocknet und der Kopf schwindlig wird.

„Es kommt so, wie wir es beabsichtigt hatten", erklärte er. „Dank der Fusion mit der Berliner Gruppe konnten wir die Sache um ein Jahr, vielleicht auch um zwei Jahre vorziehen. Wir haben schon genug Mittel, um unser strategisches Ziel zu verwirklichen. Wir werden in Luxemburg eine Bank gründen … Die Luxemburger Kreditbank … die LCB … Wie gefällt dir der Name?"

Erst jetzt säbelte er ein Stück seines Rindersteaks ab, so als wollte er gleichzeitig den Geschmack der Speise und das Ausmaß ihrer Überraschung kosten.

„Na ja, der Name ist sicher gut …"

Ihre Gedanken liefen kreuz und quer, unter anderem ging ihr durch den Kopf, dass sie arbeitslos werden könnte, doch sie verwarf es sofort, denn dann hätte er sie nicht ins *Nebozízek* eingeladen; eher würde er ihr wohl ein Angebot machen, auch wenn sie sich selbst nicht in der Rolle einer Bankangestellten sah. Sie kannte sich auch zu wenig aus, um sich etwas Genaueres darunter vorstellen zu können. Wahrscheinlich würde es nicht so eine Plackerei wie im *Zlatý beránek* sein, allerdings auch weniger interessant.

„Wir werden in Prag eine Filiale der LCB gründen, die ich leiten werde. Und sonst besitze ich fast zwanzig, um genau zu sein, achtzehn Prozent der LCB … Weißt du, was das bedeutet?"

„Ich glaube ja …"

„Du weiß es nicht. Sei mir nicht böse, dass ich das so sage, aber du weißt es nicht … Das ist der Anfang von etwas Großem … In Luxemburg bleiben wir nur vorübergehend … Sobald wir erstarken, siedeln wir entweder nach Luzern in die Schweiz oder nach London über! Das L am Anfang soll in jedem Fall bleiben. Und das ist auch das Ende des Mafiagewerbes. Das Ende der schmutzigen Geschäfte, des Balancierens am Rande der Legalität. Wir werden das alles verkaufen, Interessenten gibt es genug. Sollen sie sich anstrengen, sollen sie sich die Finger verbrennen. Wir werden nur saubere Geschäfte machen. Mit Geld handeln. Das ist das lukrativste Business, das du dir überhaupt vorstellen kannst. Und auch das ehrwürdigste."

Lucie kauerte sich fröstelnd zusammen. Die Terrasse war zwar geheizt, aber wie im Thermalbad war es nicht gerade.

„Da kriege ich richtig Gänsehaut", flüsterte sie.

„Auch daran habe ich gedacht."

Er schnippte den Kellner herbei, und als dieser ankam, bat er ihn mit tönender Stimme: „Herr Ober, seien Sie so liebenswürdig und bringen Sie uns diese Kleinigkeit her, die ich heute Morgen hiergelassen habe."

Und sogleich fuhr er mit seinen Erläuterungen fort: „Du hast ja keine Vorstellung, was für Perspektiven sich uns jetzt eröffnen. Finanziell und gesellschaftlich. So ein puffiges kleines Mafiahotel besuchen Minister nur nach langen Bitten und halb inkognito. Einen Banker mit Filialen in ganz Europa hingegen laden sie selbst ein, zu einem Empfang in die Villa Strakovka oder auf die Burg. Und zerbrechen sich noch den Kopf darüber, wenn man nicht erscheint. Es gibt vier Mächte auf der Welt. Die Macht der Politik, die Macht der Massen, die Macht der bewaffneten Hand und die Macht des Geldes. Und wir gehen von der einen Macht zur anderen über. Beziehungsweise wir hören auf, die Macht der Waffen mit der des Geldes zu kombinieren, und wollen in Zukunft nur noch in der Machtsphäre des Geldes arbeiten. Bisher sind wir manchmal mit der mächtigen Hand des Staates zusammengeprallt. Wir mussten sie bestechen und ihr aus dem Weg gehen. Von nun an wird uns die bewaffnete Hand der Staaten schützen und uns dienen. Ohne dass wir sie bestechen müssen. So fantastisch hat sich unsere Situation geändert. Auch die politische Macht wird uns dienen. Gegen minimales Bestechungsgeld. Denn die Macht des Geldes ist die stärkste und stabilste und einflussreichste dieser vier Mächte."

Lucie versuchte ihrer Verwirrung Herr zu werden, weshalb sie nur bemerkte: „Ich hatte keine Ahnung, dass du das schon so weit durchdacht hast."

„Das muss man. Sonst würden wir in der Grauzone stecken bleiben. Aschajew war besser im Schachspielen. Hierin bin ich besser. Deswegen ist er vor dem Zaun geblieben, während ich ihn übersprungen habe."

Er kam nicht mehr dazu, zu erklären, wie er das gemeint hatte, denn der Kellner brachte etwas Voluminöses, Längliches in einer Plastikhülle. Auf den ersten Blick war zu erkennen, dass es sich um einen Pelzmantel samt Kleiderbügel handelte. Der Große Chef übernahm das Paket, zog die Hülle ab, legte den Bügel auf einen freien Stuhl, ging zu Lucie hinüber und hielt den Pelz mit beiden Händen so, wie man einer Dame in den Mantel hilft.

„Zieh ihn über, damit dir nicht mehr kalt ist."

„Das ist ja ein Nerz", stieß sie fast erschrocken aus.

„Ja", nickte er. „Was denn auch sonst als ein Nerz?"

Sie schlüpfte in die Ärmel, mummelte sich ganz ein, streichelte vorsichtig, prüfend das weiche Fell des Kragens.

„Ich weiß nicht", stotterte sie, „was soll ich dazu sagen ... Das hat mir den Atem verschlagen ... Ich weiß nicht ..."

„Jetzt ist dir nicht mehr kalt?"

Sie setzte sich wieder hin, schmiegte sich immer noch in den Pelz, strich sich ein paarmal mit ihm über das Gesicht. Ihre Überraschung verwandelte sich in Freude.

„Jetzt ist mir wirklich nicht mehr kalt", sagte sie und lächelte dankbar.

„Das ist gut. Und jetzt iss, sonst wird dein Essen noch kalt. Ich werde dir nun nämlich das Wichtigste sagen. Du bist mir schon lange lieb und teuer. Ich habe dich schon lange gern. Aber ich hatte dir nichts anzubieten. Ich wusste nicht, wie dies alles hier ausgehen wird. Du hast einmal zu mir gesagt, ich könne mir meines Lebens nicht sicher sein, ich könnte vielleicht unten aus dem Haus gehen und auf der Straße erschossen werden. Damals habe ich behauptet, das sei Unsinn. Aber du hattest recht. Jetzt nicht mehr. Jetzt ist es völlig anders. Jetzt kann ich zu dir sagen: Lucie, werde meine Frau."

Sie schwieg, sah ihn an, ihr Gesicht in den Pelz geschmiegt, die Augen zu schmalen Schlitzen verengt. Sie wusste sofort, dass sie diesen Heiratsantrag, anders als all die vorangegangenen, nicht ablehnen würde. Sie wusste jedoch zugleich, dass es keinen Grund gab, ihre Zusage zu überstürzen. Sie musste sich erst eine Gewissheit verschaffen.

„Und diese eine Sache stört dich nicht?"

„Du meinst Leon?"

„Nein. Ludwa."

„Wenn mich etwas stören würde, dann die Sache mit Leon. Aber das ist vorbei. Und warum sollte mich Ludwa stören? Er ist nach Italien gegangen. Damit hast du nichts zu tun."

„Du weißt sehr gut, dass ich ihn umgebracht habe."

„Für mich ist er nach Italien gegangen. Und für alle anderen ist er auch nach Italien gegangen. Was gibt es noch darüber zu sagen?"

„Eigentlich nichts, du hast recht. Überhaupt nichts. Er ist nach Italien gegangen, und dort soll er bleiben, der schreckliche Mensch", lenkte sie mit einem schiefen, komplizenhaften Lächeln ein und fing wieder an, sich mit dem flauschigen Nerz zu streicheln.

Er war froh darüber. Er hatte befürchtet, sie würde von ihm wissen wollen, wen er selber mit eigenen Händen nach Italien befördert hatte. Damit dieser Gedanke gar nicht erst in ihrem Kopf auftauchte, fuhr er rasch mit seinen Worten fort, die er sich vorher zurechtgelegt hatte.

„Wenn unsere zukünftigen Unternehmungen für mich einen Sinn haben sollen, brauche ich jemanden an meiner Seite. Jemanden, für den ich all das tue. Ich möchte Kinder haben. Und ich will sie mit dir haben. Ich möchte eine Familie gründen. Mit dir. Es hat einmal die Fugger und die Welser gegeben, die Rothschilds, Rockefellers und Morgans, und es gibt sie noch heute, und auch die Schachts gibt es noch heute. Und neben ihnen werden auch wir stehen. Mindestens hundert Jahre werden wir europäische Banker sein. Lucie, komm mit mir mit. In dieses Unternehmen und in diese Ehe. Lucie, werde meine Frau."

Seine Augen, die sie fest fixierten, brannten mit einer eigenartigen Flamme, die sie bei ihm noch nie gesehen hatte. Freundlich grinste sie die glühenden Augen an und sagte leise: „Ja."

Er beugte sich vor und beschwor sie erregt: „Lucie, sag das noch einmal, damit ich nicht Angst haben muss, ich hätte mich verhört. Ich bitte dich, sage den ganzen Satz: Ich will deine Frau sein."

Sie breitete die Arme aus, lachte hell auf und artikulierte klar und deutlich wie bei einer Schauspielprüfung: „Ich will deine Frau sein."

Er war versucht zu sagen, dies sei der schönste Moment seines Lebens, doch ihm wurde rechtzeitig bewusst, dass das eine furchtbare Banalität und Albernheit war, und so verkniff er sich den Satz.

Er ergriff Messer und Gabel, nur um festzustellen, dass sein Rindersteak kalt wie eine Hundeschnauze war. Auch ihr Gericht war völlig erkaltet.

Also bestellten sie noch einmal das Gleiche und aßen, um ihr Verlöbnis zu feiern.

35.

Happy End

Die Hochzeit fand in den Repräsentationsräumen des Hotels *Panorama* im Stadtteil Břevnov statt. Da die Trauung im Altstädter Rathaus auf zwei Uhr angesetzt war und das Mittagessen erst nach der Zeremonie stattfinden sollte, servierte man den Hochzeitsgästen morgens zunächst ein Frühstück und im Laufe des Vormittags einen kleinen Imbiss.

Der Große Chef sah im Frack und mit weißer Fliege wirklich vornehm aus, fast wie ein englischer Lord. Und Lucie im kleinen hellbeigen Kostüm wie die Verkörperung der Weiblichkeit. Um ihren Hals hing die Kette mit dem zwinkernden Brillanten. Sie hatte gezögert, ob sie sie anlegen sollte, und sich dann doch dazu entschlossen, nicht als Erinnerung an die Vergangenheit, sondern als Symbol der Kontinuität des Lebens.

Schon seit dem vorangegangen Nachmittag fuhren auf dem Parkplatz des Hotels schwarze Mercedes, BMWs, Opel, Fiats und Peugeots vor. Auch Galina, die sie gebeten hatten, den weiblichen Part der Trauzeugen zu übernehmen, kam in einem schwarzen Mercedes. Sie wusste inzwischen, dass Silbermetallic zu Film- oder Tennisstars, Fernsehmoderatoren oder Topmodels passen mochte, zu Neureichen, die durch irgendeine schnelle Karriere zu Geld gekommen waren, dass jedoch die wirklich Steinreichen, deren Vermögen schon in der vierten oder fünften Generation vererbt wurde, jene also, die in Europa den Ton angaben, als Erkennungszeichen einen schwarzen Wagen besaßen, auf dessen Lack man noch das kleinste Stäubchen sah.

In einem schwarzen Mercedes fuhr auch Karpow vor, der männliche Trauzeuge, sowie Eizenbon, der bei der Zeremonie die Elternstelle am Bräutigam vertreten sollte. Die Rolle der Brautmutter ließ sich natürlich Anna Michailowna Římanová nicht nehmen, die glückstrahlender aussah als ihre Tochter. Für sie war dies wahrscheinlich der bedeutendste Tag ihres Lebens. Vater Říman war ebenfalls erschienen, der stolz auf seine Tochter war und sich seiner Ex-Frau gegenüber wie der vollkommene Gentleman verhielt.

Der weiße Mercedes, den Argopag damals dem eingeladenen Minister geliehen hatte, nahm sich zwischen den anderen Wagen auf dem Hotelparkplatz wie ein weißer Rabe aus. Dem Minister selbst war nicht recht begreiflich, weshalb der Große Chef ihm zwar lächelnd die Hand schüttelte und ein paar freundliche Begrüßungsworte äußerte, aber keinen Blick auf das Hochzeitsgeschenk warf, mit der Begründung, die Geschenke nehme Herr Alexandr entgegen (was der in einem Smoking steckende Sascha Klopper war), ihn einfach stehen ließ und stattdessen die Braut mit irgendwelchen Snobs bekannt machte, die in lauter fremden Sprachen redeten. Als diese Leute sich kurz darauf auch ihm vorstellten, zeigten sie sich kein bisschen von seinem Ministeramt beeindruckt. Er hatte für das Fest sein Saxofon samt Kasten mitgebracht, es aber noch im Wagen gelassen, weil er damit rechnete, dass er es holen würde, sobald man ihn zu spielen bat. Und auf einmal sah es so aus, als würde überhaupt kein Interesse an seiner Darbietung bestehen. Hätte er nicht seine Frau dabeigehabt, wäre er beleidigt weggegangen, doch die war intelligenter als ihr Politikergatte. Sie erklärte ihm, es sei nicht ratsam, den Herrn Bankier und seine Freunde aus der Finanzwelt durch irgendeine unbedachte Geste vor den Kopf zu stoßen, wenn man sie doch morgen oder übermorgen vielleicht brauchen könnte.

Kostja und Oskar wanderten zwischen den Gästen umher und behielten alles im Auge, vor allem aber guckten sie, wo man eine Kleinigkeit naschen oder ein Gläschen trinken konnte. Irgendwann allerdings begriffen sie, dass dieser Tag anders war als alle anderen und die Kunst diesmal nicht darin bestand, zu essen und zu trinken, sondern darin, nicht zu essen und nicht zu trinken.

Um halb zwei begaben sich alle in die Autos und fuhren in einer Schlange Richtung Altstädter Rathaus. Dort wurden sie bereits von einem Menschengewimmel erwartet, alle Mädchen vom *Zlatý beránek* waren da, alle Autohändler, alle dankbaren Mitarbeiter von Argopag und etliche hoch angesehene Gäste, einschließlich des Herrn Polizeipräsidenten.

Lucie durchlief das Spalier, nach ihr der Große Chef und hinter ihnen alle anderen, Familien- und Firmenangehörige.

Und schließlich kam der Augenblick, in dem der Standesbeamte Lucie fragte: „Wollen Sie den hier anwesenden Bräutigam Boris Tschernjew aus Liebe und aus freien Stücken zum Ehemann nehmen?"

Lucie antwortete mit fester Stimme: „Ja."

Und ebenso fragte der Standesbeamte den Großen Chef, ob auch er die hier anwesende Lucie Římanová aus Liebe und freien Stücken zur Frau nehmen wolle.

Er antwortete gleichfalls mit „Ja".

Sie tauschten Ringe aus und gaben sich den ersten Kuss als Eheleute.

Darauf spielte Musik vom Band, und Anna Michailowna Římanová weinte und weinte.

Die Braut weinte nicht. Sie lächelte zufrieden, so wie auch der Bräutigam zufrieden lächelte.

Als sie vor das Rathaus traten, empfing sie das Blitzlichtgewitter der Fotoreporter, stürmischer Beifall von Schaulustigen und der drängende Ruf: „Küssen! Küssen! Küssen!“

Also küssten sie sich noch einmal für das Publikum und die Fotografen.

In diesem Moment setzte Musik ein und eine Gruppe gebuchter Sängerknaben begann ein Lied zu singen, das der Schweigsame extra für diesen Moment hatte schreiben und komponieren lassen.

„Die beiden haben sich nun gekriegt,
Liebe und Wahrheit haben gesiegt.
Eben sprachen sie: Ich will dich lieben,
deshalb sind sie jetzt im Himmel Nummer sieben.
Hej hopp, hej hopp,
im Himmel Nummer sieben.

Treue Freunde stehn zusammen,
Briefträger mit Telegrammen,
Gratulanten sich vereinen,
Geschenke nur mit Edelsteinen.
Hej hopp, hej hopp,
die Sonne will dazu noch scheinen.

Sie packen es beim Schopf, das Leben,
ein bisschen Mut, den braucht man eben.
Ja, davon verstehen sie was,
da werden andre vor Neid blass.
Hej hopp, hej hopp,
ja, davon verstehen sie was.

Eine gute Sache ist gelungen,
deshalb wird hier nun gesungen.
Die Zukunft hell vor ihnen liegt,
denn Wahrheit und Liebe haben gesiegt.
Hej hopp, hurra und juchee,
die Zukunft hell vor ihnen liegt.

Hej und hopp!“

Während der Dauer des Lieds waren die Massen vom ganzen Altstädter Ring vor dem Rathaus zusammengelaufen. Die Leute hinten reckten die Hälse, um zu sehen, was los war, und drängten sich gegen die weiter vorne. Die vorderen wiederum drängten zu den Neuvermählten hin und versuchten sich gegen den Druck der hinteren zu wehren.

Als die Sängerknaben ihren Vortrag beendet hatten, begannen Fotografen, Freunde und Bekannte, Schaulustige und Gaffer, Bummelanten, Herumstreicher, Touristen, Sonnenanbeter, zufällig Anwesende und nicht zufällig anwesende Taschendiebe von Neuem zu skandieren: „Küssen! Küssen! Küssen!“

Der Große Chef, beziehungsweise nunmehr Boris Tschernjew, Leiter der Prager LCB-Filiale, gab Lucie erneut einen schönen langen Kuss, unter allgemeinen Beifall, Gejohle und Getrampel, Hurra-, Hoch-, Prima- Jawoll- und Vivat-Rufen.

Vor dem Haus *U Minuty* ging gerade eine ältere Pragerin vorbei. Sie sah auf die Uhr und fragte eine adrett gekleidete Frau, die mit einer Einkaufstasche in der Hand dort stand und zusah: „Entschuldigen Sie, was ist denn da los? Es ist erst zwanzig vor, und es drängen sich mehr Leute vor der Turmuhr als zur vollen Stunde.“

„Ach, da hat anscheinend irgendein französischer oder deutscher Bankier ein tschechisches Mädel geheiratet.“

Der Vollständigkeit halber sei noch hinzugefügt: Als Lucie ihr neues Heim, die Villa in Dejvice bezog, war unter den ersten Dingen, die sie dorthin mitnahm, ein Katzenkoffer, in dem der schwarze Dempsi saß.

Boris hob nur die Augenbrauen und fragte: „Muss das sein?"

„Absolut", antwortete sie. „Dieser Kater ist ungeheuer zutraulich und reinlich. Und denk daran, Liebling: Alle Psychologen, zu welcher Schule sie auch gehören, sind sich darüber einig, dass es ratsam ist, Kinder von klein auf mit wenigstens einem Haustier aufwachsen zu lassen."

Den neugebackenen Bankier und alten Mafioso rührte diese Antwort so sehr, dass ihm Tränen in die Augen traten.

Karel Poláček

Männer im Abseits

Roman

Aus dem Tschechischen von Herta Soswinski

Mit einem Nachwort von Sylvia Soswinski

Karel Poláček gilt als einer der bedeutendsten Humoristen Tschechiens. Er zeichnet sich aus durch die Darstellung der Probleme der einfachen Menschen im tschechisch-jüdischen Stadtmilieu, wie auch die satirische Kritik von kleinbürgerlichem, engstirnigem Spießertum. „Männer im Abseits" ist eine leichtherzige, ironische Erzählung voller verschrobener Charaktere und eine humorvolle Darstellung des Lebens der „einfachen Leute" im Prag der 1930er Jahre: Emanuel ist 25, ein aufbrausender, aber gutherziger Tunichtgut und – fußballbegeistert! Seine Zeit verbringt er daher meist auf den Zuschauerrängen der Prager Fußballplätze, um seiner Mannschaft beizustehen oder Anhängern anderer Clubs gehörig die Meinung zu sagen. Doch selbst jemand wie er muss lernen, Verantwortung zu übernehmen und eventuell sogar eine Familie gründen …

„Sein humoristischer Sprachstil prägte seine griffige Prosa ebenso wie sein Blick für Milieustudien und sozialkritische Porträts."

Volker Strebel, Prager Zeitung

Aka Mortschiladse

Liebe und Tod in Tiflis

Roman

Aus dem Georgischen von Rachel Gratzfeld

Mogela und Lewiko – zwei junge Männer in Tiflis und Freunde seit Jugendzeiten: Mogela lebt am linken Ufer des Flusses im Haus der zwanzigtausend Bücher, die sein bibliomaner Großvater hinterlassen hat, Lewiko im reicheren Viertel am rechten Ufer. Mogela liest keine Bücher, verbringt seine Tage kiffend und tagträumend und denkt vor allem an Lewiko. Dieser ist unter mysteriösen Umständen ums Leben gekommen und Mogela entdeckt, dass sein Freund ein Doppelleben führte. Auch Mogelas Großvater scheint noch ein anderes Leben geführt zu haben. Zwielichtige Typen, die sich in Mogelas Hinterhof herumtreiben und vom Großvater angeblich vergrabenes Gold suchen, zwingen ihn zur Flucht. Den Schlüssel zu seinem Haus der zwanzigtausend Bücher hinterlässt er der Frau, die er liebt und die er Rose von Schiras nennt …

„Mit Aka Mortschiladse ist ein Autor aus Georgien zu entdecken, der sehr welthaltig, aber auch literarisch avanciert von den kaukasischen Wirren erzählt.“

Jan Wiele, Frankfurter Allgemeine Zeitung

mitteldeutscher verlag

Die Originalausgabe erschien 1998 unter dem Titel „Ruské tango aneb Milenka bodygardová“ im Verlag „Český klub“, Prag.

Die Realisierung dieses Buches wurde durch das Kulturministerium der Tschechischen Republik unterstützt.
The realization of this book was supported by the Ministry of Culture of the Czech Republic.

MINISTRY OF CULTURE
CZECH REPUBLIC

1. Auflage

www.mitteldeutscherverlag.de

Gesamtherstellung: Mitteldeutscher Verlag, Halle (Saale)
Umschlagabbildung: © iStock – dabldy (Prag), ryasick (Fächer)
Umschlaggestaltung: Stephanie Bader

ISBN 978-3-96311-612-4

Printed in the EU